HENRY

IL ÉTAIT UNE FOIS
SAISON 2

Titre de l'édition originale : *Royally Matched – The Royally Series*

POUR LA TRADUCTION FRANÇAISE :
Photo de couverture : © Shutterstock
Graphisme : Marion Rosière

Département de Hugo Publishing
34-36, rue La Pérouse
75116 Paris
www.hugoetcie.fr

Collection New Romance® dirigée par Hugues de Saint Vincent
Ouvrage dirigé par Sophie Le Flour

ISBN : 9782755636628
Dépôt légal : mars 2018
Imprimé en France par Corlet
N° d'imprimeur : 193835

NEW ROMANCE®

EMMA CHASE

HENRY

IL ÉTAIT UNE FOIS
SAISON 2

Traduit de l'anglais (États-Unis) par Robyn Stella Bligh

Hugo Roman

1

HENRY

Sur le green.

« Quel trou de balle », je marmonne.

Elle est partie à gauche. C'est ce qu'on appelle un slice[1], non ? Je n'en suis pas sûr. Je n'ai jamais été fan de golf. C'est trop lent. Trop calme. Trop chiaaaant. J'aime le sport comme j'aime la baise – il faut que ce soit bestial, bruyant et sale.

Je préfère le football américain, ou le rugby. Ou encore le full-contact. Le polo n'est pas mal non plus. Oh et puis je m'ennuie tellement qu'à ce stade, j'accepterais même un bon vieux match de Quidditch.

« Je vous demande pardon, Votre Altesse ? »

Je passe mon club à Miles, mon caddie, et je fais face aux hommes qui sont responsables de cet après-midi de torture.

« J'ai dit *quelle mauvaise balle* ».

Lord Bellicksbub, Earl de Pennington – que j'aime appeler Belzébuth – couvre sa bouche et sa barbe grise

1. Coup qui consiste à frapper la balle de haut en bas et latéralement pour lui donner de l'effet.

pour tousser, mal à l'aise, parce qu'il a parfaitement compris ce que j'ai dit. Or je ne suis plus censé parler ainsi. C'est *inapproprié*. Rustre. C'est indigne de l'héritier du trône de Wessco. En effet, voilà que ce titre me revient, maintenant que mon frère est tombé amoureux – cet enfoiré – et qu'il a abdiqué pour épouser sa superbe Américaine.

Cela fait un an que l'on me répète que l'hériter présomptif doit se comporter de façon *convenable*. Or je n'ai jamais été doué pour faire ce que l'on me demande. C'est une véritable maladie. Un réflexe, même – on me dit d'aller à gauche et je vais à droite ; on me dit de m'asseoir et je saute en l'air ; on me dit d'être sage et je passe le week-end à boire et à me taper les nièces – des triplées – de l'archevêque.

Elles étaient sympas. Je me demande ce qu'elles font vendredi soir…

Non – je retire ce que j'ai dit. Je ne me le demande pas, car ça, c'était l'ancien Henry. Le Henry fun et sans responsabilité que tout le monde voulait côtoyer.

Maintenant, je me dois d'être le Henry avec qui personne ne veut passer du temps. Sérieux, réfléchi, intègre, même si ça doit me tuer de l'être – ce qui est tout à fait possible. Ma grand-mère, la reine, exige que je suive le protocole. C'est ce à quoi s'attendent le Parlement et ses membres, comme Aloysius et Belzébuth. C'est ce dont mon peuple a besoin. Ils comptent tous sur moi pour que je les accompagne dans le futur. Ils ont besoin que je sois sage et bon.

Bref, que je sois… un roi.

Bon sang, j'ai la nausée à chaque fois que j'y pense. Quand quelqu'un le dit à voix haute, je dois me retenir de vomir. Si je suis censé être le grand espoir royal de mon pays, franchement, on est tous foutus.

« Tout à fait, prince Henry, dit Sir Aloysius. La marque des balles fait toute la différence. »

Quel menteur. Il sait parfaitement ce que j'ai dit, mais c'est ainsi que fonctionne la politique – grâce à des faux-semblants et des coups de poignard dans le dos.

Je déteste la politique encore plus que le golf, c'est dire. Or c'est ce qu'est devenue ma vie.

Aloysius fusille son caddie du regard.

« Nous avons intérêt à avoir de bonnes balles, la prochaine fois, ou je m'assurerai que vous ne travaillerez plus jamais sur ce parcours. Veuillez vous excuser auprès du prince pour votre incompétence. »

Le jeune garçon, désormais blanc comme un linge, baisse la tête et s'incline.

« Je suis affreusement désolé, Votre Altesse. »

Mon estomac se tord de nouveau.

Comment Nicholas a-t-il supporté cette situation pendant toutes ces années ? J'ai toujours pensé qu'il exagérait et aimait passer son temps à râler. Mais je le comprends, maintenant que je me retrouve à sa place.

On pourrait croire que se faire lécher les bottes en permanence est agréable. Toutefois, lorsqu'il s'agit d'un nid de serpents qui ne cherchent qu'à vous grimper dessus pour vous étrangler… c'est écœurant.

« Ne vous en faites pas », je réponds au gamin, parce que j'ai l'impression que sans ça, Aloysius se défoulera sur lui.

Les caddies nous emboîtent le pas tandis que nous avançons sur le green.

« Que pensez-vous de la législation sur le rapatriement, Votre Altesse ? demande Belzébuth d'un ton nonchalant.

– Le rapatri-quoi ? je réponds sans réfléchir.

– Le rapatriement, répond Aloysius. C'est l'idée de permettre aux entreprises qui ont été épinglées pour des petites violations du Code du travail de rapatrier leurs fonds étrangers à Wessco sans être sanctionnées. Cela leur permettrait de créer des milliers d'emplois pour les ouvriers. Cela fait des semaines que la loi est bloquée par le Parlement. Je suis surpris que Sa Majesté ne vous en ait pas parlé. »

Sans doute m'a-t-elle transmis un document à ce sujet, dans une pile de dix mille autres dossiers que je suis censé avoir déjà appris par cœur. Je ne suis pas bête – je peux même être brillant, quand j'en ai envie. J'étais très bon à l'école.

Le problème, c'est que j'ai du mal à m'intéresser aux choses qui ne me passionnent pas.

Au début, ma grand-mère m'envoyait des infos par email – des mémos. Mais, après qu'elle a fait crasher le serveur du Palais, elle a commencé à me les imprimer. Il y a sans doute l'équivalent d'une forêt de papier dans mon bureau.

Désolé pour l'environnement.

Je suis peut-être nul en politique, mais je suis particulièrement doué pour me forcer à sourire et couvrir mes faiblesses. Je suis un maître du paraître, du faire semblant.

J'ai fait ça toute ma vie.

« Oui, bien sûr, le rapatriement. Je croyais que vous aviez dit le rachatriement, un sujet avec lequel je commence à peine à me familiariser mais qui, j'en suis persuadé, est une cause qui me tiendra à cœur. »

Lorsque je vois leurs mines bafouées, je croise les bras, baisse la tête, et m'explique d'une voix solennelle.

« Le rachatriement est la distribution de chats abandonnés aux seniors. Je vous enverrai un mémo à ce sujet.

– Intéressant, dit Bellicksbub en hochant la tête.

– Absolument », acquiesce Aloysius.

Et ça, mesdames et messieurs, c'est ce qu'on appelle un *trou en un.*

Aloysius prend son club et fend l'air avec avant de s'approcher de la balle, puis il se met en position.

« Et pour ce qui est du rapatriement ? Le sujet vous tient-il également à cœur ? »

Cette fois, j'essaie de réfléchir avant de parler. Mamie serait tellement fière de moi.

Au bout d'un moment, je hoche la tête.

« Il est toujours positif d'offrir plus d'opportunités aux catégories les plus vulnérables de la population. Je pense que c'est une bonne idée. »

Belzébuth sourit lentement et ses dents jaunes luisent sous les rayons du soleil.

« Excellent. »

« À quoi pensais-tu ? »

Tout compte fait, mamie est loin d'être fière de moi.

Elle jette le *Sunday Times* sur son bureau, laissant le titre en une du journal crier à sa place.

LA COURONNE FAIT MARCHE ARRIÈRE
ET SOUTIENT LE RAPATRIEMENT CONTROVERSÉ

Je désigne le journal depuis ma chaise, face à l'énorme bureau de la reine.

« Ce n'est pas ce que j'ai dit. »

J'aurais dû me douter, quand elle m'a fait venir, que quelque chose n'allait pas. Être convié dans le bureau de la reine, c'est un peu comme être convoqué dans le bureau du proviseur – ça n'augure jamais rien de bon.

Elle me regarde froidement en fronçant les sourcils et les rides qui entourent sa bouche paraissent plus marquées qu'il y a un an.

À ce qu'il paraît, j'ai cet effet sur les gens.

« Cela fait des mois que nous nous battons pour bloquer cette loi. La seule chose qui empêchait un vote majoritaire était notre désaccord marqué. Or voilà que maintenant, en une phrase, tu as gâché tout notre travail. »

Ma peau me tiraille, comme si elle était trop étroite. Je passe une main dans mes cheveux qui, paraît-il, ont besoin d'un bon coup de ciseaux. Et c'est justement pourquoi ils m'arrivent presque aux épaules.

« Je n'ai rien gâché ! C'était une remarque spontanée ! Une conversation. »

La reine appuie ses mains à plat sur le bureau et se penche en avant.

« Tu es l'héritier du trône, tu ne peux pas te permettre des remarques "spontanées". Tu parles pour la maison de Pembrook et *chacune* de tes paroles, *chacune* de tes actions et *chaque* respiration que tu prends est susceptible d'être déformée et régurgitée par le parti qui en a le plus besoin. Nous en avons déjà parlé, Henry. »

Avant, j'étais le chouchou de mamie. On avait une relation spéciale. Elle était toujours amusée par mes histoires et mes aventures. Mais tout ça est parti en fumée le jour où j'ai été nommé comme son successeur. Je ne l'amuse plus du tout à présent et je crois même qu'elle a cessé de m'apprécier.

« As-tu pris la peine de lire notre positionnement à ce sujet ? J'ai demandé à Christopher de t'envoyer le dossier il y a plusieurs semaines. »

Christopher est le secrétaire personnel de la reine – son laquais. Pendant son temps libre, je le soupçonne de se promener avec une balle bâillon dans la bouche sur laquelle une photo de la reine est imprimée.

«Je n'ai pas eu le temps de le lire.

– Tu n'as pas *pris* le temps, tu veux dire.»

Lorsqu'elle prend ce ton, mieux vaut éviter le sujet.

«C'est toi qui as insisté pour que j'accepte cette stupide partie de golf avec ces deux enfoirés.

– Parce que j'ai bêtement pensé que tu comprenais l'expression "garde tes amis près de toi et tes ennemis plus près encore". Mais apparemment j'avais tort.

– Bon sang mais je n'ai jamais demandé tout ça!» je m'exclame, à bout de nerfs.

Je n'ai jamais eu envie d'être à cette place. Je n'ai jamais voulu être écrasé par le poids de toutes ces responsabilités. Je n'ai jamais demandé les clés du royaume – j'étais parfaitement heureux à aller et venir comme je le voulais.

Ma grand-mère lève le menton, ferme et indifférente.

«Effectivement, et tu n'étais pas mon premier choix non plus.»

Chez une femme de soixante-dix-huit ans, ce genre de remarque ne devrait pas provoquer beaucoup de dégâts. Toutefois, étant donné l'admiration que j'ai pour cette femme, qui est comme une mère pour moi depuis que j'ai dix ans… ça fait mal.

Ainsi, je réagis comme je l'ai toujours fait – je recule dans ma chaise, appuie ma cheville sur mon genou opposé, et je souris en coin.

«Eh bien, on dirait qu'on est dans le même bateau, mamie. On devrait renommer le palais – tu préfères le Titanic ou le Hindenburg?»

Elle ne réagit pas. Elle ne sourit pas, et elle ne cligne pas des yeux. Son regard gris me transperce comme la lame d'une guillotine. Et elle est tout aussi mortelle.

« Tu plaisantes, mais si cette loi est approuvée, la protection des travailleurs à bas salaire reculera. Ils seront exposés à des pratiques injustes et potentiellement dangereuses. Tu crois qu'ils riront à tes blagues, ce jour-là, Henry ? »

Bon sang, elle est douée. La culpabilité maternelle est toujours efficace – mais la culpabilité royale atteint un tout autre niveau.

« Je publierai une déclaration expliquant que Sir Aloysius m'a tendu un piège et que mes paroles ont été prises hors contexte, je réponds.

– Cela ne fera que prouver au monde entier que tu n'es qu'un idiot qui est facilement mené en bateau, dit-elle en secouant la tête.

– Alors je publierai une déclaration qui dit que j'ai réfléchi et que j'ai changé d'avis.

– Cela ne fera que montrer que ta parole ne vaut rien – que tes opinions fluctuent et que tu ne penses pas ce que tu dis. »

Bon sang, c'est comme un piège à doigts chinois – plus on tire dessus, plus il se resserre. Je ne fume pas, mais j'aurais bien besoin d'une cigarette. Ou d'un shot de whisky.

Je me contenterais tout autant d'un pistolet.

« Alors qu'est-ce que je suis censé faire ?

– Rien, siffle-t-elle. Je vais m'en occuper. Tu vas aller à Guthrie House et tu vas y rester. Ne parle à personne et n'invite personne. Contente-toi de lire, Henry. Instruis-toi – pour le bien de nous tous. »

C'est comme ça qu'une reine envoie un prince dans sa chambre.

Elle se tourne, regarde par la fenêtre, et joint ses petites mains fripées dans son dos.

Je me lève et tends la main vers elle pour dire… quelque chose. Pour m'excuser ou lui promettre de faire mieux. Mais ma main finit par retomber. Car cela ne changera rien – j'ai déjà été congédié.

Je passe la porte de mes appartements d'un pas déterminé. Guthrie House est traditionnellement la maison de l'héritier présomptif – c'est donc ici que je vis depuis un an. C'est un peu ma prison. Je monte les marches deux par deux jusqu'à ma chambre, satisfait d'avoir un but – un projet.

Et mon projet est de boire jusqu'à ce que j'aie oublié comment je m'appelle. Et mon nom complet est très, très long.

Les pages qui recouvrent les murs de ma chambre volettent quand j'entre. Je ne plaisantais pas en disant que ma grand-mère m'avait envoyé l'équivalent d'une forêt de documents. Je les ai scotchés aux murs de ma chambre pour pouvoir les lire quand je m'habille, quand je m'endors, quand j'ouvre les yeux le matin. Je dois cependant fermer les yeux quand je me masturbe, car les doctrines gouvernementales sont un véritable tue-l'amour. Secrètement, j'espère aussi pouvoir absorber les informations grâce au simple fait d'être en leur présence. Mais force est de constater que cela n'a pas fonctionné – l'apprentissage par osmose n'existe pas.

J'enlève mon costume bleu marine qui m'étouffe et me serre trop. On m'a dit qu'il m'allait comme un gant, mais ce n'est pas mon style. Chaque fois que je le revêts, j'ai l'impression de me glisser dans la peau de quelqu'un d'autre.

Je me souviens d'un jour, quand j'avais cinq ou six ans, où j'ai essayé un des costumes de mon père. Ma mère a pris des dizaines de photos en jurant que j'étais adorable. Je me demande si elles sont encore quelque part dans le grenier. Cela dit, elles sont sans doute entre les mains d'un historien qui les publiera quand je serai mort, pour prouver qu'un jour, *il était une fois*, le prince Henry était un véritable petit garçon.

J'idolâtrais mon père. Il me semblait toujours si grand… plus vrai que nature. Il était prudent et sûr de lui, et rien ne lui résistait – mais il avait aussi un côté joueur. Il aimait enfreindre les règles, lui aussi. Il nous emmenait à des concerts, Nicholas et moi, et dans des parcs d'attractions, même si cela faisait paniquer sa garde rapprochée. Cela ne le dérangeait pas qu'on se chamaille et qu'on triche. Un jour, il a laissé le premier ministre en plan, alors qu'ils étaient en pleine réunion, pour pouvoir se joindre à la bataille de boules de neige à laquelle on s'adonnait dans le jardin.

Il y a des jours où j'ai encore l'impression de porter le costume de mon père. Et que j'ai beau essayer… il ne m'ira jamais.

« Où allez-vous, comme ça ? demande Fergus, mon vieux majordome, en regardant le costume laissé par terre.

– Je vais au *Goat*, je réponds en enfilant un tee-shirt délavé et mon jean préféré.

– La reine vous a demandé de rester ici. »

J'ai deux théories pour expliquer que Fergus soit toujours au courant de tout : soit il a placé des micros et des caméras partout dans le palais et il les observe depuis une petite salle de contrôle secrète, soit c'est son œil « paresseux ». Peut-être lui demanderai-je un jour – même s'il me traitera sans doute de crétin.

« Exactement, je réponds en enfilant mes vieilles Rangers. Et on sait tous les deux que je n'ai jamais su faire ce qu'on me dit. Faites approcher la voiture. »

2

HENRY

Le pub *The Horny Goat* est mon havre de paix. Mon cocon. C'est un des plus vieux bâtiments de la ville, avec un toit qui fuit, des murs penchés, et un plancher toujours collant. La rumeur veut qu'à l'origine, c'était un bordel – ce qui est plutôt poétique, non pas à cause de la débauche que cela implique, mais parce que ces murs ont toujours su garder les secrets. Et ils continuent à le faire. Rien de ce que mon frère et moi avons fait ici n'a jamais été répété à la presse.

Ce qui se passe à Vegas ne reste pas toujours à Vegas – mais ce qui se trame ici n'en passe jamais la porte.

Le responsable de l'établissement s'appelle Evan Macalister et le pub est dans sa famille depuis plusieurs générations. Quand je m'assois sur le tabouret du bar, c'est l'homme trapu en chemise à carreaux qui me sert immédiatement une pinte. Mais ce soir, je lève la main pour l'arrêter.

« Un instant, Evan – rien de moins qu'un whisky ne fera l'affaire ce soir. »

Il saisit la bouteille derrière lui et me sert un shot.

« Rude journée au Palais, Votre Altesse ?

– Elles semblent toutes l'être, ces derniers temps. »

Je porte le shot à ma bouche, penche la tête en arrière, et le vide.

La plupart des gens boivent pour ne plus rien sentir ou pour oublier. Or le feu qui enflamme ma gorge est une douleur que j'aime. Je me sens enfin éveillé. Vivant. Déterminé.

Je fais signe au patron de m'en servir un autre.

« Où est Meg, ce soir ? » je demande.

Meg est la fille de Macalister, et mon frère passait parfois la nuit avec elle avant qu'il ne rencontre Olive. Je ne suis pas difficile en matière de femmes et je n'ai aucun problème à passer en second. Or je ne toucherai jamais à Meg, même si nous étions les deux seuls êtres vivants sur terre. Ma seule règle, lorsqu'il s'agit du sexe opposé, est de ne pas tremper ma queue là où mon frère a déjà trempé la sienne.

C'est tout simplement dégoûtant.

Néanmoins, je n'ai rien contre regarder son joli visage et mater son cul délicieux.

« Elle est au restaurant avec le type avec qui elle sort en ce moment. Tristan, ou Preston, ou un autre prénom de mauviette, dit-il en se servant un shot. Ce gars n'est bon à rien.

– Est-ce qu'on ne l'est pas tous ?

– C'est ce que me dit ma femme, répond-il en riant. D'après elle, je ne savais rien faire avant de la rencontrer.

– Alors à nos femmes, je déclare en levant mon shot – puissent-elles ne jamais cesser de nous voir tels qu'on pourrait l'être, et condamner ce que nous sommes.

– Amen », répond Evan en trinquant avec moi avant de vider son verre d'un trait.

«Je veux bien boire à ça, moi aussi», dit une petite femme brune en s'asseyant sur le tabouret à côté du mien.

Je sens presque James, mon garde, nous regarder depuis la porte. Je suis habitué à être suivi par des gardes, mais depuis un an, ils me semblent toujours trop près, trop étouffants.

«Qu'est-ce que je vous sers, ma p'tite dame? demande Macalister.

– La même chose que le prince Henry», répond-elle en souriant et en déposant suffisamment d'argent sur le bar pour payer pour nos deux verres.

J'aime les femmes. Je les adore. J'aime leur façon de se mouvoir, de réfléchir, j'aime leur voix, le parfum de leur peau – leur chaleur et leur douceur. Toutefois, il n'y a rien de doux chez la femme qui se trouve à mes côtés. Elle est angulaire et piquante – ses pommettes sont saillantes, ses muscles sont tendus, son menton est pointu et ses cheveux bruns sont coupés au carré juste sous ses oreilles. Elle n'est pas laide, mais elle est fine et aiguisée comme une flèche. Elle semble Américaine et doit avoir mon âge, mais il y a une agressivité chez elle que je n'ai vue que chez des femmes d'un âge plus mûr – des couguars. À ce propos, j'adore les couguars, elles ont suffisamment d'expérience pour savoir précisément ce qu'elles veulent et elles sont assez confiantes pour pouvoir le dire haut et fort.

Je suis intrigué. Et excité. Je n'ai pas baisé depuis... le mariage de Nicholas. Bon sang, ça fait des mois! Pas étonnant que je sois sur les nerfs.

Macalister remplit une pinte de Guinness et un shot et les pose devant elle, puis il me ressert un whisky et s'affaire à l'autre bout du comptoir.

«À la vôtre, je dis en me tournant vers elle.

– Cul sec.

– Je préfère quand il est trempé », je réponds en lui lançant un clin d'œil.

Elle ricane et vide son shot comme une pro, puis elle se lèche les lèvres et étudie mon avant-bras.

« Sympa, votre tatouage. »

En fait, il y en a deux. Il y a le blason royal, qui commence sur mon poignet et, dessous, le blason militaire de Wessco. J'ai fait le premier quand j'avais seize ans, quand j'ai échappé à ma garde après le couvre-feu du pensionnat pour aller en ville avec des amis. Je pensais pouvoir mettre des manches longues et que ma grand-mère n'en saurait rien. Cette illusion a duré précisément un jour – c'est le temps qu'il a fallu pour que des photos de moi au salon de tatouage soient publiées en une des journaux. J'ai ajouté le second il y a quelques années, après une session de tir avec mes frères d'armes.

« Merci.

– Je m'appelle Vanessa Steele », dit-elle en me tendant la main.

Elle est Américaine, c'est certain. Si elle était de Wessco, elle s'inclinerait. Je lui serre la main – elle est sèche et lisse.

« Henry. Mais vous le savez déjà.

– Oui. On ne peut pas dire que vous soyez facile à contacter, vous savez.

– Alors que diriez-vous que je finisse ma pinte et qu'ensuite je vous accorde un contact rapproché jusqu'au bout de la nuit ? »

Elle éclate de rire.

« Vous êtes meilleur que je ne l'avais imaginé, dit-elle en tapotant son ongle rouge sur le bar. J'ai une proposition à vous faire.

– J'adore. Chez vous ou chez moi ? je réponds avant de claquer mes doigts. En fait, avant que j'oublie, il faudra qu'on repasse au palais. Vous devez signer un accord de confidentialité – c'est juste un détail. Ensuite, on pourra passer aux choses sérieuses.

– Je ne pensais pas à ce genre de proposition, dit Vanessa en appuyant un coude sur le bar. Je ne veux pas dormir avec vous, Henry.

– Qui a parlé de dormir ? Je vous parle de sexe. De sexe génial. En grande quantité. »

Elle rougit et éclate de rire.

« Je ne veux pas *coucher* avec vous.

– Ne soyez pas timide. Le jeu du chat et la souris peut être amusant, parfois, mais ce n'est pas nécessaire. Je suis toujours partant, j'ajoute à voix basse.

– C'est ce que j'ai entendu dire, oui, déclare-t-elle avec un sourire narquois et confiant. Mais il s'agit d'une proposition professionnelle, et je ne mélange jamais travail et plaisir. »

Aussitôt, mon intérêt pour elle disparaît. Ces jours-ci, le terme « travail » me fait l'équivalent d'une douche froide.

« Dommage.

– Pas forcément. Je suis productrice de télévision. Avez-vous déjà entendu parler de *Matched*[2] ? »

Je fronce les sourcils en fouillant dans mes souvenirs.

« C'est une de ces téléréalités de rencontres, c'est bien ça ? Du genre *Bachelor* ?

– Tout à fait. »

Du coin de l'œil, je vois Macalister faire un signe à un de ses videurs – un type énorme avec un cou de la

---

2. Assortis

taille de ma cuisse. Vanessa doit le voir aussi, car elle parle plus vite.

« Je prépare une émission spéciale – *royale* devrais-je dire – et je veux que vous en soyez la star. On s'occupera de tout – vous aurez vingt superbes aristocrates à vos pieds, et vous n'aurez qu'à les laisser se battre pour vous. La fête durera un mois – *non-stop*. Et à la fin, vous n'aurez plus qu'à rayer une des tâches de votre liste : choisir votre reine. »

En matière d'argumentaire de vente, le sien n'est pas mal. La part de moi qui a été mise de côté pendant tous ces mois repense à l'époque où tout était simple, joyeux, et fun – un peu comme ces journées froides d'hiver quand vous repensez à l'été.

« Il est l'heure de partir, mademoiselle », dit le videur en approchant derrière elle.

Vanessa descend de son tabouret.

« Voyez-moi comme la version féminine de Billy the Kid, me dit-elle avec un clin d'œil. Je vous rendrai célèbre.

– Je le suis déjà.

– Mais vous n'aimez plus ça, n'est-ce pas Henry ? Je peux faire quelque chose pour vous que personne ne peut faire – je peux rendre ça *amusant*, explique-t-elle en posant sa carte de visite sur le bar. Pensez-y, et appelez-moi. »

Je la regarde traverser le bar en direction de la porte. Et, même si je n'ai aucune intention d'accepter son offre, aussi alléchante soit-elle, je mets sa carte dans mon portefeuille. Juste au cas où.

Les années 1980 sont bien trop sous-estimées en terme de création musicale. Elles n'ont absolument pas le respect qu'elles méritent. J'essaie d'utiliser ma place dans ce monde pour attirer l'attention sur cette tragédie en chantant des ballades d'époque dès que j'en ai l'occasion. Et en ce moment, je chante *What about me* de Moving Pictures sur la scène de karaoké du *Goat*. C'était leur seul hit et c'est une des chansons les plus tristes que je connaisse. Je ferme les yeux en hurlant les paroles et en me déhanchant derrière le micro.

Je ne suis pas en rythme avec la musique – je suis tellement ivre que c'est un miracle si je tiens encore debout.

D'habitude, je joue également de la guitare, mais ça fait plusieurs heures que j'ai perdu toute capacité de coordination. Je suis un musicien fantastique, même si personne ne le remarque. Mon talent est supplanté par tous mes titres, de la même façon que les enfants de stars sont ignorés à cause de leur nom de famille.

Mon amour de la musique me vient de ma mère – elle jouait de plusieurs instruments. J'ai eu des professeurs de piano puis de violon, mais je me suis finalement arrêté sur la guitare. La scène de karaoké du *Goat* a longtemps été comme une deuxième maison pour moi et, ces dernières heures, j'ai sérieusement envisagé d'y emménager.

Si Harry Potter avait une chambre sous l'escalier, je pourrais avoir la mienne sous la scène, non ?

Je me lance dans le refrain pour la seconde fois, et des voix me parviennent, au loin. Je les entends, mais je ne les écoute pas.

« Bon sang, ça fait combien de temps qu'il est comme ça ? »

J'aime cette voix. Elle est apaisante. Elle est grave et réconfortante. Elle me fait penser à celle de mon frère. Mais ce n'est pas lui, car Nicholas est dans un pays lointain.

« On peut dire qu'il n'y a pas été de main morte. »

Et celle-là, on dirait celle de Simon – le meilleur pote de mon frère. Il jette un œil sur moi de temps en temps, pas parce que Nicholas lui a demandé, mais parce que c'est un chic type.

« Ça a été particulièrement difficile, ces derniers mois, dit Simon.

– Des mois ? s'exclame la voix douce.

– On ne voulait pas t'embêter tant qu'il n'y avait pas de raison de s'inquiéter. »

Cette voix-là est superbe. On dirait presque celle de la femme magnifique de Simon, Franny. Je me demande si Franny a une sœur jumelle…

« James m'a contacté quand il a refusé de rentrer. Il allait mal il y a deux jours mais là…

– Il a touché le fond », dit Franny en terminant la phrase de Simon.

Ils sont mignons, ces deux-là.

« Waouh. Vous ne faites vraiment pas les choses à moitié, dans la famille royale, hein ? dit une jolie voix américaine. Même vos dépressions nerveuses sont à graver dans les annales. »

La chanson prend fin et, au bout d'un moment, j'ouvre les yeux.

Un client solitaire, assis près de la scène, applaudit, faisant tomber au sol la cendre de sa cigarette.

Je lève la tête, et je vois quelque chose de merveilleux.

Mon grand frère, Nicholas, près du bar, le visage inquiet. Ce doit être un rêve. Une illusion. Mais je suis prêt à prendre ce que je peux.

Je commence à sourire et à aller vers lui, mais j'oublie un instant que je suis sur la scène. Je ne fais qu'un pas, et tout devient noir.

Lorsque j'ouvre de nouveau les yeux, je suis par terre, sur le dos, face au plafond taché du *Horny Goat*. Et… je crois qu'il y a du chewing-gum collé là-haut. Quel débile s'est amusé à coller son chewing-gum au plafond ?

Le visage de mon frère me surplombe et je ne vois plus que lui. Un merveilleux soulagement m'envahit et je souris.

« Nicholas ? T'es vraiment là ?

– Oui, Henry, je suis vraiment ici, dit-il d'une voix tendre en posant une main sur ma tête. T'as fait une sacrée chute – ça va ? »

Si je vais bien ? J'ai l'impression de voler !

« J'ai fait un rêve incroyable, je dis en désignant mon frère du doigt. T'étais ici, et toi aussi, et toi, je dis en montrant Simon puis Franny. T'avais abdiqué, Nicholas. Et ils voulaient tous que je devienne roi ! »

Un rire diabolique m'échappe… jusqu'à ce que je tourne la tête à droite et que je voie de beaux yeux bleu foncé, avec une belle bouche et des cheveux noirs et bouclés.

« Aaargh ! », je crie d'une voix aiguë.

C'est Olivia. La femme de mon frère. Sa femme américaine.

Je me tourne de nouveau vers Nicholas.

« Ce n'était pas un rêve, alors ?

– Non, Henry.

– Meeeerde », je râle en reposant ma tête sur le sol collant.

Soudain, je me sens coupable.

« Désolé, Olive. Tu sais bien que je t'adore.

– T'en fais pas, Henry, répond-elle en souriant. Je suis désolée que tu traverses une période difficile. »

Je passe ma main sur mon visage, essayant de reprendre mes esprits.

« C'est pas grave. C'est mieux comme ça – je n'aurai pas besoin de vivre sous la scène, au moins.

– T'allais vivre sous la scène ? demande Nicholas.

– Oublie. C'était une idée débile de Potter. Tu parles d'un sorcier de génie. »

Tout à coup, mon frère semble vraiment inquiet.

« Mais t'es là, maintenant, je lui dis. Tu peux me ramener avec toi aux États-Unis.

– Henry…

– *Donne-moi tes pauvres, tes exténués, qui en rangs pressés aspirent à vivre libres*[3] – ça me décrit parfaitement ! Je suis un rang pressé, Nicholas ! »

Il me serre dans ses bras en me secouant légèrement.

« Henry, tu ne peux pas déménager aux États-Unis. »

Je saisis sa chemise et ma voix devient celle d'un garçon de huit ans.

« Mais elle est si méchante, Nicholas. Si *méchante*.

– Je sais », répond-il en me tapotant le dos.

Nicholas et Simon me hissent debout et me tiennent pour que je ne tombe pas.

« Mais on va trouver une solution, Henry. Tout va bien se passer.

– Tu dis toujours ça, je râle en secouant la tête. Mais je commence à croire que tu ne sais pas de quoi tu parles. »

---

3. Citation du poème *The New Colossus* de la poétesse Emma Lazarus, inscrit au pied de la Statue de la Liberté.

3

HENRY

Après ça, les choses sont un peu floues. Je ne vois la réalité que par séquences de quelques secondes. Le trajet en voiture jusqu'au palais. La flaque de vomi au pied des rosiers que mon arrière-arrière-grand-tante, lady Adaline, a fait planter devant le palais. Nicholas et Simon me mettant au lit tandis qu'Olive remarque que les papiers scotchés au mur lui font penser à la cabane de Russell Crow dans *Un homme d'exception*.

Puis… je sombre dans un gouffre sombre et merveilleux.

Toutefois, le calme ne dure pas longtemps. Car je suis insomniaque – on dit que c'est la maladie des champions. Pour autant que je me souvienne, je l'ai toujours été. Je ne dors jamais plus de quatre ou cinq heures d'affilée, même les nuits où mes veines contiennent plus d'alcool que de sang. Mon radioréveil indique qu'il est une heure du matin lorsque je me traîne à la cuisine en m'appuyant contre le mur. Mon estomac gargouille à l'idée que je vais me goinfrer des biscuits de Cook.

Je ne me souviens pas avoir mangé au pub – combien de temps j'y suis resté ? Un jour ? Peut-être deux. Je renifle mes aisselles et grimace – deux jours, c'est certain. *Doux Jésus.*

Après m'être gavé de biscuits et en avoir mis quelques-uns dans mes poches pour la route, je titube le long des couloirs du palais. C'est ce que je fais la nuit. Je ne peux pas rester dans ma chambre ni dans une autre pièce sans avoir l'impression que les murs se referment sur moi. Cela me fait du bien de marcher, même si je ne vais nulle part.

Je finis par arriver dans le salon bleu, près des appartements privés de la reine. La porte est entrouverte, laissant passer un rai de lumière et l'odeur d'un feu de cheminée. J'entends des voix alors je m'appuie contre un mur, près de la porte, et j'écoute.

« Tu as l'air d'aller bien, mon garçon », dit mamie d'un ton chaleureux que je connais bien puisqu'il m'était réservé, avant.

Si je suis jaloux ? Ouais, un peu.

« Être marié te va bien.

– Être marié à Olivia me va bien.

– Touché. »

J'entends le tintement de la carafe de cristal et je devine qu'elle boit du sherry.

« Olivia dort ? demande la reine.

– Oui, elle s'est endormie il y a quelques heures. Le jet-lag l'a assommée.

– J'espérais qu'elle serait fatiguée parce qu'elle serait enceinte.

– On n'est mariés que depuis trois mois, ricane mon frère.

– Quand j'étais mariée depuis trois mois, j'étais enceinte de deux mois et demi de ton père. Qu'attendez-vous ?

– On n'est pas pressés. On… profite l'un de l'autre. On prend notre temps.

– Mais vous avez prévu d'avoir des enfants ?

– Un jour, oui, bien sûr. »

J'entends le raclement d'une chaise sur le parquet et je les imagine assis côte à côte près du feu.

« Alors dis-moi, Nicholas, avec du recul, as-tu des remords ?

– Pas un seul », répond mon frère d'une voix douce mais ferme.

Ma grand-mère fredonne un peu et je la visualise en train de siroter son verre avec cette élégance qui ne la quitte jamais.

« Mais je suis curieux, dit Nicholas. Si ça avait été toi – si tu avais dû choisir entre grand-père et le trône, qu'aurais-tu fait ?

– J'aimais profondément ton grand-père – je l'aime encore – tu le sais bien. Mais, si j'avais dû choisir, ce n'est pas lui que j'aurais sauvé. En dehors de mes enfants, la souveraineté a toujours été l'amour de ma vie. »

Il y a une longue pause avant que Nicholas ne reprenne la parole.

« Ça n'a jamais vraiment été le cas pour moi. Tu le comprends, non ?

– Maintenant, oui.

– J'ai toujours su que c'était ce qu'on attendait de moi, et j'étais déterminé à m'appliquer, mais je n'ai jamais aimé ça. Je ne l'ai jamais vraiment voulu, en fait.

– Mais aujourd'hui, tu es satisfait, non ? Avec les restaurants, l'œuvre de charité que tu as avec Olivia et monsieur Hammond ?

– Je ne suis pas satisfait. Je suis heureux. Incroyablement heureux. Plus que je ne le pensais possible. Tous les jours.

– Tant mieux, déclare ma grand-mère.

– Mais il y a quelque chose qui me chagrine, dit Nicholas. Un nuage noir dans le ciel. Je sais que je t'ai déçue, avoue-t-il d'une voix rauque. Ce n'était pas mon intention, mais c'est néanmoins le cas. Je ne t'ai pas prévenue et je ne t'en ai pas parlé. J'ai défié ma reine, et tu m'as élevé mieux que ça. Je veux que tu saches que j'en suis sincèrement désolé. Vraiment. »

J'entends un bruit de cristal contre du bois tandis que la reine pose son verre sur le guéridon.

« Écoute-moi bien, Nicholas, parce que je ne le dirai qu'une seule fois. Tu ne m'as jamais déçue.

– Mais…

– Je t'ai élevé pour être un leader. Tu as étudié la situation, réfléchi aux options que tu avais, et tu as fait un choix. Tu n'as pas hésité, tu n'as pas attendu d'avoir la permission. Tu as agi. C'est… c'est ce que font les leaders.

– Très bien, si tu le dis », répond-il d'une voix plus légère.

Il y a un nouveau silence et j'imagine mon frère boire une gorgée. Peut-être même finit-il son verre.

« En parlant d'élever des leaders…

– Oui, soupire la reine. Mieux vaut en parler maintenant. Il est… comment dit-on déjà ? Il est déjanté.

– Oui. »

Je me tourne, m'adosse au mur, et me laisse glisser par terre. Ce n'est pas que je n'ai pas l'habitude que les gens parlent de moi – mes qualités et mes défauts sont souvent abordés ouvertement, même quand je suis dans la pièce. Mais ça… ça va être différent. Pire.

« Tu te souviens de la pièce de fin d'année dans laquelle a joué Henry quand il était à l'école ? C'était le dernier Noël de maman et papa. Il avait le premier rôle – il jouait Scrooge, dit Nicholas en riant.

– Vaguement. Je n'ai pas été à la représentation.

– Non, moi non plus. Papa m'avait parlé avant. Ils avaient peur qu'en y allant, la presse, ses profs et ses camarades soient si occupés avec moi que Henry en serait oublié. Et ils avaient raison. Il a passé toute sa vie dans mon ombre. Et maintenant, il est sous le feu des projecteurs. C'est normal qu'il ait du mal à ajuster ses yeux à la lumière. Tu dois lui laisser le temps de s'adapter.

– Il n'a pas le temps, justement, c'est le problème.

– T'as l'intention de mourir bientôt ? se moque Nicholas.

– Non. Mais on sait tous les deux que les accidents arrivent. Il doit être prêt. Tu ne comprends pas, Nicholas.

– Bien sûr que si. Je suis justement la seule personne au monde qui peut comprendre.

– Eh bien non, tu te trompes. Tu as été préparé à monter sur le trône avant même que tu puisses marcher. Il se passait un millier de petites choses autour de toi tous les jours sans que tu ne t'en aperçoives. C'était dans la façon dont les gens te parlaient, les conversations que tu avais, les enseignements que tu as suivis, et la manière dont ils t'ont été transmis. Henry a toute une vie à rattraper.

– Il n'y arrivera jamais si tu l'anéantis avant, répond sèchement Nicholas. Si tu le convaincs mille fois par jour que ce qu'il fait ne suffira pas, il n'y arrivera jamais. »

Un silence s'installe quelques secondes, puis ma grand-mère reprend la parole.

« Tu sais ce qu'il y a de pire dans le fait de vieillir ?

– Les problèmes d'érection ?

– Oh, ne t'en fais pas pour ça, répond la reine d'un ton aussi moqueur que celui de mon frère. C'est dans les gênes, et ton grand-père était un étalon jusqu'à sa mort. »

Je me retiens d'éclater de rire.

« Bon, donne-moi ton verre, t'as assez bu comme ça.

– Ce qu'il y a de pire dans le fait de vieillir, c'est de savoir qu'on va bientôt quitter ceux qu'on aime et qu'ils vont devoir continuer seuls. Et s'ils ne sont pas préparés… s'ils sont vulnérables… c'est terrifiant. »

Le crépitement du feu est le seul bruit qui rompt le silence.

« Ils vont le manger tout cru, déclare alors la reine. S'il ne change pas de trajectoire, Henry ira droit dans le mur. »

Ma poitrine se contracte si fort que j'ai l'impression que mes côtes vont se briser. Parce qu'elle a raison.

« Mais non, pas du tout.

– Tu n'en sais rien.

– Bien sûr que si ! Je n'aurais jamais abdiqué si je n'en étais pas certain.

– Quoi ?

– Ne te méprends pas – j'aurais refusé d'épouser une autre qu'Olivia, et j'aurais attendu toute ma vie de le faire si j'avais dû, jusqu'à ce que la loi soit changée. Mais je ne l'ai pas fait parce qu'au fond de moi, au plus profond de mon âme, je savais que Henry ne serait pas seulement un bon roi, mais qu'il serait bien meilleur que je ne l'aurais jamais été. »

Pendant quelques secondes, je ne parviens pas à respirer. Les paroles de mon frère m'ont coupé le souffle.

Celui de mamie aussi, apparemment.

« Tu le crois vraiment ?

– Absolument. Et honnêtement, je suis triste que ce ne soit pas ton cas.

– Henry n'a jamais su se montrer à la hauteur quand c'était nécessaire.

– Il n'a jamais eu à le faire, insiste mon frère. On ne le lui a jamais demandé – pas une fois. Jusqu'à maintenant. Et il ne se montrera pas seulement à la hauteur – il sera resplendissant. »

La reine parle à voix basse, comme si elle formulait une prière.

« J'aimerais le croire. Tu n'imagines pas à quel point. Comment peux-tu en être si sûr ? »

La voix de Nicholas est rauque et chargée d'émotion.

« Parce que… parce qu'il est comme maman. »

Je ferme les paupières alors que les larmes brûlent mes yeux. Pour moi, il n'y a pas de plus beau compliment.

Mais bon sang, il n'y a qu'à me voir pour savoir à quel point c'est loin d'être vrai.

« Comme elle, il sait toujours ce dont une personne a besoin – que ce soit de force, d'un conseil, de gentillesse, de réconfort ou de joie – et il le lui donne toujours, sans effort. Souviens-toi comment les gens gravitaient autour d'elle… Lors des fêtes, toute la pièce cessait de respirer lorsqu'elle arrivait – car tout le monde voulait être auprès d'elle. Elle avait un talent, une lumière, un don – peu importe comment on l'appelle – tout ce qui compte, c'est que Henry l'a aussi. Il ne le voit pas lui-même, mais je le vois, moi. Je l'ai toujours vu. »

Il y a un moment de silence et j'imagine Nicholas se rapprocher de la reine.

« Les gens nous auraient suivis, moi ou papa, pour la même raison qu'ils te suivent toi – parce qu'on est fiables et solides. Ils font confiance à notre jugement, ils savent qu'on ne les laissera jamais tomber. Or ils suivront Henry parce qu'ils l'aimeront. Ils verront en lui leur fils, leur frère, leur meilleur ami, et même s'il se trompe, ils le soutiendront parce qu'ils voudront qu'il réussisse. J'aurais été respecté et admiré, mais grand-mère… Henry sera aimé. Et si j'ai appris quoi que ce soit depuis qu'Olivia est entrée dans ma vie, c'est que l'amour est plus fort que la raison, le devoir, l'honneur ou la tradition. »

Pendant plusieurs minutes, seuls le crépitement du feu et le tintement des verres rompent le silence. La reine réfléchit avant de prendre une décision. C'est ce qu'elle fait. C'est ce que font les leaders. Je l'ai suffisamment observée au fil des ans pour le savoir, et je suis suffisamment lucide pour admettre que je n'ai jamais fonctionné ainsi.

« Aucune de mes tentatives n'a porté ses fruits. Que suggères-tu Nicholas ?

– Il a besoin d'espace pour… s'acclimater. Il a besoin de temps loin des projecteurs pour accepter sa nouvelle situation – pour apprendre ce qu'il doit faire, à sa façon. Pour s'approprier son rôle.

– D'espace, répète la reine en tapotant son doigt sur la table. Très bien. S'il a besoin d'espace, il l'aura. »

Je ne suis pas certain d'aimer ce que cela implique.

Deux semaines plus tard, j'ai le malheur d'apprendre que j'avais raison.

Le château d'Anthorp. Elle m'a envoyé à *Anthorp*, bon sang.

Ce n'est même pas au milieu de nulle part, c'est au bout du monde : sur la côte, entouré d'un côté par des falaises abruptes et l'océan glacé, et de l'autre par une forêt dense. La « ville » la plus proche est à une heure de route. La reine ne m'a pas donné de l'espace – elle m'a banni.

«*Ah ! Le bannissement ! Par pitié, dis la mort ! L'exil a l'aspect plus terrible, bien plus terrible que la mort.* »[4]

Roméo était une mauviette, mais je dois dire qu'en cet instant je comprends exactement où il voulait en venir.

Je suis assis au milieu de l'énorme lit à baldaquin, en train de jouer de ma guitare au rythme des vagues qui s'écrasent en contrebas. L'air est frais, mais le feu de cheminée compense le froid. Je joue *Hallelujah* de Leonard Cohen, une chanson qui me fait du bien. Elle est déprimante et triste, mais réconfortante par sa répétition.

Dégoûté par moi-même, je mets la guitare de côté et enfile mon peignoir. J'arpente un moment le château, saluant les armures effrayantes qui font le guet au bout de chaque couloir. J'aurais bien besoin de repos, mais je ne veux pas essayer de dormir.

Parce que les rêves sont revenus. Les cauchemars.

Quand j'ai terminé mon service militaire, ces rêves glaçants revenaient chaque nuit, me rappelant sans cesse l'attaque qui a tué ce groupe de soldats juste après que je leur ai rendu visite. J'ai ressenti un certain soulagement après avoir avoué à Nicholas et Olivia ce qu'il s'était passé et qu'ils ont suggéré que je prenne contact avec les familles de mes frères d'armes.

Cependant, mes cauchemars ont rejailli dès que j'ai mis les pieds au château d'Anthorp. La différence, c'est que maintenant, quand je rampe jusqu'aux corps qui jonchent le sol et que je les retourne pour trouver des survivants, ce n'est pas le regard sans vie des soldats que je découvre. C'est celui de Nicholas, d'Olivia… de mamie. Je me réveille en sursaut, trempé de sueur.

4. Réplique de Roméo, dans *Roméo et Juliette*, Shakespeare.

C'est épouvantable et c'est pour cela que le soir je ne dors pas et que je me promène.

Je finis ma route dans la grande bibliothèque du premier étage. Je m'installe dans le fauteuil derrière le bureau, je prends une page de la pile de documents, et je lis les lois qui gouvernent le mariage du prince héritier. En vérité, les lois gouvernent surtout la future mariée.

Elle doit venir d'une famille noble, tel que cela peut être prouvé par un acte de mariage.

En même temps, ça dit plus bas que les bâtards sont admis – quelle ouverture d'esprit !

Un document certifié doit prouver qu'elle est citoyenne de Wessco de naissance.

Sa virginité doit être prouvée par l'insertion de deux doigts du médecin royal dans son vagin, afin de confirmer que l'hymen est intact.

Celui qui a eu cette idée était un véritable pervers. Et un homme. Je doute qu'autant de preuves seraient requises si la loi exigeait un examen de la prostate pour tous les membres du Parlement.

« Je prépare du thé. Désirez-vous une tasse ? »

Je lève la tête et trouve Fergus dans l'embrasure de la porte, en peignoir et en pantoufles, le visage endormi.

« Je ne savais pas que vous étiez réveillé, Fergus.

– Comment dormir quand vous arpentez les couloirs comme un chat en chaleur ?

– Pardon.

– Alors, vous voulez une tasse ou pas ? »

Je repose le document sur sa pile.

« Non, merci. »

Fergus tourne les talons, puis il s'arrête et me regarde par-dessus son épaule.

« Vous savez, la reine était comme vous.

– Comment ça ?

– Elle ne dormait pas. Lorsqu'elle était plus jeune, elle se levait après trois heures de sommeil.

– Je l'ignorais », je réponds d'une voix douce.

Il avance jusqu'à la bibliothèque et promène son index sur les reliures avant de choisir un ouvrage.

« Elle trouvait que la lecture l'aidait. Celui-ci était son préféré. »

Il dépose le livre sur le bureau avec un bruit sourd.

Hamlet. Voilà qui est intéressant.

« Vous avez conscience qu'ils meurent tous ? Le roi, la reine, le gentil prince – ils crèvent tous à la fin. »

On ne peut pas dire que ce soit une histoire joyeuse.

« J'ai dit que c'était le préféré de votre grand-mère – pas le mien », dit-il avant de sortir sans un mot.

Je feuillette les pages en me parlant à voix haute.

« *Avant tout, envers toi-même sois loyal.* » C'est plus facile à dire qu'à faire, Polonius.

Car cette vie n'est pas censée être la mienne. Rien de tout ça ne me ressemble. Le titre, les responsabilités, les promenades nocturnes dans ce vieux château de pierres sans d'autre compagnie que l'écho de ma voix et le bruit de mes pas. Et même si je suis censé m'acclimater, ce n'est pas le cas.

Parce que Nicholas a tort. Je suis dans son angle mort – je l'ai toujours été. Je m'en suis servi à mon avantage quand ça m'arrangeait. Il est gentil et plein de bonnes intentions, mais il se trompe.

Et nous sommes tous foutus.

Le silence devient pesant et je gigote, mal à l'aise. Je me sens comme dans une tombe. *Envers toi-même sois loyal, Henry.*

Peut-être est-ce le problème *et* la solution ?

Je me lève d'un bond et me mets à réfléchir en faisant les cent pas. J'ai les idées plus claires quand je bouge. J'ai les idées plus claires après une bonne baise aussi, mais bon…

Tout compte fait, cela fait un moment que je ne suis pas moi-même. Il faut que je retrouve mon rythme, mes habitudes. J'ai besoin d'être moi-même un moment.

Je suis nul en politique et encore davantage au golf. Je suis une catastrophe lorsqu'il s'agit de prendre des décisions mûries et de faire ce que l'on me dit, mais j'ai toujours su être divertissant – me donner en spectacle. Je sais rendre les gens heureux et organiser une fête.

Je retourne l'idée dans ma tête et, au bout d'un moment, elle commence à prendre forme. Je n'ai pas demandé cette vie, mais il est temps que je l'accepte. Et si je dois échouer monumentalement, je veux échouer à ma manière.

Je veux finir en beauté. En faisant la fête.

La fête durera un mois et le château sera plein de femmes qui se battent pour moi. *Matched: Édition Royale* m'apparaît soudain comme la meilleure idée au monde.

Après tout, qu'est-ce qui pourrait mal se passer ?

Soudain, la tension dans mes épaules disparaît. Le poids qui écrasait ma poitrine et me faisait croire à un infarctus perpétuel s'allège.

Et je me sens… bien. Je me sens aux commandes.

Je me lève, laissant les documents et toutes ces lois ridicules derrière moi. Je retourne dans ma chambre, saisis mon portefeuille, et en sors la carte de visite abîmée, puis je prends mon téléphone et je compose le numéro.

4

SARAH

« Et merde. »

Je relis l'email – la convocation – de monsieur Haverstrom, mon patron, sur mon portable et, même si l'air de cet après-midi ensoleillé est frais, des gouttelettes de sueur apparaissent immédiatement sur mon front.

La tête blonde d'Annie se tourne brusquement vers moi.

« Mon Dieu, dis-moi que quelqu'un t'a envoyé une photo de pénis ! s'exclame-t-elle. Laisse-moi voir, laisse-moi voir ! Comment est-il ? Grand, petit… ? Oh, est-ce que je vous ai déjà parlé des couilles d'Elliot ? »

Je regarde Willard dans les yeux puis je regarde l'heure. Trois minutes et sept secondes. Voilà le temps qui s'est écoulé depuis la dernière fois qu'Annie a mentionné Elliot Stapleworth, son insupportable stupide d'ex-petit copain. Il a rompu avec elle il y a deux semaines, mais elle est encore complètement accro à lui. Pourtant, elle mérite mieux. Ce n'est pas seulement un insupportable abruti – c'est un abruti qui n'a jamais appris qu'un homme avait aussi un entretien pubien à effectuer.

« Elles étaient comme deux petits monstres poilus. Comme deux petits hérissons roulés en boule entre ses cuisses, mais c'était loin d'être mignon. J'avais tout le temps des poils coincés dans la gorge et c'était vraiment insupportable. »

Voilà une image dont je me serais bien passée.

Willard fronce les sourcils.

« Quel enfoiré. Rien ne tue l'amour plus vite. De mon côté je vous assure que mes bijoux sont doux comme les fesses d'un bébé. »

Et en voilà une autre.

« J'aurais pu vivre toute ma vie sans jamais savoir ça, tu sais, je gronde, mais il me répond par un clin d'œil amusé.

– À ce propos, Willard, commence Annie en se penchant sur la table. Est-ce que tes parties intimes sont… proportionnelles ? »

Willard mesure un mètre quarante-sept. Toutefois, sa personnalité est hors norme. Il est audacieux et franc, et il est toujours prêt à dégainer une réponse futée et sarcastique. Il me fait penser à Tyrion Lannister, dans *Game of Thrones* – mais en plus gentil et plus beau.

« Annie ! je m'exclame en rougissant.

– Allez, avoue que tu rêves de le savoir », répond-elle en me mettant un petit coup de coude.

Non, pas du tout. Mais apparemment, Willard a envie de répondre.

« Je suis merveilleusement disproportionné. De la même façon que les cinq autres sens d'un aveugle sont plus développés, Dieu m'a largement dédommagé sur ce plan, dit-il en jouant des sourcils.

– Je ne manquerai pas de le dire à Clarice quand je lui parlerai de sortir avec toi ce samedi ».

Annie est la pire entremetteuse qui ait existé. Toutefois, alors qu'il s'est fait avoir plus d'une fois, Willard continue de la laisser essayer.

« Bref, revenons-en à ton message, Sarah, dit Annie.

– Monsieur Haverstrom…

– Monsieur Haverstrom ? Beurk ! Je parie que ses couilles sentent le chou de Bruxelles. Ça se voit à sa tête boudeuse. Il a clairement le slip qui pue. »

Mince. Moi qui aimais les choux de Bruxelles.

J'enlève mes lunettes et les essuie avec le chiffon que je garde dans ma poche.

« Bref, je disais que monsieur Haverstrom m'a envoyé un email. Je dois aller le voir après le déjeuner. Ça a l'air sérieux. »

Mon angoisse s'intensifie maintenant que je prononce ces mots à voix haute. Mon cœur bat la chamade, ma tête me semble légère, une vague d'adrénaline se précipite dans mes veines, et je sens mon pouls battre dans ma gorge. Lorsque je suis dans des situations imprévues ou lorsque je suis le centre d'attention, même si je sais qu'il n'y a aucune raison d'angoisser, mon corps réagit comme si j'étais la victime d'un film d'horreur. Vous savez, celle qui titube dans les bois alors que le psychopathe et sa machette lui courent après. Je déteste ça, mais je n'y peux strictement rien.

« Pense à respirer lentement, Sarah, dit Willard. Tu sais, il va sans doute t'offrir une promotion. Tu es la meilleure de la boîte, tout le monde le sait. »

Annie et Willard ne sont pas seulement mes amis, ce sont mes collègues ici, à la bibliothèque Concordia. Willard travaille en bas, au département de restauration et de préservation, et Annie travaille à la section jeunesse, tandis que je passe mes journées dans la section littérature et documents. Tout le monde pense que travailler dans une bibliothèque implique de ranger des livres sur des étagères et d'envoyer des courriers de retard aux lecteurs – mais c'est bien plus que ça.

Il s'agit de promotion de la communauté, de technologies d'information, d'organisation, d'aider les autres à trouver l'aiguille dans leur botte de foin. De la même façon que les médecins urgentistes doivent pouvoir dégainer diagnostics et traitements sans hésiter, les bibliothécaires, du moins les bons, doivent avoir des connaissances sur des tonnes de sujets différents.

« J'ai la flasque que j'ai volée à Elliot dans mon casier », dit Annie.

Trois minutes et quarante-deux secondes. Le record de neuf minutes et sept secondes reste imbattu.

« Tu veux boire un petit coup avant d'y aller ? » propose Annie.

C'est une bonne amie – comme Helen l'est pour Jane dans *Jane Eyre*. Elle est aussi gentille qu'elle est belle.

Je secoue la tête, puis je mets mon masque de grande fille et je me lève.

« Je vous dirai comment ça s'est passé. »

Annie lève les pouces et Willard hoche la tête, faisant tomber ses cheveux châtains ondulés sur son front, comme le personnage perturbateur d'un roman d'amour. Je les salue de la main, puis je les laisse dans le patio où nous déjeunons tous les midis.

Dans le hall frais et sombre, je ferme les yeux et respire le parfum réconfortant des livres – du cuir, du papier et de l'encre. Avant que Wessco ne devienne un pays indépendant, ce bâtiment était une cathédrale écossaise – la cathédrale Concordia. Des travaux ont été faits au fil des siècles mais, heureusement, la structure d'origine est restée intacte. Il y a trois étages, avec d'imposantes colonnes en marbre, des entrées arquées et des plafonds infiniment hauts et superbement décorés. À force de travailler ici, je me sens parfois comme une prêtresse – une héroïne. Surtout quand je réussis à trouver un livre pour quelqu'un qui le cherchait depuis une éternité et que je vois son visage s'illuminer. Ou quand je fais découvrir un nouvel auteur à quelqu'un. Pour moi ce travail est un privilège – je peux accompagner les gens dans un nouveau monde, un univers rempli de personnages, de lieux et d'émotions qu'ils n'auraient jamais connus sans moi. C'est magique.

C'est Confucius qui a dit : « Choisis un travail que tu aimes faire, et tu n'auras jamais à travailler un seul jour de ta vie ». Je n'ai encore jamais travaillé à la bibliothèque Concordia.

Mes talons claquent sur le sol en marbre tandis que je me dirige vers l'escalier en colimaçon. Je passe devant l'accueil et fais signe à la vieille Maud, qui est bénévole ici vingt heures par semaine depuis que son mari, Melvin, est décédé il y a deux mois. Je vois George à sa table habituelle – c'est un retraité qui n'a jamais été marié et qui vient ici tous les jours. J'attrape deux journaux de la pile et les lui donne en passant.

« Bon après-midi, George.

– Grâce à toi, il l'est, maintenant, mon petit », répond-il.

Le long du mur, sur un côté, il y a une rangée d'ordinateurs, et je vois la petite tête rousse de Timmy Frazier penchée sur le clavier sur lequel il tapote frénétiquement. Timmy a treize ans et c'est un gentil garçon, même s'il fait des bêtises. Il a cinq frères et sœurs, tous plus jeunes que lui, son père est docker, et sa mère est femme de ménage à mi-temps dans le domaine au sommet de la colline.

Le domaine de ma mère.

Castlebrook est une superbe et minuscule ville – la plus petite de Wessco. C'est un vieux village de pêcheurs qui ne s'est jamais développé, mais qui génère juste assez de ressources et d'intérêt pour que ses habitants ne partent pas à la recherche d'herbe plus verte. Nous sommes à environ cinq heures de route de la capitale, et si la plupart des gens du coin ne vont jamais très loin, les citadins viennent souvent ici pour passer un week-end au calme.

Tous les enfants vont à l'école St. Aldwyn, à dix minutes d'ici – mais je suis sûre que Timmy peut y arriver en cinq minutes.

« Tu peux me dire pourquoi tu n'es pas à l'école, Timmy Frazier ? »

Il sourit en coin, mais il ne quitte pas l'écran des yeux et n'arrête pas d'écrire.

« J'y retourne, mais j'ai sauté un cours pour finir ce devoir que je dois rendre en dernière heure.

– Est-ce que tu as déjà envisagé de finir tes devoirs un jour – ou pourquoi pas même deux ou trois – avant la date butoir ?

– Mieux vaut tard que jamais, Sarah », répond-il en haussant les épaules.

Je ricane et frotte ses cheveux en passant, puis je gravis les escaliers jusqu'au troisième étage.

Je me sens à l'aise avec les gens que je connais – je peux même être sociable et drôle. Ce sont les inconnus et les situations imprévisibles qui me chamboulent. Et je suis sur le point d'en connaître une nouvelle.

Je suis devant le bureau de monsieur Haverstrom et mon regard est rivé sur les lettres de son nom gravées sur le verre dépoli, écoutant les voix à l'intérieur. Ce n'est pas que monsieur Haverstrom soit un patron méchant – il est un peu comme monsieur Earnshaw dans *Les Hauts de Hurlevent*. Sa présence est forte et imposante.

J'inspire lentement, me tiens droite, et je frappe fermement à la porte – comme le ferait Elizabeth Bennet[5]. Monsieur Haverstrom ouvre la porte en plissant les yeux – ses cheveux et sa peau sont pâles et son visage est ridé et ronchon.

À l'extérieur, je hoche la tête et entre calmement dans son bureau, mais à l'intérieur, je me recroqueville sur moi-même.

Mon patron ferme la porte derrière moi et je m'arrête quand je vois Patrick Nolan dans le fauteuil face au bureau. Pat est mon codirecteur de la section littérature et documents. Il ne répond pas au cliché du bibliothécaire – il ressemble plutôt à un champion olympique de triathlon, avec ses muscles bandés, ses épaules larges et son regard assoiffé de compétition.

Pat n'est pas un aussi bel abruti qu'Elliot, mais il n'en est pas loin.

Je m'assois dans le fauteuil à côté de Pat alors que monsieur Haverstrom s'installe derrière son bureau.

« Lady Sarah, j'expliquais justement à Pat la raison pour laquelle je vous ai convoqués à cette réunion. »

Ne prenez pas le lady pour une marque de respect – c'est juste une tradition.

« Oui ? je me force à dire.

– Nous avons été choisis pour accueillir le prochain colloque des bibliothèques du Nord. »

La situation est catastrophique. Affreuse. Cauchemardesque.

5. Héroïne d'*Orgueil et Préjugés* de Jane Austen.

« En tant qu'édifice d'accueil, chaque département doit faire une présentation et, étant donné la taille et l'étendue de la section littérature et documents, je ne vois pas pourquoi Patrick et vous ne pourriez pas faire des présentations séparées mais complémentaires. Il me faudra vos sujets d'ici la fin de la semaine pour m'assurer que vous ne vous répétez pas. »

J'ouvre la bouche et la referme, comme un poisson, mais aucun mot ne sort. *Respire !* Il faut respirer pour parler, espèce d'idiote.

« Monsieur Haverstrom, je ne crois pas que…

– Je sais que vous n'aimez pas parler en public », m'interrompt mon patron.

Ça arrive régulièrement, ça. Souvent, même.

« Mais vous allez devoir vous forcer. C'est un honneur et un prérequis du poste que vous occupez. En dehors d'une intervention divine, vous n'y échapperez pas. Si vous n'êtes pas capable de répondre aux besoins du poste, je serai obligé de vous remplacer par quelqu'un qui le pourra. »

Merde, zut, zut, merde !

« Oui monsieur, je comprends.

– Très bien, répond-il. Je vous laisse vous y mettre, alors. »

Nous nous levons tous les trois et Pat et moi nous dirigeons vers la porte.

« Lady Sarah, dit monsieur Haverstrom. Je me ferai un plaisir de revoir votre présentation avec vous lorsqu'elle sera faite, si ça peut vous aider. Je vous souhaite de réussir.

– Merci, monsieur », je réponds en me forçant à sourire.

Mon patron serre alors la main de Patrick.

« Pat, notre squash tient toujours pour samedi ?

– Tu peux y compter, Douglas. »

Dans ma tête, je soupire, déçue par moi-même, parce que je joue au squash moi aussi. Je suis même assez bonne. Et si j'avais un tout petit peu de Miranda Priestly en moi, du *Diable s'habille en Prada*, je le leur dirai et je me joindrai à la partie.

Mais ce n'est pas mon cas.

Monsieur Haverstrom referme la porte, me laissant seule avec Patrick dans le couloir. Il me sourit d'un air pervers et se rapproche de moi. Je recule jusqu'à être plaquée contre le mur. C'est inconfortable, mais je ne me sens pas menacée. Surtout parce qu'en plus de pratiquer le squash, cela fait des années que je fais de l'aïkido. Si Patrick tentait quoi que ce soit, il aurait une belle surprise.

« Soyons honnêtes, Sarah : on sait tous les deux que la dernière chose dont tu aies envie, c'est de faire une présentation devant des centaines de personnes – devant tes collègues. »

J'ai le cœur au bord des lèvres.

« Alors que penses-tu de ça ? Tu t'occupes de la recherche et du Power Point, et de tous ces trucs pour lesquels je n'ai pas le temps, et je m'occupe de la présentation. Bien évidemment, je mentionnerai ton implication. »

Mais bien sûr. C'est toujours la même rengaine. À l'école, lors des projets de « groupe », j'étais la fille timide qui faisait tout le travail et laissait les beaux parleurs récolter toute la gloire.

« J'en parlerai à Haverstrom samedi – je suis comme un fils pour lui, explique Pat avant de se rapprocher suffisamment pour que je sente son épouvantable haleine aux relents d'ail. Laisse Big Pat s'en occuper. T'en penses quoi ? »

Je crois que l'enfer réserve une place toute particulière aux gens qui parlent d'eux à la troisième personne.

Toutefois, avant que j'aie pu répondre quoi que ce soit, la voix déterminée de Willard résonne dans le couloir.

« Je crois que tu ferais mieux de t'écarter, Nolan. Sarah n'est pas seulement capable de faire cette présentation – elle sera fantastique.

– Tais-toi, le nabot, laisse les adultes parler. »

Soudain, toute mon adrénaline revient. Mais cette fois, elle n'est pas motivée par l'angoisse – mais par la colère.

« Ne le traite pas de nabot, je gronde en le repoussant.

– Ça ne le gêne pas.

– Eh bien ça me gêne, *moi.* »

Il me regarde d'un air surpris, puis il ricane et se tourne vers Willard.

« Tu demandes toujours aux femmes de se battre à ta place ? »

Je fais un nouveau pas en avant pour l'obliger à reculer.

« Tu crois que je ne peux pas me battre parce que je suis une femme ?

– Non, je crois que tu ne peux pas te battre parce que tu ne peux pas aligner plus de trois mots quand il y a plus de deux personnes dans la pièce. »

Sa remarque ne me blesse pas – elle est en grande partie vraie. Mais pas cette fois.

Je souris lentement, d'un air machiavélique. Soudain, je suis Cathy Linton[6] – déterminée et fière.

« Eh bien il y a plus de deux personnes, ici et je n'ai que quelques mots à te dire : va te faire foutre, espèce de gros benêt purulent et arrogant. »

Il est si choqué que son expression est presque drôle, mais il s'en remet vite et pointe son doigt dans mon visage.

6. Personnage des *Hauts de Hurlevent* d'Emily Brontë.

« C'est ce que j'obtiens en essayant de t'aider ? Eh bien amuse-toi bien, j'ai hâte de te voir te ridiculiser. »

Je ne cligne pas des yeux tant qu'il n'a pas disparu dans les escaliers.

Willard m'applaudit lentement en venant vers moi.

« Gros benêt purulent ?

– Ça m'est venu tout seul, je réponds en haussant les épaules.

– Impressionnant, dit-il en embrassant le revers de ma main. Tu étais magnifique.

– Pas mal, hein ? C'était agréable.

– Et tu n'as pas rougi une seule fois ! »

Je dégage mes cheveux de mon visage et ris, gênée.

« Faut croire que j'oublie d'être nerveuse quand je défends quelqu'un d'autre.

– Tant mieux. Mais je déteste te l'annoncer, ma belle, il y a un autre sujet dont tu devrais te préoccuper tout de suite.

– Quoi ?

– La présentation que tu vas faire devant des centaines de gens. »

Soudain, je suis à deux doigts de vomir.

C'est ce qu'on ressent quand on est foutu ?

« Et merde », je gronde en m'adossant contre le mur.

5

SARAH

Après le travail, je rentre chez moi à pied. Mon appartement se situe à environ huit cents mètres de la bibliothèque. L'immeuble n'a rien d'extravagant mais il est bien entretenu, avec un jardin et une terrasse sur le toit. David, Jessica, et le petit Barnaby, un couple de jeunes mariés et leur nouveau-né, habitent au-dessus de chez moi, et Felix et Belinda, mariés depuis quarante ans, habitent au-dessous.

Je pose mes clés dans le bol en cristal près de la porte, comme toujours, puis j'enlève mon manteau et mes chaussures, que je range dans le placard, comme toujours.

Je n'ai ni colocataire ni animal de compagnie, donc mon salon est comme je l'ai laissé lorsque je suis partie ce matin, rangé et propre. J'ai un canapé beige avec des coussins orange et des rideaux assortis. Il y a des photos de ma mère et de ma sœur sur le guéridon, et les couvertures de mes livres préférés sont accrochées dans des cadres sur les murs.

La pièce maîtresse de mon salon n'est pas l'écran plat ni le poêle à bois. C'est la bibliothèque fixée entre les deux fenêtres.

Elle comporte six étagères, elle est aussi haute que le plafond, et elle est faite en bois flotté. Je l'ai trouvée sur un marché de Noël il y a quelques années. À l'époque, elle n'avait rien de spécial – elle était simple et ennuyeuse, un peu comme moi. Mais j'ai su que les planches étaient solides et qu'elles ne céderaient pas, alors je l'ai ramenée chez moi, je l'ai poncée et vernie, et je lui ai confié ce que j'ai de plus précieux – ma collection de premières éditions. J'ai tous les Jane Austen, les romans des sœurs Brontë, les Dickens – ils sont tous là. J'ai beau apprécier les romans d'amour contemporains de temps à autre, je reviens toujours aux classiques car, peu importe le nombre de fois que je les relis, ils m'émeuvent à chaque fois.

Mon appartement est petit et je n'aperçois qu'un tout petit bout d'océan depuis la fenêtre de ma chambre, mais je paie moi-même le loyer avec mon salaire, et non avec la fortune familiale.

Je tire une grande satisfaction à l'idée de gagner ma vie. Je suis indépendante, je peux survivre seule. Lorsqu'on dépend des autres, une partie de votre bonheur est entre leurs mains. Ils peuvent le soigner ou l'écrabouiller à tout moment. Votre destin ne vous appartient pas. J'ai vu ce qui pouvait arriver et ce n'est pas joli. Ma vie est peut-être simple, mais elle m'appartient.

Dans la cuisine, je remplis la bouilloire pour me faire un thé. Normalement, je commencerais à cuisiner, mais nous sommes mercredi, et les mercredis et dimanches soirs sont réservés à mère et Penelope.

J'ai une heure devant moi avant de devoir partir, donc ce sera un thé et… *Raison et Sentiments*. C'est la lecture parfaite. L'histoire est juste assez dramatique pour être intéressante, mais elle reste légère et elle finit bien. Le colonel Brandon est mon préféré – c'est le *book boyfriend*[7] ultime. Il rend le fait d'être bon et intègre terriblement sexy. Un jour, je rencontrerai un homme comme lui – romantique, stable, et fiable. Je me fiche que ça paraisse stupide, immature, et rêveur car j'ai une théorie.

Si les cauchemars peuvent se réaliser, et c'est parfois le cas… alors nos plus beaux rêves le peuvent aussi.

Lorsque mon thé à la menthe est prêt, je m'installe sur la méridienne, dans ma chambre, sous un plaid en velours. J'ouvre mon livre, et le monde qui m'entoure disparaît.

Il y a des gens qui regardent leur famille et se demandent s'ils ont été adoptés. D'autres espèrent que c'est le cas.

Moi, je ne me pose jamais cette question, car ma mère est clairement un mélange des personnalités de ma sœur et de moi. Ou peut-être devrais-je dire que nous avons chacune une moitié de la sienne. Elle est solitaire – elle déteste les villes, fuit les fêtes, sort rarement de son domaine, et n'invite jamais d'amis – du moins, pas des amis humains. Elle n'est jamais aussi heureuse que lorsqu'elle est dans sa serre, à parler et à prendre soin de ses fleurs. Ici, dans les confins de son fief, c'est elle qui mène la barque. Elle est haute en couleurs et exubérante – comme Penelope. Ces dernières années, elle s'est mise à porter des robes en soie colorée fabriquées en Chine

7. Le personnage de livre qu'on aimerait épouser.

et à se teindre les cheveux couleur orange sanguine. Elle est un mélange de madame Dashwood de *Raison et Sentiments* et de Shirley MacLaine.

Dans le cercle social où nous évoluons, certains disent qu'elle est excentrique. D'autres l'appellent la comtesse Foldingue. Or je ne pense pas du tout que mère soit folle. C'est juste qu'elle a essayé de vivre selon les règles des autres et que cela n'a pas fonctionné. Alors maintenant, elle vit comme bon lui semble… et les autres peuvent bien aller se faire voir.

« Bonsoir ma chérie », me dit-elle d'une voix douce.

Mère n'a jamais parlé fort, car c'est ainsi qu'elle a été élevée. Toutefois, il ne faut pas confondre le fait d'être calme avec le fait d'être faible. Parfois, la volonté la plus ferme est revendiquée en silence.

Stanhope, notre majordome, prend mon manteau et le secoue pour le débarrasser des quelques gouttes de pluie qui se sont mises à tomber. Mère pose sa main dans le creux de mon dos et me guide vers la salle à manger, m'enveloppant de son parfum de fleur de lys.

« Dis-moi, comment cela se passe à la bibliothèque ?

– C'est affreux.

– Affreux ? Je n'aime pas ça. Que s'est-il passé ? »

Nous rejoignons Penny, assise à table, occupée à écrire sur son téléphone, et je raconte mon malheur alors que nous mangeons l'entrée. Si nos dîners hebdomadaires sont informels, Penelope est très chic dans une robe de cocktail bleu roi qui met en lumière sa peau pâle et ses cheveux blonds, attachés dans un chignon léger. Elle a toujours aimé soigner ses tenues et, à vingt-trois ans, elle saisit encore n'importe quelle occasion pour être glamour.

Contrairement aux autres mères de notre rang, la mienne ne m'a jamais poussée vers un mariage arrangeant ni à sortir avec qui que ce soit – Penelope s'en charge pour nous deux.

« Ma pauvre fille. Que vas-tu faire ? demande ma mère lorsque j'ai fini de raconter ma journée.

– Je n'ai pas vraiment le choix. Je vais devoir parler au colloque et prier pour que je ne vomisse pas sur le public. »

Penny sourit sans quitter son téléphone des yeux.

« Tu devrais peut-être garder les premiers rangs vides, au cas où.

– C'est très pertinent Pen, merci.

– Cela pourrait être constructif pour toi, dit-elle en levant enfin la tête. Ça te fera sortir de ta zone de confort.

– On peut dire la même chose de ton service militaire, Penelope », répond mère.

À Wessco, tous les citoyens, hommes comme femmes, doivent deux ans à l'armée.

Penny s'avachit sur sa chaise, de façon théâtrale.

« Ça n'a rien à voir ! Je ferai un piètre soldat – je ne suis pas du tout faite pour marcher, grimper et transpirer. »

Elle inspecte sa manucure pailletée pour s'assurer qu'elle ne l'a pas abîmée rien qu'en parlant d'exercice physique.

« J'ai essayé de les convaincre de me laisser faire mon service au sein du WSO. »

Le Wessco Service Organisation s'occupe de programmer des spectacles pour les soldats. Penelope a toujours rêvé de devenir une star. Elle est trop petite pour être mannequin, mais elle fait suffisamment dans le mélodrame pour être actrice.

« Les robes à paillettes et la danse sont bien plus dans mes cordes. Mais apparemment c'est contre le règlement.

– Oui, je ricane. L'armée aime bien qu'on respecte le règlement. C'est dingue, non ? »

Elle me tire la langue mais, avant que je n'aie décidé de la meilleure manière de répondre, le tonnerre gronde dehors, faisant trembler la porcelaine sur la table. La pluie martèle les fenêtres et, quelques secondes plus tard, une explosion retentit au-dessus de la maison, si forte qu'elle secoue les murs. Une étagère cède, et les assiettes ainsi que les figurines en verre tombent par terre pour se briser en mille morceaux.

Je ferme les yeux mais ça ne sert à rien – tout devient gris autour de moi.

Je me réveille en inspirant brusquement, comme toujours, comme si j'avais été coincée sous l'eau et que j'étais à deux doigts de me noyer.

« Ah, la voilà, chuchote mère à ma droite tandis que Penelope me caresse le dos.

– Ça a duré longtemps, cette fois-ci, dit Penelope d'une voix inquiète. Plus de dix minutes. »

Comme toujours une honte affreuse me saisit.

« Je suis désolée, je chuchote.

– Ah non, pas de ça, gronde mère en appuyant un gant frais sur mon front.

– Allons dans le salon, mère, propose Penelope. Sarah sera installée plus confortablement sur le canapé. »

Je hoche la tête sans me soucier du reste du repas. Je crois que nous avons toutes perdu l'appétit. Ma sœur m'aide à me lever et, même si mes genoux tremblent un peu, je lui souris.

« Ça va, je vais bien maintenant. »

Je suis à peine assise dans un fauteuil que la domestique, Jenny, me donne un verre de calvados, que je sirote lentement.

«J'ai lu un article à propos d'un nouveau spécialiste en méditation, Sarah. Je crois que tu devrais prendre rendez-vous avec lui, dit ma mère. C'est un bouddhiste et on dit qu'il est très doué.»

Les docteurs appellent cela une «fugue dissociative temporaire». Cet état est ancré dans le stress, les traumatismes et l'angoisse et, dans mon cas, il est déclenché par les bruits soudains comme le verre brisé. Toutefois, cela ne se passe pas toujours de la même façon. Il y a des moments où j'entends le bruit et n'ai aucune réaction; d'autres où l'écho d'un seul verre brisé dans un restaurant provoque une «absence».

Cela pourrait être pire. Chez certains, les fugues durent des journées voire des semaines entières, et les pauvres gens déambulent sans savoir ce qu'ils font, ne se souvenant de rien lorsqu'ils reprennent connaissance. Chez moi, les incidents durent de quelques secondes à quelques minutes. Je ne bouge pas et je ne parle pas, comme si je n'étais plus là – comme si j'étais morte, alors que je respire encore. J'ai essayé des traitements, mais ils ne marchent pas vraiment et les effets secondaires sont désagréables. J'ai essayé l'hypnose, la psychothérapie, l'acupuncture... mais rien n'a fonctionné.

«C'est entendu, mère.»

Nous buvons nos verres en silence depuis quelques minutes lorsque Stanhope entre dans le salon.

«Vous avez de la visite, madame la Comtesse.

– De la visite? s'exclame ma mère en regardant par la fenêtre. Qui pourrait être dehors par ce temps?

– La jeune femme dit qu'elle s'appelle Nancy Herald. Elle s'excuse de ne pas avoir pris rendez-vous et m'a donné sa carte. Il semblerait qu'il s'agisse d'une proposition professionnelle.»

Ma mère agite la main comme si elle dégageait une mouche.

« Cela ne m'intéresse pas. Renvoyez-la, s'il vous plaît. »

Stanhope pose la carte de visite sur la table, s'incline, et repart. Penny prend la carte en sirotant son verre, l'étudie – et recrache son calvados sur le tapis.

« Penelope ! » s'exclame mère.

Ma sœur se lève et agite la carte au-dessus de sa tête comme Veruca Salt lorsqu'elle obtient le ticket d'or dans *Charlie et la chocolaterie.*

« Stanhope ! s'écrit-elle. Ne la laisse pas partir ! Elle travaille à la télé ! »

Penny se tourne vers moi et répète d'une voix moins forte mais tout aussi excitée.

« Elle travaille à la télé ! »

Elle part alors en courant, ou du moins elle essaie – son talon se prend dans le tapis et elle s'étale de tout son long par terre.

« Est-ce que ça va, Pen ? »

Elle se lève d'un bond en agitant les bras.

« Très bien ! En tout cas, ça ira tant qu'elle ne part pas ! »

Elle reprend sa course, aussi vite que ses talons de dix centimètres le lui permettent.

Ma mère secoue la tête en regardant Penelope repartir.

« Elle mange trop de sucre, celle-là, dit-elle en vidant son verre. Cette femme veut sans doute se servir du domaine comme lieu de tournage, ajoute-t-elle. On me le demande tous les deux ou trois mois. »

Quelques secondes plus tard, nous entendons la voix excitée de Penelope dans le hall d'entrée, puis elle revient dans le salon, son bras accroché à celui d'une petite femme brune vêtue d'un trench trempé. Stanhope les suit en fronçant les sourcils. Penelope la présente comme si c'étaient de vieilles amies d'école, volant la vedette à notre pauvre majordome.

« Mère, Sarah, je vous présente Nancy Herald. Elle est productrice à la télévision. »

Je me lève et lui tends la main.

« Bonjour, mademoiselle Herald. Dites-moi, vous êtes productrice ? Je ne suis pas sûre d'avoir compris. »

Je lance un clin d'œil à ma sœur qui me fusille du regard.

« En fait, je suis assistante de production, répond-elle en me serrant la main. Je suis ravie de vous rencontrer.

– Puis-je prendre votre manteau, mademoiselle Herald ? demande Stanhope. Et vous offrir une boisson chaude ?

– Merci, répond-elle en lui tendant le vêtement trempé. Un café serait parfait, si vous en avez. »

Sans se lever, ma mère lui fait signe de s'asseoir.

« Qu'est-ce qui vous amène ici par ce temps effroyable, mademoiselle Herald ? »

Nancy sourit, s'assoit, et sort un dossier de son attaché-case.

« Avant de vous l'expliquer, je vais devoir vous demander à toutes les trois de signer un accord de confidentialité. J'ai conscience que c'est étrange, mais j'ai une offre très particulière à faire à… Sarah et Penelope Von Titebottum, dit-elle en consultant son document. L'offre s'adresse à vous deux, mais il s'agit d'un secret d'État, donc il me faut la garantie écrite de votre silence. Vous ne vous engagez à rien, sauf à garder mon offre pour vous. »

Penelope nous implore du regard.

« S'il te plaît, Maman ! Sarah, s'il vous plaît, dites oui, je vous en supplie ! »

Ma mère rouspète et lève les yeux au ciel.

« Très bien, donnez-moi ça. »

Nous signons toutes les trois le document alors que Stanhope pose une tasse de café fumant sur la table. Nancy range le document et boit une gorgée. Lorsque notre majordome a quitté la pièce en refermant la porte derrière lui, elle se penche en avant, comme pour nous dire un secret.

« Avez-vous déjà entendu parler de l'émission *Matched* ? »

« C'est hors de question », déclare ma mère dès que mademoiselle Herald a fini de nous expliquer le concept de la version royale de cette émission apparemment culte.

« Non ! s'exclame Penny. Ce n'est pas hors de question ! Au contraire !

– Ce n'est pas pour moi, je dis en secouant la tête. Je vous remercie pour votre proposition, Nancy, mais je n'aime déjà pas que l'on me prenne en photo, alors vous imaginez bien que je n'ai aucune envie d'être dans une émission de télé.

– Et que diriez-vous d'être reine ?

– Cela ne m'intéresse pas davantage.

– Mais moi oui ! Je peux quand même participer, non ? Même si Sarah ne veut pas ?

– Absolument.

– Absolument *pas*, répond fermement ma mère.

– Mère, tu te comportes comme si tu ne me faisais pas confiance, dit Penny d'une voix vexée.

– C'est le cas, et ce n'est pas sans fondement, ma fille. J'ai une montagne d'exemples qui mettent en lumière ton manque de discernement. Voyons… il y a eu le tatoueur…

– C'était une phase !

– Celui qui travaillait dans un cirque.

– Il était intéressant !

– Le prisonnier évadé.

– Bon, j'avoue qu'être en cavale n'était pas aussi romantique que je le pensais, admet Penny avant de s'agenouiller aux pieds de ma mère. Mais c'est différent, cette fois. Il n'est pas question d'un garçon…

– Ah non ? »

Penny lève les yeux au ciel.

« Henry est amusant et super beau, mais c'est un play-boy, tout le monde le sait. Quand il se mariera, ce n'est pas une maîtresse qu'il aura – c'est tout un harem. Cela ne marcherait jamais entre nous. Mais tu sais combien je veux devenir actrice. Mère, ça pourrait m'ouvrir des portes vers une vraie carrière dans l'industrie du cinéma. »

Ma mère ferme les yeux et soupire.

« Je vais le regretter mais… d'accord. »

Penny se prépare à hurler de bonheur, mais ma mère lève l'index pour la faire taire.

« Seulement si Sarah y va avec toi pour te surveiller et être la voix de la raison puisque tu es née sans.

– Merci maman ! » s'exclame Penelope en se jetant dans ses bras.

Elle se tourne ensuite vers moi avec un regard si empli d'espoir que cela me fend le cœur.

« Sarah ?

– Penny… je ne peux pas. J'ai mon appartement, mon travail. Je ne peux pas les laisser tomber pendant…

– Six semaines, intervient la productrice.

– Pendant six semaines. Je suis désolée, Pen. »

Elle rampe vers moi à genoux.

« *S'il te plaît*, Sarah. Ça pourrait tout changer. »

C'est bien ce qui m'effraie.

« Ce sera tellement génial ! Une véritable aventure ! »

Ma poitrine se resserre, car j'aimerais vraiment lui offrir cette expérience – mais l'idée d'autant de changements et le fait de me lancer dans l'inconnu me terrorise.

« Je n'en suis pas capable, Pen », je chuchote.

Elle prend ma main dans les siennes.

« On le fera ensemble. Je te soutiendrai et tu m'aideras en retour. »

J'ouvre la bouche, mais mes paroles restent coincées dans ma gorge.

« Penelope est censée commencer son service militaire le mois prochain, dit ma mère à la productrice.

– On lui obtiendra une dispense, ne vous en faites pas, répond mademoiselle Herald. Le prince Henry a signé une lettre excusant toutes les participantes de leur travail, de l'école, ou de toute autre obligation. Le document dit seulement qu'il s'agit d'affaires confidentielles. C'est une ordonnance royale. »

Ses paroles me font voir les choses sous un angle différent.

« Qu'est-ce que vous venez de dire ?

– Une ordonnance royale. C'est comme une proclamation, un ordre direct de la couronne…

– Ou une intervention divine, je murmure.

– Oui, exactement. »

Mon cerveau se met à réfléchir à vive allure.

« Je pourrais en obtenir une, moi aussi ? Une lettre pour mon employeur, si j'accompagnais Penny en tant… qu'assistante ?

– Bien sûr. La plupart des participantes viennent avec leurs serviteurs – leurs cuisiniers, leurs coiffeurs, leurs profs de yoga, leurs toiletteurs canins… ce sera intéressant.

– Et je pourrais avoir cette lettre ? j'insiste. Pour être dispensée de travail pendant six semaines ?

– Bien sûr. »

Je croise le regard de Penelope et elle hausse les sourcils, car elle sait à quoi je pense.

« Alors, ça change tout finalement, hein ? »

Ça, c'est certain. Le choix me paraît évident.

« Où faut-il signer ? Nous sommes partantes. »

6
HENRY

Je suis impressionné. Deux semaines après avoir appelé Vanessa Steele, je reconnais à peine le château. Il y a des opérateurs partout, occupés à installer des projecteurs et des caméras sur les poutres et les murs, sans toutefois toucher à l'intégrité historique du château. Fergus était au bord de la crise de nerfs, mais j'ai réussi à le calmer.

Il y a toujours quelqu'un avec qui parler, quelqu'un qui me dit bonjour, me pose une question ou me dit combien il est excité de travailler avec moi. C'est fabuleux.

Les décorateurs posent des fleurs ici et là et s'extasient devant les tableaux d'époque, les armures, et ce que Nicholas et moi avons toujours appelé le Fabuleux Mur de la Mort. Il s'agit d'un immense mur dans la salle de banquet, recouvert du sol au plafond par les armes que nos ancêtres ont utilisées sur le champ de bataille.

Des assistantes de direction, des assistantes personnelles et des assistantes je-ne-sais-quoi volettent partout et j'ai hâte de pouvoir toutes les mettre à l'épreuve dans ma chambre. Toutefois, alors que nous sommes dans la bibliothèque, Vanessa fait voler mes rêves en éclat.

« Pas de sexe. »

Nous passons mon contrat en revue. Je n'ai pas besoin de signer d'accord de confidentialité comme les autres personnes qui travaillent sur le projet, mais j'ai néanmoins un règlement à respecter.

Tous ces fichus règlements. Partout où je vais, il y a une liste de ce que je dois faire ou non. Plus personne ne sait donc s'amuser ?

« Comment ça, pas de sexe ? J'ai vu votre émission – tout tourne autour de ça. Les parties les plus croustillantes sont coupées, mais on voit du sexe dans le parc, du sexe à la lueur des chandeliers, du sexe dans les bois… J'avais hâte d'ajouter ma pierre à l'édifice ! »

Elle secoue la tête.

« Il va falloir vous y faire. Il s'agit d'une édition *royale*. Elle est spéciale. Il y a donc un règlement spécial.

– Mais je ne veux pas être spécial. Je veux être comme tous les mecs lambda qui ont fait l'émission – mais en plus beau. Ils roulent des pelles à une participante le matin et couchent avec une femme différente chaque soir. Et personne ne s'énerve ! C'est fascinant. »

Vanessa secoue toujours la tête. Merde.

« Mais cette fois, nous vendons un rêve, un fantasme – le conte de fées. La femme que vous choisirez deviendra reine. Et pour que ce fantasme perdure, vous pouvez faire la fête, mais vous ne pouvez coucher avec personne.

– Vous êtes en train de dire que vous avez trouvé vingt vierges issues de la noblesse ? »

Si c'est le cas, ça va être bien moins marrant que je ne le pensais.

« Je vous dis que le fait qu'elles soient vierges est sans importance, du moment que le public *croit* qu'elles le sont. Après tout, vous vouliez juste vous amuser, non ?

Vous n'aviez pas vraiment l'intention d'entrer dans une relation sérieuse avec une de ces femmes ?

– Bien sûr que non – pas avant un long moment, ma belle. Mon frère s'est chargé du coup de com pour satisfaire le peuple, et si un de mes devoirs est de fournir un descendant à Wessco, les hommes peuvent avoir des enfants jusqu'à tard. J'ai donc tout mon temps pour m'amuser », je dis en buvant une gorgée de whisky.

Vanessa hoche la tête.

« Parfait. Dans ce cas, nous obtiendrons tous les deux ce que nous voulons, Henry. »

Je parcours rapidement la suite du contrat.

« Vous devriez vraiment le faire lire à votre avocat, dit-elle.

– C'est inutile. Les pipes ne sont pas interdites, si ?

– Non, mais soyez discret », répond Vanessa en riant.

Je signe la dernière page et Vanessa glisse le document dans sa chemise en cuir.

« Félicitations, vous venez de vous offrir un mois de divertissement. »

Je recule dans ma chaise, croise les bras derrière ma tête, et souris jusqu'aux oreilles.

« Ah, une dernière chose. Il s'agit de vos employés. »

Dix minutes plus tard, tous les employés du château sont rassemblés dans la bibliothèque : Cook, Fergus, James et ses gardes. Ils forment un cercle dont je suis le centre, comme un entraîneur de foot avant un match.

« J'ai expliqué à mademoiselle Steele que mes employés n'avaient pas besoin de signer d'accord de confidentialité, parce que la maison de Pembrook, dont vous faites partie, est au-dessus de tout ça.

Je regarde chacun d'entre eux dans les yeux mais je m'arrête plus longtemps sur Fergus.

« N'est-ce pas ? »

Ma grand-mère n'est pas la seule à savoir manipuler.

« Cela signifie que nous n'avons qu'une seule règle à respecter : personne ne peut dire quoi que ce soit à la reine. C'est primordial. »

Fergus me fusille du regard, Cook sourit, et James et ses gardes semblent sur le point de vomir.

« Qu'en dites-vous ? je demande en tendant le bras, paume tournée vers le bas, attendant qu'ils m'imitent.

– Vos parents doivent se retourner dans leur tombe », siffle Fergus en faisant le signe de croix.

Intérieurement, je fulmine – mais à l'extérieur, je me contente de hausser les épaules.

« Ce ne sera pas la première fois, mon vieux. »

Fergus fronce les sourcils et baisse la tête.

« Allez ! je m'exclame. Ne me faites pas déprimer. C'est comme ça que ça marche, de nos jours. Le pape envoie des tweets, les politiciens envoient des trolls, et l'héritier du trône trouve son âme sœur dans une émission de téléréalité.

– C'est vulgaire, répond Fergus.

– Tu vis dans une grotte ? Le monde entier est vulgaire. »

Je décide de changer d'approche et prends une voix plus douce, si convaincante que je crois presque à ce que je dis.

« Mais elle est peut-être dans le lot, Fergus, attendant que je la trouve. La femme que je suis censé aimer, la mère de mes enfants, celle qui est destinée à être reine de Wessco – elle pourrait être parmi elles. Ne serait-ce pas une merveilleuse histoire à raconter ? »

Il étudie un moment mon visage, mais son expression ne s'adoucit pas comme je l'espérais. Il finit néanmoins par hocher la tête, et pose sa main sur la mienne.

« Votre père adorerait ça. Il aimait toujours semer la zizanie, celui-là. »

Je souris et lui frappe le dos, puis je regarde Cook, qui sourit jusqu'aux oreilles.

« Je n'utilise pas Twitter comme le pape, mais… »

Elle pose sa main sur celle de Fergus.

James chuchote quelque chose à ses hommes, puis il se tourne vers moi.

« Cela pourrait être considéré comme une trahison, Votre Altesse.

– Mais non, je ricane. Personne ne parle de révéler les secrets du gouvernement ou de renverser la monarchie. C'est simplement que… ce que la reine ne sait pas ne peut pas lui faire de mal. »

Le pauvre James se frotte la nuque et semble terrorisé.

« Je ne peux pas mentir à la reine, prince Henry.

– Je ne te demanderai jamais ça, je réponds en secouant la tête. Mais… si elle ne te pose pas directement la question, ce n'est pas vraiment un mensonge.

– J'envoie des emails quotidiens à Winston. Il me tuera s'il apprend que je ne lui ai rien dit. »

Ouais, c'est compliqué, ça. Winston est le chef de la sécurité au Palais.

« Dans ce cas, mieux vaut faire en sorte qu'il n'apprenne rien. Continue à lui envoyer tes rapports… mais reste vague. "Tout va bien au château d'Anthorp, et chez vous ?" »

Il semble toujours sur le point de vomir, alors je joue cartes sur table.

« Écoute, James, je suis le prince de Pembrook, maintenant. Je sais que je ne suis pas Nicholas et je ne le serai jamais. Mais si cette histoire finit mal, je ne vous laisserai pas tomber. Je vous le promets. Tout compte fait, c'est une question de confiance. Vous croyez en moi ou non. »

Et j'ai vraiment besoin que quelqu'un croie en moi, bon sang.

James étudie mon regard, comme s'il fouillait dans mes pensées. Au bout d'un moment, il frotte la barbe naissante qui recouvre ses joues.

« Et merde. On est avec vous, prince Henry. »

Les gars à ses côtés hochent la tête et je ne peux pas m'empêcher de sourire.

« T'es un gars bien. Je t'ai toujours apprécié. T'iras loin, je le sais. »

James et les autres ajoutent leurs mains aux autres et, comme je ne veux pas me comporter comme un enfoiré, je n'invente pas de slogan stupide. Je les regarde simplement un à un en hochant la tête.

« Je suis fier de vous tous. Et je vous suis reconnaissant. Je ne vous laisserai pas tomber. »

7

SARAH

Monsieur Haverstrom est loin d'être content quand je lui présente l'ordonnance royale qui me dispense de travail pendant six semaines. Toutefois, il admet lui-même qu'il ne peut pas me virer et qu'il ne peut rien y faire. Si la bibliothèque, ses habitués, et mes déjeuners avec Annie et Willard vont me manquer, cela en vaut la peine. Le saut dans l'inconnu que représente *Matched* n'est rien à côté de l'horreur que m'inspire l'idée d'être face à des centaines de personnes.

Dix jours après la visite surprise de mademoiselle Herald, une voiture arrive pour nous emmener au château d'Anthorp, à une heure de route de Castlebrook. La propriété est restée privée et fermée au public, et si j'ai lu l'histoire du château et vu quelques photos, je n'y suis jamais allée.

Lorsque la voiture emprunte le long chemin sinueux et s'arrête devant d'énormes portes en chêne et en fer forgé, je décide, pour la première fois de ma vie, qu'un livre n'est tout simplement pas apte à décrire ce genre de lieu. L'odeur iodée de l'océan embaume l'air et le vent fait voler mes cheveux. Il fait beau et frais, et l'énorme château en pierre grise, avec ses toits pointus et ses tours, son pont-levis et sa douve, sort tout droit d'un conte de fées, comme *Cendrillon* ou *La Petite Sirène*.

Avec les vagues qui s'écrasent au pied de la falaise, *La Petite Sirène* est la comparaison parfaite. Et c'est mon Walt Disney préféré.

Des techniciens prennent nos valises pour les emmener à l'intérieur et je remarque que d'autres femmes, en tenues haute couture et avec de grosses lunettes de soleil, sortent de voitures comme la nôtre. J'en reconnais quelques-unes : la duchesse de Perth, Laura Benningson, et lady Cordelia Ominsmitch, mais les autres ne me disent rien. Cela dit, je suis sûre que Penny les a déjà toutes rencontrées. Mademoiselle Herald nous accueille dans le hall principal et nous fait une visite guidée rapide. Penelope choisit immédiatement sa chambre – une pièce rose au deuxième étage, près de l'escalier principal et au cœur de l'action.

« J'aimerais explorer les environs, si ça ne vous gêne pas, je dis à mademoiselle Herald. Je choisirai une chambre plus tard.

– Oui, très bien, répond-elle. Les techniciens, les stylistes et les maquilleurs sont installés dans l'aile ouest, mais les autres chambres sont libres. »

Elle tend à Penelope son planning de la journée. La première séance de tournage a lieu plus tard dans l'après-midi, devant le château, avec toutes les participantes et le prince Henry lui-même. Avant ça, Penny a une interview, une consultation avec le styliste, et un cocktail pour rencontrer les autres participantes.

Je prends ma sœur dans mes bras avant que mademoiselle Herald ne l'emmène.

« Amuse-toi bien, Pen.

– Toi aussi, répond-elle en plongeant ses yeux noisette dans les miens. Si tu vois des fantômes, essaie de prendre une photo ! »

Lorsqu'elles sont parties, je me promène lentement dans le château, essayant de tout enregistrer, des hauts plafonds aux murs épais et au mobilier. Je pense aux gens qui se sont tenus à ma place et dont je suis les pas – aux grands lords et aux ladies, aux soldats vigoureux et aux chevaliers, aux rois puissants et aux reines autoritaires.

C'est une leçon d'humilité tout en étant follement excitant, comme si leurs esprits étaient dans la pierre elle-même et me parlaient, me montraient la voie. Tout à coup, je me retrouve à l'angle de l'aile est du troisième étage. Tout est calme – c'est loin des lieux principaux de tournage. La porte grince quand je l'ouvre et mon cœur cesse de battre.

Oh oui – j'ai trouvé la chambre parfaite.

Plus tard, lorsque le soleil a commencé à décliner lentement, toutes les participantes sont rassemblées devant le château. Vanessa Steele, la productrice exécutive, a annoncé que les assistants et les personnes qui ne font pas partie du casting doivent rester à l'intérieur ou loin du tournage. Comme la scène a lieu dehors, elle ne veut pas risquer que l'on fasse irruption dans le champ d'une caméra.

J'ai trouvé l'endroit parfait pour voir le tournage – du côté boisé du château, en haut d'une butte, au pied d'un arbre. J'ai une vue imprenable sur l'entrée du château, en contrebas, et, en attendant que ça commence, mon livre me tient compagnie. Je suis assise par terre, adossée à l'arbre, et je soupire, heureuse. Ça va être génial. J'ouvre mon livre… et je manque de mourir de peur quand quelqu'un tousse derrière moi.

Pourtant, je n'ai vu personne en arrivant.

Je referme mon livre et regarde discrètement derrière l'arbre. Juste assez… pour voir Son Altesse Royale, le prince Henry, à quelques mètres de moi. Je retiens un cri et me cache derrière le tronc.

J'ai grandi en entendant d'innombrables histoires à propos de la famille royale, et j'avais des posters de nos charmants princes sur les murs de ma chambre, comme toutes les filles de Wessco. Nicholas était sérieux, sage, honorable et éloquent, comme monsieur Darcy[8]. Henry ressemblait davantage à Fiyero Tiggular, dans *Wicked: La véritable histoire de la méchante sorcière de l'Ouest*. Il aime s'amuser, il est passionné et impulsif, et n'est concentré que sur son propre plaisir et la prochaine fête à laquelle il va assister.

Je me lève et regarde de nouveau derrière l'arbre.

Mon cœur se met à battre la chamade, j'ai la tête qui tourne, et ma gorge se referme sur elle-même. Bon sang, il vient par ici ! Ses grandes enjambées déterminées viennent droit sur moi. Cela signifie que lorsqu'il arrivera, il faudra que je lui parle. Si nous nous sommes déjà rencontrés l'an dernier dans un pub, alors qu'il était avec Olivia Hammond, désormais duchesse de Fairstone et épouse du prince Nicholas, et si je connais bien les détails de la vie du prince Henry John Edgar Thomas, il reste un inconnu. Et je ne suis pas douée avec les inconnus.

8. Héros d'*Orgueil et Préjugés*.

Je cherche une échappatoire. Bien évidemment, je ne peux pas me rouler en boule derrière cet arbre comme un escargot dans sa coquille, puisqu'à l'évidence il m'a déjà vue. *Mince.* Je regarde vers le haut de l'arbre, car je suis une excellente grimpeuse, mais même la branche plus basse est trop haute pour moi. *Mince, mince !*

Il est presque là… *Merde, merde, merde !*

Je crois que je suis en hyperventilation. Il se pourrait que je tombe dans les pommes. Ça résoudrait la question d'avoir à lui parler, mais ce serait bien plus gênant – je parle d'expérience.

Mentalement, je me secoue. Il suffit que je trouve quelque chose à lui dire.

Trouvequelquechoseàluidire, trouvequelquechoseàluidire, trouvequelquechoseàluidire ! Bon sang, je n'ai plus que ça en tête.

J'ai les mains moites.

Je pourrais prendre des nouvelles de sa mère, c'est toujours bien ça. Sauf que… sa mère est morte.

Bordel de merde.

Et… il est là.

Je baisse les yeux et me fige, comme une biche prise dans les phares d'une voiture. Mes yeux sont rivés sur ses bottes noires, brillantes comme des miroirs. Je m'oblige à lever la tête et découvre ses longues jambes dans un pantalon à pinces noir. Ses hanches et sa taille sont couvertes d'une veste blanche avec d'affreux boutons dorés, des traits pourpres, et des épaulettes à glands.

C'est un costume ridicule – comme un déguisement bon marché du Prince Charmant – mais il parvient néanmoins à avoir l'air canon.

Sa veste est boutonnée jusqu'en haut, mettant en valeur sa pomme d'Adam. Son menton est sculpté et recouvert d'une barbe naissante à peine visible. Ses lèvres sont merveilleusement charnues, son nez est aquilin, ses cheveux blonds sont épais et en bataille, et ses yeux sont si beaux qu'ils m'ôtent toute pensée et me coupent le souffle. Ils sont d'un vert intense, comme deux émeraudes dans un rayon de soleil. Je me souviens d'avoir pensé, la première fois que je l'ai rencontré, que les photos que j'avais vues de lui ne faisaient pas justice de ses yeux.

Si je n'étais pas naturellement muette, je le serais quand même maintenant.

Le prince Henry fronce les sourcils et m'étudie d'un air presque mécontent.

« Quelqu'un est mort ? »

Sa question est si ridicule que j'oublie de paniquer.

« Pardon ?

– Peut-être es-tu une sorcière ?

– Pardon mais je ne comprends pas…

– Qu'est-ce que tu lis ? demande-t-il en désignant mon livre.

– Ah… *Les Hauts de Hurlevent.*

– Heathcliff, c'est ça ?

– Oui.

– Alors ça parle d'un gros chat orange ? »

Mon cerveau tourne à vive allure en essayant de comprendre ce dont il parle. Mais oui ! Il pense à la bande dessinée !

« En fait non, ça parle d'un jeune homme et d'une femme qui… »

Ses yeux s'illuminent et il sourit en coin, me faisant rougir légèrement.

« Est-ce que vous vous moquez de moi, Votre Altesse ?

– Oui, répond-il en riant. Apparemment, je m'y prends mal. Appelle-moi Henry et tutoie-moi, je t'en prie. »

Ma voix est fluette et hésitante.

« Henry. »

Il continue de sourire et son regard s'adoucit, comme s'il aimait m'entendre dire son prénom. Soudain, je me souviens du protocole et j'exécute une révérence, comme j'aurais dû le faire depuis le début.

« Oh ! Et je suis…

– Tu es lady Sarah Von Titebottum. »

Des papillons tourbillonnent dans mon ventre.

« Tu t'en es souvenu ?

– Je n'oublie jamais un joli visage. »

Mes joues rougissent de plus belle, virant au cramoisi. Je change de couleur plus souvent qu'un caméléon – c'est une malédiction.

« Je ne suis pas doué pour retenir les noms, en général, dit-il en baissant les yeux sur mes hanches, comme s'il cherchait à voir derrière moi. Mais Titebottum[9] est difficile à oublier. »

D'habitude, quand je suis nerveuse, je deviens muette. Hélas, mon cerveau choisit ce moment pour faire une exception à la règle.

« C'est ce que je pensais, mais plusieurs de mes profs de fac avaient du mal à le prononcer. Voyons, il y a eu un *Teat*[10]*-bottom*, *Titty*[11]*-bottom*, et j'en passe et des meilleures. Ce n'est pas tous les jours qu'on entend un professeur à la renommée internationale parler de tétines et de tétons. Ça a fait rire les autres étudiants pendant des semaines. »

Henry penche sa tête en arrière et éclate de rire.

« C'est génial. »

---

9. Phonétiquement, cela signifie *petit cul* en anglais.

10. Teat signifie *tétine* en anglais.

11. Titty signifie *téton* en anglais.

Je sens que je suis pourpre du front au décolleté, alors je me force à respirer lentement.

« Euh… pourquoi t'as demandé si quelqu'un était mort ?

– Parce qu'à chaque fois que je t'ai rencontrée, tu étais habillée en noir. Tu m'expliques ?

– Ah », je réponds en regardant ma tenue.

Je porte une robe noire à col blanc et à manches longues, qui m'arrive aux genoux, et des bottines noires.

« Eh bien, le noir est pratique ; ça va avec tout. Je n'aime pas les couleurs vives ; je n'aime pas me faire remarquer. On peut dire que je suis un peu… timide. »

Vous parlez d'un euphémisme…

« C'est dommage. Tu serais canon dans des tons prune ou émeraude, répond-il alors que son regard se promène sur mes jambes et mon décolleté. Avec une robe moulante couleur rubis, tous les hommes seraient à tes pieds.

– Tu te moques encore de moi, je dis en baissant les yeux.

– Non, rétorque-t-il sèchement. Pas du tout, non. »

Je lève brusquement la tête et plonge mon regard dans le sien.

Dans les romans, certaines rencontres sont mémorables parce qu'elles changent le cours de l'histoire.

Bien évidemment, nous ne sommes pas dans un livre. Ce fourmillement qui s'empare de moi et me fait frémir est donc sans doute le fruit de mon imagination. Et mon cerveau doit me jouer des tours, car il me semble que le regard du prince Henry s'illumine.

S'embrase.

Je cesse de respirer et je tousse, rompant l'intensité du moment.

« Tu crois vraiment que tu es qualifié pour donner des conseils de mode ? je dis en désignant sa veste.

– Il me semblait bien que j'avais l'air d'un abruti, répond-il en riant et en se massant la nuque. Au moins maintenant, j'en suis certain.

– Ce sont les producteurs qui ont choisi ta tenue ?

– Oui. Je suis censé arriver à cheval. »

Il défait rapidement les boutons de sa veste et la laisse tomber par terre, révélant un tee-shirt blanc moulant et de fascinants bras musclés.

« C'est mieux comme ça ?

– Oui, je réponds d'une voix aiguë. »

Son sourire moqueur réapparaît, puis il saisit le col de son tee-shirt et l'enlève. Je suis bouche bée devant sa peau hâlée, ses tétons parfaits et les courbes de ses abdos merveilleux.

« Et que penses-tu de ça ? »

C'est pire que ce que je pensais. Henry Pembrook n'est pas un Fiyero – c'est un Willoughby. Dans *Raison et Sentiments*, John Willoughby est un personnage envoûtant, charmant, imprévisible et séducteur. Marianne Dashwood a appris à ses dépens qu'en jouant avec un briseur de cœurs, il ne faut pas être surpris lorsque le sien se brise en mille morceaux.

Je hausse les épaules et essaie d'avoir l'air calme et non affectée.

« Ça fait un peu trop Vladimir Poutine à cheval. »

Il hoche la tête et remet son tee-shirt, suscitant en moi un mélange de soulagement et de déception.

« Pourquoi tu n'es pas en bas avec les autres filles ?

– Moi ? Ah, je ne suis pas dans l'émission. Je ne pourrais jamais…

– Alors que fais-tu là ?

– C'est pour Penelope. Mère ne voulait pas qu'elle participe à moins que je sois là pour garder un œil sur elle.

– Chaque famille a un enfant terrible. Penny est la tienne ? »

Il est bien placé pour en reconnaître un.

« Oui, absolument. »

Il penche la tête sur le côté et son regard semble devenir encore plus vert.

« Et toi ? As-tu quoi que ce soit de terrible en toi, Teet-bottom ?

– Rien du tout, je réponds alors que mes joues s'embrasent. Moi je suis la fille sage et ennuyeuse. »

Il râpe sa lèvre inférieure avec ses dents et cela semble… coquin.

« J'ai toujours aimé corrompre les petites filles sages. »

C'est décidé. Henry est clairement un Willoughby.

« Je ne suis pas corruptible, je réponds en serrant mon livre contre moi.

– Super ! J'aime qu'on me lance des défis », dit-il en souriant jusqu'aux oreilles.

Soudain, un membre de l'équipe apparaît en tenant les rênes d'un grand cheval blanc.

« Elles vous attendent, prince Henry. »

Sans me quitter des yeux, Henry met un pied dans l'étrier et monte sans efforts sur son cheval, puis il me lance un clin d'œil en saisissant les rênes.

« À bientôt, Titty-bottom. »

Je couvre mon visage en grognant.

« Je n'aurais jamais dû te raconter ça.

– Tu ne peux pas m'en vouloir. Ça donne à ta peau tant de couleurs différentes… Est-ce que ce ne sont que tes joues qui rougissent ? demande-t-il en me reluquant des pieds à la tête, comme s'il voyait à travers mes vêtements. Ou bien est-ce que tout ton corps est concerné ? »

Je croise les bras et ignore sa question.

« Je crois que tu aimes tyranniser les gens, Henry.

– C'est vrai que j'aimais tirer les tresses des filles, à l'école primaire. Mais aujourd'hui, je ne tire les cheveux d'une femme que dans des situations bien spécifiques. Dis-le-moi si tu veux une démonstration. »

Ma tête se remplit immédiatement d'images de membres entremêlés et en sueur et mes oreilles entendent des gémissements. Bien évidemment, mes joues deviennent écarlates.

Henry éclate de rire d'une voix grave et virile, puis il claque les rênes et dévale la colline au galop. J'ouvre *Les Hauts de Hurlevent* et appuie les pages froides du livre contre mon visage en grimaçant.

Ce mois va être très long.

8

HENRY

Je ne savais pas que la téléréalité n'était pas *réelle*. Enfin, ça l'est dans la mesure où les personnes sont vivantes, contrairement à des robots qui ressemblent à des humains et finissent par avoir l'intelligence de nous tuer. Et oui, au lieu d'arpenter les couloirs du château, la nuit, je regarde la série *Terminator*. Le premier reste le meilleur.

Où voulais-je en venir ? Ah oui – *Matched* n'a rien de vrai. Les scènes sont écrites, les plans préparés à l'avance, et les prises sont innombrables. Quelques minutes d'émission peuvent prendre plusieurs heures de tournage.

C'est la quatrième fois que je descends la colline à cheval, et je ne suis même pas encore arrivé au château. Apparemment, la lumière, les ombres, ou je ne sais quoi, ne sont pas bonnes. Le cheval est agacé, et moi je m'ennuie.

Alors que le réalisateur, Vanessa et le caméraman préparent le plan suivant, je regarde vers le haut de la colline en pensant à cette intrigante petite personne qui passe son temps à rougir. Je la revois passer sa tête derrière l'arbre puis essayer de se cacher, comme si je l'avais surprise en train de faire une bêtise.

Bon sang, ce que j'aimerais faire comme bêtises avec elle. Je ris en imaginant ses joues rosir si elle entendait les idées qui me viennent en tête. Je me demande si ses fesses prendraient la même couleur après une bonne fessée. Je parie que oui.

Je remue sur ma selle alors que je bande en l'imaginant.

Lady Sarah Von Titebottum. Voilà une femme mignonne et étrange avec – à en croire ce que sa robe ennuyeuse m'a laissé entrevoir – un nom tout à fait adapté. Elle a un beau visage aussi, avec de grands yeux bordés de longs cils noirs, brillants derrière ses lunettes sérieuses, et une bouche charnue qui est faite pour gémir.

J'ai connu des femmes comme elle par le passé. L'aristocratie est un groupe assez fermé, et certaines familles aiment que leur descendance – en particulier lorsqu'elle est féminine – reste cachée. Les filles vont dans des écoles de filles où elles n'ont aucune interaction avec le sexe opposé. Elles sont réservées et intelligentes, mais souvent trop ennuyeuses, proprettes et quelconques.

Toutefois, si elle est clairement timide, Sarah m'a tenu tête. Elle s'est montrée maligne, charmante et pudique. Elle était différente. Les gens sont si affreusement prévisibles que le fait d'avoir été surpris par cette petite chose est presque… excitant.

« C'est ça, comme ça, prince Henry, crie le réalisateur. Ce sourire, là, c'est ce qu'on cherchait. Quoi qui vous l'ait donné, continuez d'y penser. »

Eh bien voilà qui est facile.

Contrairement à l'émission elle-même, la présentatrice de *Matched* est authentique. Elle est véritablement dingue.

Elle s'appelle Emily Rasputin, et c'est une ancienne actrice de comédie musicale qui, au sommet de sa gloire, était baptisée la reine de Broadway. Dans les années 1990, ni son addiction à la cocaïne ni son divorce désastreux ne sont restés secrets, et elle a disparu de la scène. Toutefois, elle a refait son apparition il y a quelques années comme présentatrice de l'émission de téléréalité la plus regardée. Sa façon de créer du suspense et ses questions trop intimes et directes sont autant une attraction que l'émission elle-même.

Et puis, tout le monde aime les come-back – je suis bien placé pour le savoir.

Cependant, elle est complètement tarée. Elle insiste pour ne faire qu'une seule prise par plan et refuse d'interagir avec qui que ce soit à moins que ce soit filmé. D'après Vanessa, le plus dur à capturer est la sincérité d'une émotion ou d'une réaction, et mademoiselle Rasputin se nourrit de ça.

Quand j'arrive *enfin* dans la cour du château, où vingt demoiselles m'attendent, les caméras n'arrêtent pas de tourner. Il y a quatre, non, *cinq* caméramans présents, car ils veulent être certains de ne rien rater. Ils circulent entre nous comme des fantômes dans les murs d'un château, s'arrêtant pour zoomer et saisir tout ce qu'ils trouvent intéressant.

Cependant, j'ignore les caméras et me concentre sur les visages des jolies femmes qui m'entourent, sur leurs mines souriantes et pleines d'espoir. La confiance qui m'animait et qui m'a tant manqué ces derniers mois gonfle ma poitrine. Voilà la vie à laquelle je suis habitué. Il se pourrait que cette émission se révèle être la meilleure décision de ma vie.

« Bonjour à toutes et à tous, dit Emily dans son micro, vêtue d'un long manteau doré qui est presque assorti à ses cheveux blonds. Mesdemoiselles les ladies de Wessco, je vous présente Son Altesse Royale, le prince Henry ! Il est ici à la recherche du véritable amour et espère faire de cet amour la reine de son cœur et la reine de son pays ! »

Emily lève les colliers qu'elle tient dans sa main.

« À la fin de cette soirée, le prince Henry déposera un collier à pendentif de soulier de vair sur l'oreiller de chaque femme qu'il souhaite garder au château d'Anthorp. Seules dix d'entre vous seront choisies. Puis, nuit après nuit, une femme partira, jusqu'à ce que Sa Majesté offre le diadème à celle qui sera sa future épouse. Bienvenue, mesdames et messieurs, à *Matched – Édition Royale !* » dit Emily en regardant droit dans la caméra.

Ding !

Le premier évènement de l'émission est un speed dating. Avant que les caméras ne soient rallumées, Vanessa nous a dit d'être *nous-mêmes*, quoi que cela veuille dire. L'idée est qu'on ne se retienne pas. Elle nous a expliqué que si nos conversations étaient ennuyeuses ou impropres à passer à la télé, elles seraient modifiées ou coupées au montage. Je suis assis à une table qui est séparée en deux par un rideau noir. Lorsque le rideau se lève, j'ai deux minutes avec chaque femme pour voir si, comme l'a dit Emily, nous avons une « connexion instantanée ». Je connais déjà certaines filles – il y en a même une ou deux avec qui j'ai déjà couché, non pas que ça me dérange de remettre le couvert. Toutefois, pour l'instant, je sirote mon whisky en savourant l'excitation qui parcourt mes veines.

Ding !

La première lady est… la duchesse de Perth, Laura Benningson. Ça fait des années que je connais Laura. Elle est superbe, avec de longs cheveux châtains épais et des yeux bleus resplendissants.

Elle était fiancée à Mario Vitrolli, un célèbre pilote de formule 1, chic type, qui est décédé l'an dernier dans un tragique accident. Laura était enceinte à l'époque et a perdu le bébé quelques semaines après la mort de Mario. Heureusement, cette partie-là a été épargnée par les journaux.

« Comment vas-tu, ma belle ? » je demande en me penchant pour l'embrasser sur la joue.

Elle me sourit d'un air triste.

« Ça va. C'est un peu fou, tout ça, non ? Je ne sais pas comment ils ont l'intention de tourner le fait que je ne suis clairement pas vierge. Tout le monde est au courant de la fausse couche.

– D'après le réalisateur, c'est là toute la magie de la téléréalité. Il leur suffit d'un bon montage pour faire croire ce qu'ils veulent au public. Si ça peut te rassurer, je ne suis pas vierge non plus. Ils étaient choqués lorsque je leur ai appris. Choqués. »

Laura éclate de rire et je réalise combien faire rire les gens m'a manqué.

« Bref, tu peux te détendre, Henry, je ne vais pas me battre pour le trône – je serais une reine terrible. Je suis trop fainéante et trop égocentrique pour ça.

– Et trop honnête.

– Exactement, soupire-t-elle. Mais quand ils sont venus me voir, je me suis dit qu'il était temps d'essayer de tourner la page. Peut-être même de m'amuser un peu.

– Je suis content que tu sois là, je dis en posant ma main sur la sienne.

– Moi aussi », répond-elle en souriant.

Laura reste.

Ding !

Lady Cordelia Ominsmitch. Elle est fille d'un comte et, si elle est connue dans mon cercle pour être une énorme fêtarde, sa réputation reste impeccable aux yeux du reste du monde. Et elle est sublime. Elle a de grands yeux bleus, des cheveux soyeux, et une poitrine généreuse. C'est tout à fait mon genre de nana.

Le rideau est à peine levé qu'elle se lance.

« On ne s'est jamais rencontrés, mon prince, mais on est faits l'un pour l'autre. J'ai tout ce qu'il faut pour être ta femme et ta reine. J'ai le corps, l'éducation, le pedigree et le tempérament. Bien sûr, je suis vierge, ajoute-t-elle avec clin d'œil. Jusqu'à ce que je me marie, je ne fais que de l'anal. »

Je m'étouffe avec mon whisky.

C'est clairement un oui.

Ding !

Jane Plutorch. C'est la cousine d'un duc et l'héritière d'une fortune bâtie sur une crème contre les verrues. C'est aussi une gothique pure et dure. Ses lèvres sont noires, ses cheveux sont noirs, sa peau est blanche, elle a des piercings, et des tatouages sur les bras.

« Je déteste ma famille, dit-elle simplement. Et ils me détestent. Ils m'ont obligée à venir parce qu'ils ne supportent plus de me regarder. Je n'ai accepté que parce que j'ai pensé que ce serait cool de vivre dans un château, comme un vampire.

– Je comprends. T'as de super tatouages. »

Elle regarde ses bras et j'ai l'impression qu'elle a le plus grand mal à continuer de respirer.

« Merci. »

C'est un oui.

Ding !

Lady Elizabeth Figgles. Son père est vicomte et membre du Parlement. Elizabeth est aussi la copine de Sam Berkinshire – un vieux camarade de classe et un de mes meilleurs amis.

« Elizabeth ? Qu'est-ce que tu fous ici ? Où est Sam ?

– Sam peut crever, dit-elle en regardant la caméra. Vous filmez ? Tu peux crever, Sam ! J'espère que ta bite se coincera dans un broyeur et que tu ne pourras plus jamais tromper personne, espèce d'enfoiré !

– Il t'a trompée ? *Sam ?* »

Sam est un mec génial – le genre qui inspire les mecs bien à être encore meilleurs. À côté de lui, Abraham Lincoln est une enflure.

« T'as exactement la même tête que moi quand je l'ai appris. J'ai trouvé des tickets de caisse, des culottes qui n'étaient pas à moi, des capotes. Ce n'est qu'une ordure, gronde-t-elle en frappant la table. Je veux que Sam voie ce que ça fait. Alors je vais coucher avec toi. À la télé. Autant que possible. Mieux vaut te reposer Henry. J'ai apporté le plus grand tube de lubrifiant que j'ai trouvé. »

Waouh.

Ding !

Penelope Von Titebottum. Sa mère, une comtesse, est réputée solitaire, mais Penny est drôle et attirante. Et sa sœur est… intéressante.

« Bonjour Henry, comment vas-tu ?

– Je vais bien, Penelope. Tu as l'air en forme. »

Elle sautille sur sa chaise et lisse ses cheveux.

« Merci ! Je suis tellement heureuse d'être là. Ça va être tellement amusant !

– Je l'espère, oui.

– Et je n'arrive pas à croire qu'on va passer à la télé ! Dans le monde entier ! C'est dingue.

– J'ai vu Sarah tout à l'heure. On s'est dit bonjour.

– Ah, tant mieux. Elle ne voulait pas venir, au début, mais je suis contente qu'elle soit là. On doit la faire sortir de sa coquille. Pas trop, mais juste assez pour qu'elle s'amuse, tu ne crois pas ?

– Tu peux compter sur moi. »

Penelope reste.

Donc Sarah aussi.

Ding !

La suivante est la princesse Alpaga, comme l'animal. Elle est l'héritière du trône de l'île d'Alieya, une petite nation au sud de la France. La reine l'a invitée à Wessco après qu'un coup d'État a forcé sa famille à s'exiler, l'an dernier. Elle ne parle pas anglais, et je ne connais pas un mot d'alieyais. Ça va être compliqué.

Guermo, son interprète, me fusille du regard, comme si j'étais un microbe purulent.

Elle parle alieyais en me regardant, puis Guermo traduit.

« Elle dit qu'elle pense que vous êtes très moche. »

La princesse Alpaga hoche vigoureusement la tête.

Elle est plutôt mignonne, avec des cheveux bouclés, des yeux noisette ronds, un petit nez retroussé et des pommettes saillantes.

« Elle dit qu'elle ne vous aime pas et qu'elle déteste votre stupide pays », m'informe Guermo.

Elle hoche de nouveau la tête en souriant.

« Elle dit qu'elle préférerait se jeter du haut de la falaise et être dévorée par les poissons que d'être votre reine.

– Elle a à peine dit trois mots, je réponds en regardant Guermo.

– Elle l'a dit avec son regard, répond-il simplement. Je sais ce que je dis. Si vous étiez moins bête, vous le sauriez, vous aussi. »

Elle dit quelque chose à Guermo, qui répond sèchement et d'un ton désapprobateur. Et maintenant ils se disputent.

Ils peuvent rester. À l'évidence, Guermo est amoureux de miss Alpaga et elle n'en a aucune idée. Ma présence l'obligera à admettre ses sentiments… mais ressent-elle la même chose pour lui ? C'est comme vivre dans un soap opera. Il faut à tout prix que je sache comment ça se termine.

Ding !

Lady Libadocious Loutenhiemer. Elle est double championne olympique d'athlétisme et c'est la plus jeune Wessconienne à avoir gagné une médaille d'or aux Jeux.

« Appelle-moi Libby. Ou Libs. Ou Lulu. Ou encore L-L – je réponds à tout. »

Elle est incroyablement bien foutue – ferme et musclée tout en étant féminine. Elle a des cheveux blonds ondulés qui lui arrivent aux épaules, un beau visage et des yeux superbes.

« Dans mon temps libre, j'aime faire du vélo, nager, courir, baiser…

– Quelle coïncidence, ce sont mes passe-temps préférés, à moi aussi. »

Oh oui…

Ding !

Et ainsi de suite. Certaines sont pétillantes et joyeuses, d'autres ambitieuses et théâtrales, mais j'aime rencontrer et parler avec chacune d'entre elles. J'ai du mal à faire mes choix, mais le spectacle doit continuer, comme on dit. Après le speed dating, Vanessa me tend un plan du château sur lequel sont indiquées les chambres des participantes.

J'en fais le tour en déposant les pendentifs sur l'oreiller de celles que j'ai choisies, puis je m'en vais. Les caméras continuent de filmer pour capturer leurs réactions et des cris de joie ou de déception résonnent dans les couloirs.

Il n'en reste donc plus que dix.

9

HENRY

Bzzzzzzzzzzz.

« Arrête. »

Bzzzzzzzzzzz.

« Va-t'en. »

Bzzzz. Bzzzz. Bzzzz. Bzzzz.

« Roh bon sang. »

BZZZZZZZZZ.

« Mais ta gueule ! »

Je parle aux caméras qui sont fixées aux quatre coins de ma chambre. Mon contrat m'oblige à les y laisser et, si elles ont été installées il y a une semaine, c'est la première fois qu'elles sont allumées. Et bon sang, elles fonctionnent à merveille…

Bzzz. Bzzz. Bzzz. Bzzz. Bzzz. Bzzz.

C'est l'équivalent audio du supplice de la goutte d'eau. C'est en train de me rendre fou – lentement, mais sûrement. À chaque fois que je cligne des yeux, que je respire, que je me retourne, que je me gratte le nez ou les bourses, ces horribles choses bougent. Et elles ne bougent pas en silence.

Bzzzzzzz. Bzzzzzzz. Bzzzzzzz.

Je jette mon oreiller sur celle de gauche, qui semble être la plus active, mais je la rate. Et maintenant je n'ai plus d'oreiller. Je suis allongé dans mon lit, le regard rivé sur le plafond, écoutant le dernier bruit que j'entendrai avant de mourir.

Bzzbzzbzzbzzbzzbzzbzzbzzbzzbzzbzzbzzbzzbzz…

Cela fait trois heures que j'essaie de dormir. Il est désormais deux heures moins le quart, et je dois être prêt pour le tournage à six heures trente. Même pour un insomniaque comme moi, ça ne va pas être facile. Il me faut au moins quelques heures de sommeil. À ce stade, je me contenterais même de quelques minutes.

Bzzzzzzzzzzzzzzzzzzzz.

Et je ne peux même pas jouer de ma guitare à cause de ce bruit.

Toc toc.

Tiens, c'est nouveau, ça. Je m'assois en regardant les caméras pour voir laquelle a fait ce bruit étrange.

Toc, toc.

Ça vient de la porte. J'enfile un bas de pyjama pour ne pas montrer mes fesses aux caméras, et je me lève pour ouvrir la porte.

Lady Elizabeth est de l'autre côté, souriant d'un air parfaitement coquin.

« Salut mon grand. C'est l'heure de baiser ! »

Elle porte un bustier en cuir noir et une minuscule culotte assortie qui lui va merveilleusement bien. Elizabeth a le corps d'une strip-teaseuse – une poitrine généreuse et ferme, une taille fine, des jambes infinies. Elle entre dans la pièce en se déhanchant et en agitant un godemiché dans une main et des menottes dans l'autre.

Elle repère les caméras et pousse un cri de joie.

« Génial ! On sera filmés sous tous les angles !

– Elizabeth… » je soupire.

Elle me coupe la parole lorsqu'elle se penche sur le lit et se met une fessée en regardant la caméra.

« Va au diable, Sammy. »

Qu'on soit d'accord : ma tête et mon cœur ne sont absolument pas intéressés, mais ma queue l'est – il faut avouer que c'est une belle garce. Toutefois, je croise les bras et reste ferme.

« Oublie, Elizabeth. Sam est un très bon ami – un des seuls sur qui je peux compter. »

Elle cligne rapidement des yeux et jette ses cheveux en arrière.

« Chut, tais-toi », chuchote-t-elle.

Elle essaie de me prendre dans ses bras mais je saisis ses poignets et fais un pas en arrière.

« Alors pourquoi tu m'as donné un pendentif ? demande-t-elle. Qu'est-ce que je fais encore ici, Henry ?

– Je veux t'éviter de te venger en couchant avec tout ce qui bouge. Sam et toi devez d'abord régler ce malentendu. »

Elle tape du pied, tire brusquement sur ses bras pour m'échapper, et elle s'allonge au milieu du lit.

« Prends-moi, Henry. Je te supplierai, si c'est ce que tu veux. »

Ma queue, cette garce, hoche la tête.

« Il faut que tu partes, je réponds en me frottant les yeux.

– Tu ne peux pas m'y obliger », répond-elle en souriant d'un air mesquin.

Très bien. J'ouvre la porte, longe le couloir jusqu'aux gardes qui sont postés en haut des escaliers, et je désigne ma chambre.

« Faites-la partir. »

Parfois, être moi n'est pas si mal.

Quelques secondes plus tard, ils escortent fermement mais délicatement Elizabeth dehors.

« Très bien, dit-elle par-dessus son épaule. Demain, alors ! »

Je claque la porte derrière eux.

Je n'avais pas imaginé que ce serait ainsi.

Bzzz. Bzzz. Bzzz. Bzzz.

Bon sang, je suis tellement fatigué. Il faut vraiment que je dorme. J'ai besoin d'un peu de tranquillité. J'ai besoin que mes couilles ne soient pas si pleines qu'elles sont aussi pourpres que les joues de Sarah Von Titebottum… Mes pensées s'arrêtent, surprises de revoir cet étrange petit bout de femme avec ses lunettes, son livre et son joli petit cul.

Sarah n'est pas une des participantes, donc sa chambre ne doit pas être filmée. Le plus beau – je n'arrive pas à croire que je l'envisage vraiment – c'est qu'aucune des autres nanas ne saura où me trouver, y compris Elizabeth.

Je laisse les caméras me suivre dans les toilettes puis, comme un agent des services secrets, je me plaque contre le mur, là où elles ne peuvent pas me voir, et je me précipite vers la porte.

Moins de cinq minutes plus tard, je suis en bas de pyjama et en tee-shirt, pieds nus, ma guitare à la main, et je frappe à la porte de la chambre de Sarah. Le plan de Vanessa indiquait que sa chambre est au troisième étage, dans l'angle de l'aile est, à l'écart de la partie centrale du château. Elle ouvre un tout petit peu la porte et ses yeux marron me cherchent.

« Offre-moi un refuge, s'il te plaît. »

Elle fronce les sourcils et ouvre un peu plus la porte.

« Je te demande pardon ?

– Ça fait presque quarante-huit heures que je n'ai pas dormi. La copine de mon meilleur ami essaie de me bouffer comme une mante religieuse, et le bruit des caméras qui me suivent partout dans ma chambre est en train de me rendre fou. Je te demande de m'offrir l'asile. »

Elle rougit. *Génial.*

« Tu veux dormir ici ? Avec moi ?

– Non, pas *avec* toi, je ricane. Juste dans ta chambre, ma belle. »

Mince, je ne voulais pas être insultant – je n'ai pas réfléchi. Heureusement, Sarah ne semble pas vexée.

« Pourquoi ici ? demande-t-elle.

– Autrefois, les religieux offraient l'asile à quiconque le leur demandait. Et comme tu t'habilles comme une nonne, le choix m'a paru logique. »

Je ne sais pas pourquoi j'ai dit ça. Je ne sais pas ce qu'il m'arrive. Bon sang, je manque vraiment de sommeil.

Elle ferme la bouche, penche la tête sur le côté, et son regard devient menaçant.

« Je ne suis pas sûre de comprendre. Tu as besoin de mon aide ?

– Oui.

– T'as besoin d'un refuge, de protection, d'un sanctuaire que je suis la seule à pouvoir t'offrir ?

– Oui.

– Et tu crois que te moquer de ma tenue est le meilleur moyen de me convaincre d'accepter ?

– Je n'ai jamais dit que j'étais intelligent, je dis en levant les mains. Je suis épuisé, sans défense, et désespéré. »

Je fais la moue… mais de façon virile.

« Aie pitié de moi. »

Elle sourit timidement et je sais que c'est dans la poche. Elle soupire et ouvre plus grand la porte.

« Bon, après tout, c'est *ton* château », dit-elle.

Ha – c'est vrai ça. C'est mon château. Faut vraiment que j'arrête de l'oublier.

J'entre dans la pièce et l'étudie. C'est une des chambres les plus petites et elle est moins luxueuse que celles du deuxième étage – elle sert aux employés quand il y a du monde au château. Toutefois, le lit est grand – un king size – et il y a un petit canapé et une table basse près de la cheminée.

« Pourquoi t'es ici ? Toutes les chambres étaient prises ?

– Non pas du tout, c'est moi qui l'ai choisie.

– Pourquoi ? »

Soudain, son regard s'illumine.

« Parce qu'elle a le plus bel atout au monde ! »

Elle tend le bras pour désigner la banquette de fenêtre, comme la présentatrice d'un jeu télévisé qui révélerait une voiture toute neuve derrière un rideau.

« Le plus bel atout au monde est une banquette de fenêtre ? »

Elle secoue la tête, comme si elle avait pitié de moi, et je me souviens que l'an dernier, lorsque nous nous sommes rencontrés dans ce petit pub, elle avait fait exactement la même chose.

« Ce n'est pas juste une banquette de fenêtre – c'est une alcôve !

– Une alcôve ?

– Une niche de lecture ! »

Je remarque l'arche de la fenêtre qui crée en effet une petite alcôve, ainsi que la sacoche en cuir usé et la pile de vieux livres.

« Une niche de lecture est un lieu magique, explique Sarah alors que ses joues rosissent. Chaque lecteur qui se respecte apprécie un endroit calme et confortable qui n'est dédié qu'à la lecture.

– Une niche. Je comprends. »

J'appuie ma guitare sur la table de chevet, puis je me tourne vers le lit et m'y laisse tomber la tête la première. Le matelas est à la fois doux et ferme, comme une plaque d'acier enveloppée dans un nuage. Je roule sur le dos en gémissant longuement et bruyamment.

« Oh, c'est bon. C'est très très bon. Quel lit merveilleux ! »

Sarah se racle la gorge.

« Euh, eh bien on devrait sans doute dormir. Tu as une grosse journée demain. »

L'oreiller a une odeur sucrée comme des bonbons et j'imagine que c'est le parfum de Sarah. Je me demande si je sentirais la même chose si je nichais mon nez dans son cou ? Je mets de côté cette pensée en la regardant saisir un oreiller et une couverture pour les emmener… dans la niche.

« Qu'est-ce que tu fais ? »

Elle lève la tête et me regarde avec de grands yeux.

« Je me prépare pour dormir.

– Tu vas dormir là ?

– Bien sûr. Le canapé est très inconfortable.

– Pourquoi on ne peut pas partager le lit ? »

Elle s'étouffe et se met à bégayer.

« Je… je ne peux pas dormir avec toi. Je ne te connais même pas.

– Qu'est-ce que tu veux savoir ? je demande en ouvrant grand les bras. Demande-moi ce que tu veux. Je suis un véritable livre ouvert.

– Ce n'est pas ce que je voulais dire.

– Allez, ne sois pas ridicule. Le lit est immense. Tu pourrais péter et je ne l'entendrais même pas. »

Ses joues se colorent de nouveau, virant au rouge, cette fois.

« Je ne vais pas… je ne suis pas…

– Tu ne pètes jamais ? je ricane. Sans rire ? Tu n'es donc pas humaine ? »

Elle jure à voix basse et je rêve de l'entendre à voix haute. Je parie que sans complexe, Sarah von Titebottum doit être magnifique – et très divertissante.

Elle secoue la tête et plonge son regard dans le mien.

« Quelque chose ne va pas chez toi, tu sais ?

– Non, c'est juste que je suis libre. Je suis honnête envers moi-même et avec les autres. Tu devrais essayer, de temps en temps. »

Elle croise les bras fermement, d'un air indigné. C'est adorable.

« Je vais dormir dans la niche, Votre Altesse. Un point c'est tout. »

Je m'assois dans le lit et la regarde en plissant les yeux.

« Henry, je gronde.

– Quoi ?

– Je ne m'appelle pas Altesse, mais Henry bon sang. J'aimerais que t'utilises mon prénom. »

Et elle craque.

« Très bien ! *Henry bon sang* – t'es content ! »

Je souris.

« Oui. Oui, je suis très content, je réponds en me laissant retomber sur le matelas. Bonne nuit, Titebottum. »

Je crois qu'elle grogne, mais le bruit est étouffé par celui des draps et de son oreiller.

Je remue dans le lit pour me mettre à l'aise.

Je me tourne et tape l'oreiller.

Je ferme fort les yeux… mais c'est peine perdue.

« Bon sang ! » je crie en m'asseyant.

Sarah se lève d'un bond.

« Quoi ? Que se passe-t-il ? »

C'est ma culpabilité. Je me suis invité dans la chambre de cette jeune femme, j'ai confisqué son lit, et je l'ai forcée à dormir dans une niche. Je ne suis peut-être pas l'homme qu'était mon père ni le gentleman qu'est mon frère, mais je ne suis pas un connard pour autant.

Je me lève, enlève mon tee-shirt, et marche d'un pas ferme vers la fenêtre. Je sens le regard de Sarah sur mon torse nu, mes bras, mon ventre, mais elle fait un pas de côté pour garder ses distances.

« Reprends ton fichu lit, je lui dis. Je vais dormir sur cette satanée banquette.

– Tu n'es pas obligé de faire ça.

– Si, je le suis, je réponds en me passant la main dans les cheveux. Je vous en prie, lady Sarah. »

Elle cligne des yeux plusieurs fois.

« D'accord. »

Elle grimpe sur le lit et se glisse sous la couette. Je me contorsionne pour m'installer dans la niche, les genoux pliés, le coude contre la vitre glacée, le cou tordu de façon si inconfortable que je sais que je vais le sentir demain. La lumière est très tamisée et pendant quelques secondes, je n'entends que la douce respiration de Sarah.

Puis, sa voix suave flotte jusqu'à moi dans la pénombre.

« D'accord, on peut dormir ensemble dans le lit. »

C'est la plus belle chose que j'aie entendue et je ne l'oblige pas à se répéter. J'ai rempli mon quota de noblesse pour la soirée. Je sors de la niche en titubant et je me jette sur le lit.

Voilà qui est mieux.

Sarah augmente un peu la luminosité de la lampe de chevet.

« Je suis réveillée, maintenant. Je vais lire un peu, si ça ne te gêne pas.

– *Les Hauts de Hurlevent ?* je demande en bâillant.

– Oui. Bonne nuit, Henry. »

Il y a quelque chose dans sa façon de dire mon prénom, cette fois – la tendresse de sa voix – qui me fait sourire. Jusqu'à ce que…

Hmmm, hmmm, hmmm, hmmm, hmmm…

Une fois de plus, je me retrouve à fixer le plafond, les yeux grands ouverts.

« C'est quoi ce putain de bruit ? »

– Quoi ? Oh, c'est moi – pardon – je gémis quand je lis. C'est une habitude.

– Eh bien par pitié – *arrête.* »

Je me comporte comme un enfoiré. Quand elle ne répond pas pendant plusieurs secondes, je commence à m'inquiéter de l'avoir vexée. Ce n'est pas de sa faute. Je suis fatigué – et en manque. Je suis *tellement* en manque… Elle ne mérite pas que je lui saute à la gorge ainsi. Mais elle répond avant que je puisse m'excuser.

« Moi qui pensais que tu serais du genre à aimer une nana qui gémit. »

Je reste sans voix un instant, puis je ris et roule sur le côté pour lui faire face.

« C'était une blague, Sarah Von Titty-teat-bottom ?

– C'était censé l'être, oui.

– Et une blague coquine, qui plus est ! Je suis impressionné. Je vais devoir revoir l'idée que j'ai de toi. »

Elle se couvre la bouche en souriant.

« Elles m'échappent de temps en temps, mais en général ce n'est qu'avec Penny, ou Willard et Annie. »

Soudain, je n'ai plus du tout sommeil.

« Willard et Annie ?

– Ce sont mes meilleurs amis. Ils travaillent avec moi à la bibliothèque.

– Tu es bibliothécaire ?

– Oui, à la bibliothèque Concordia. »

Je joins mes mains derrière la tête et donne libre cours à mon imagination.

« J'ai toujours voulu baiser contre des rayons de livres. T'as déjà essayé ? »

Je n'ai pas besoin de regarder pour savoir qu'elle rougit.

« Non. »

Je tourne la tête vers elle et la reluque des pieds à la tête.

« Je t'imagine parfaitement. Tes longs cheveux bruns, tes lunettes, une jupe crayon grise avec un chemisier blanc dont les deux… non, les *trois* premiers boutons sont défaits. T'es l'incarnation parfaite de la bibliothécaire sexy. »

Elle glousse, comme si j'avais dit une bêtise.

« Quoi ?

– Personne n'a jamais dit que j'étais sexy.

– Alors on a du retard à rattraper. »

Lorsque Sarah referme son livre et le pose sur la table de nuit, j'ai comme l'impression d'avoir accompli quelque chose.

« J'ai déjà dit que tu pouvais dormir ici. Tu n'as pas besoin de me lécher les bottes.

– Si j'essaie de lécher quoi que ce soit chez toi, ce n'est pas tes bottes, crois-moi. Mais si t'es bibliothécaire dans ta vraie vie, qu'est-ce que tu fais ici ? Et ne me dis pas que c'est pour Penelope. Je l'ai rencontrée et elle est rusée – elle aurait trouvé un moyen de venir sans toi. Il doit y avoir une autre raison. »

Sarah croise les bras et hoche la tête.

« T'es très perspicace, tu sais.

– Merci. Mais ne change pas de sujet. »

Elle pousse un grognement très sexy, puis elle s'allonge en enfonçant sa tête dans l'oreiller.

« J'étais censée parler à un colloque. Devant des *centaines* de gens.

– Ah… et laisse-moi deviner : tu n'aimes pas parler en public. »

Elle se tourne vers moi et blottit ses mains sous sa joue.

« Ça me paralyse. Je ne suis pas fan d'Edgar Allan Poe, mais parler en public est ma propre version de *L'Enterrement Prématuré*. »

Je n'ai jamais été fan de Poe non plus, mais je vois où elle veut en venir. Et j'ai la solution parfaite.

« Tu devrais m'imaginer nu, je dis en faisant claquer l'élastique de mon pantalon. Je peux l'enlever, si tu veux. Ça guérira tous tes problèmes, ma belle. »

Elle secoue la tête.

« Il me semble que la stratégie habituelle est d'imaginer le *public* en sous-vêtements.

– Mais avoue que c'est bien plus drôle de m'imaginer nu. »

Nous rions tous les deux, et Sarah s'assoit dans le lit. Elle tend le bras pour pincer une corde de ma guitare.

« Alors… tu sais vraiment jouer ?

– Oui. »

Elle se rallonge un moment, le coude plié, la tête appuyée sur son bras, et elle me regarde d'un air curieux.

« Tu veux dire que tu sais jouer *Brille brille petite étoile*, la chanson de l'alphabet, et tout ça ?

– Tu sais que c'est la même chanson, n'est-ce pas ? »

Elle fronce les sourcils en y réfléchissant et ses lèvres bougent en silence tandis qu'elle chante les airs dans sa tête. C'est adorable.

« Mon Dieu, quelle imbécile ! s'exclame-t-elle en se couvrant la bouche et en riant.

– Tu ne devrais pas être aussi dure avec toi-même, mais… si tu le dis.

– Espèce de tyran », dit-elle en me tirant la langue.

Grave erreur. Sa langue semble douce et rose et très mouillée… et j'ai envie de la sucer. Soudain, je pense à tous les autres endroits doux et mouillés de son corps… et je bande.

C'est affreusement douloureux.

Dieu merci, la couette est épaisse. Si cette jolie petite femme toute timide réalisait qu'il y avait une énorme érection dans son lit, à quelques centimètres d'elle, elle pourrait rougir si fort qu'elle s'évanouirait.

« Eh bien, on apprend quelque chose tous les jours, dit-elle en riant. Mais tu sais vraiment jouer de la guitare ?

– T'as l'air d'en douter.

– J'ai lu beaucoup de choses à propos de toi, dit-elle en haussant les épaules, mais je n'ai jamais entendu que tu jouais d'un instrument.

– C'est un secret, je chuchote en me rapprochant. Je suis doué pour beaucoup de choses que les gens ne savent pas. »

Elle lève les yeux au ciel.

« Laisse-moi deviner – t'es fabuleux au lit… sauf que tout le monde le sait. »

Elle fait ensuite mine de jouer de la batterie et imite le bruit d'une batterie lorsqu'elle marque la chute d'une blague.

« *Badam pam pchh.* »

J'éclate de rire.

« Timide, intelligente, avec un humour coquin, et complètement folle. C'est un mélange étrange, Titebottum.

– Attends un peu de me connaître – je suis clairement unique. »

Le truc le plus bizarre, c'est que je commence à penser que c'est vrai.

« Bref, passe-la-moi. Et nomme un artiste. Celui que tu veux.

– Euh… Ed Sheeran.

– Toutes les filles aiment Ed Sheeran, je dis en secouant la tête.

– C'est un super chanteur. Et puis, il a rendu sexy le fait d'être roux. Si tu étais un prince aux cheveux roux, les nanas du monde entier t'adoreraient.

– Les nanas du monde entier m'adorent déjà.

– Eh bien si tu étais roux, elles t'aimeraient encore plus.

– Très bien, si tu le dis, maintenant tais-toi et écoute. »

Je joue *Thinking out loud* et, à la moitié de la chanson, je regarde Sarah, qui arbore le plus beau sourire que j'aie vu de toute ma vie. Soudain, je me surprends à penser quelque chose que je ne me suis jamais dit : c'est ce que ça fait d'être Ed Sheeran.

Quand je finis, Sarah mord sa lèvre inférieure et m'applaudit. Sa voix est plus douce, et rauque – un peu endormie.

« Tu joues merveilleusement bien, Henry.

– Je te l'avais dit. Il ne faut jamais douter de moi.

– Recommence », dit-elle en bâillant.

J'ai beau me sentir épuisé, je ne veux pas lui dire non.

« Voici une de mes préférées, je dis en jouant le début d'*Hallelujah*.

– J'adore cette chanson, moi aussi. »

Elle sourit d'un air serein et fredonne tandis que je joue. Lorsque j'ai terminé, je repose ma guitare en bâillant.

« T'as une belle voix, tu sais. Tu chantes ? »

Elle s'étire, gonflant sa superbe poitrine sous sa chemise de nuit bleu marine, et j'en ai l'eau à la bouche.

« Seulement sous la douche. »

Deuxième grave erreur.

Je pousse un grognement et Sarah fronce les sourcils en posant ses lunettes sur la table de chevet.

« Ça va ?

– Oui, ça ira. Un jour. Je suis juste très fatigué.

– Désolée. T'es venu te reposer et je t'empêche de dormir.

– Ça ne me dérange pas », je réponds en souriant.

Elle a beau être à l'autre bout du lit, sa présence est… agréable. Confortable.

« Bonne nuit, Henry.

– Fais de beaux rêves, Sarah. »

10

HENRY

Lorsque je me réveille, Sarah n'est plus là et je me vexe presque, comme lorsqu'on se fait jeter après un coup d'un soir. Toutefois, je mets ça de côté. Car c'est aujourd'hui que le fun commence vraiment.

J'ai une session d'entraînement sportif avec Libby Loutenhiemer sur la plage et je l'imagine déjà gémir et transpirer dans un ensemble en Lycra moulant. Peut-être qu'après, on boira un cocktail… suivi par un autre type d'exercice – tout aussi physique.

Mon érection matinale est particulièrement insistante – sans doute est-ce à cause du parfum délicieux qui m'a enveloppé toute la nuit et qui ne me quitte toujours pas. Cependant, je n'ai pas le temps de me soulager, donc je retourne dans ma chambre pour enfiler un tee-shirt, un short de sport et des baskets, puis je vais à la plage en courant.

Une heure plus tard, je découvre qu'encore une fois, rien ne se passe comme je l'avais imaginé.

Et que je suis loin d'être en aussi bonne forme physique que je le pensais. Libby est une bête – et je ne parle pas d'une bête de sexe. Certes, elle est championne olympique, mais quand même… Après un footing de cinq kilomètres, quinze minutes de corde à sauter, des abdos, des pompes, et quinze minutes de planche, je crains de faire un infarctus.

Cela implique que si mamie meurt demain, le trône ira à Marcus l'imbécile, mon cousin, la seule personne sur terre à être encore moins apte à gouverner que moi. C'est pour cette raison que je m'oblige à tenir, mais ce n'est pas facile. Je ne donnerai peut-être pas le diadème à Libby, mais j'envisage sérieusement de lui offrir le poste de coach sportif attitré.

Nous nous arrêtons enfin pour faire une pause. Nous sommes sur la plage, pliés à la taille, les mains sur les genoux, et la brise fraîche souffle sur nos peaux brûlantes et trempées de sueur.

« C'était tellement cool ! s'exclame Libby. Tu es le premier homme à avoir réussi à me suivre. »

Je la regarde en levant les pouces, incapable de répondre, car mes muscles et mes organes vitaux me supplient de m'allonger et de mourir.

Elle se rapproche de moi et chuchote dans mon oreille.

« J'ai envie de sucer ta grosse queue en sueur, Henry. »

Oubliez ce que j'ai dit – *tous* mes organes ne sont pas prêts à mourir.

« C'est la plus belle chose qu'on m'ait dite depuis des semaines. »

Elle glousse, prend ma main, se tourne… et bouscule Vanessa Steele.

Non !

« C'était génial, tous les deux – j'espère que vous vous êtes amusés. Libby, tu dois aller au maquillage avant d'aller au confessionnal pour ton débriefing.

Nooooon…!

« Et Henry, il faut que tu te douches et que tu t'habilles pour ton deuxième rencard, dit-elle en tapotant sa montre. On a un programme à respecter. »

Libby semble aussi déçue que moi.

« Plus tard, OK ? » dit-elle en jouant avec le col de mon tee-shirt.

Je hoche la tête et elle m'embrasse brièvement sur la joue.

Derrière elle, une silhouette attire mon attention, au loin, et je plisse les yeux pour mieux la voir. Elle est seule, vêtue d'un tee-shirt trop grand, d'un legging noir, et elle s'adonne à un art martial. Elle est canon. Moi qui croyais avoir cerné cette nana…

Libby suit mon regard et se tourne aussi.

« Sarah fait de l'aïkido, dit-elle. Et elle est plutôt bonne. »

Quand Vanessa emmène Libby par la main, je reste quelques minutes sur la plage.

À la regarder.

Mon deuxième rencard est un pique-nique et une promenade avec Cordelia Ominsmitch et son chien.

Nous nous retrouvons dans la cour du château et, si les autres participantes et les techniciens sont à quelques mètres, derrière les caméras, j'arrive presque à les oublier si je reste dos à eux.

Les caméras nous filment alors que Cordelia me rejoint, vêtue d'un slim bleu, de cuissardes marron et d'un chemisier à fleurs avec un beau décolleté. Elle est très belle. Elle tient dans ses bras un petit caniche blanc avec de petits yeux noirs globuleux. Elle me sourit. Je me tiens droit, un bras plié dans mon dos, et je hoche la tête.

« Bonjour Henry.

– Comment vas-tu, Cordelia ?

– Je vais mieux maintenant, dit-elle. Je réfléchissais, j'aimerais qu'on se débarrasse de notre premier baiser. Comme ça je ne stresserai pas pendant le rencard et je saurai déjà qu'on est faits l'un pour l'autre. »

Elle joue pour les caméras – j'ai assez vu ça pour le savoir. Mais je m'en fiche.

« Je suis partant. »

Je me penche vers elle et elle lève la tête vers moi – quand le vilain petit monstre grogne et essaie de me mordre le nez. Heureusement, je recule juste à temps.

« Walter, non ! Pardon, Henry, dit-elle en souriant d'un air désolé. Voici Walter.

– Ravi de te rencontrer, Walter. »

Il répond en grognant de plus belle.

« Je suis désolée, il est très protecteur vis-à-vis de moi. »

Elle baisse la tête vers lui et il se met à lécher son menton.

« N'est-ce pas mon chéri ? chantonne-t-elle. T'aimes ta maman. Tu veux faire un bisou à maman ? D'accord, fais des bisous à maman. »

C'est alors que Walter embrasse Cordelia – ou plutôt qu'il lui roule une énorme pelle. Et elle le laisse faire. Il lui lèche le menton, les lèvres, et quand elle rit… ses dents et sa langue n'échappent pas à celle de Walter.

Quand il a fini, elle le pose par terre et se tourne vers moi, des étoiles plein les yeux, souriant jusqu'aux oreilles.

« Maintenant… ce baiser. »

Je regarde la bouche charnue et parfaite de Cordelia, puis le vilain petit chien… occupé à se lécher le trou de balle, et je grimace.

« Peut-être plus tard. »

Ou pas.

« Coupez ! » crie le réalisateur.

Vanessa vient vers nous, son bloc-notes à la main.

« C'était génial. La tension sexuelle était palpable et on ne peut s'attendre qu'à mieux. J'adore. Faisons une petite pause, puis on filmera Henry et Cordelia dans la décapotable pour le montage et la voix off. Ensuite, on passera au pique-nique, c'est presque prêt. »

Soudain, derrière la caméra, quelqu'un fait tomber un projecteur. Il s'écrase par terre et l'ampoule vole en éclats. Une minute plus tard, il y a un brouhaha indescriptible, puis les participantes s'attroupent en chuchotant et en échangeant des regards inquiets. J'entends Laura Benningson demander s'il ne faudrait pas appeler un médecin.

« Non, répond Penelope. Non, ça ira mieux dans quelques minutes. »

Je me faufile à travers la foule jusqu'au milieu, où Sarah est allongée, terriblement immobile. Sa peau est grise et son visage est figé dans une expression horrifiée. Son regard est vide et absent. J'ai l'impression qu'on vient de me jeter un seau d'eau dessus, parce que je me souviens soudain de la première fois que je lui ai parlé, l'an dernier, quand quelqu'un avait fait tomber un verre. Elle s'était figée de la même façon.

Penny a passé son bras dans le dos de Sarah et elle lui chuchote des paroles que je n'entends pas. Mon cœur cesse de battre en la voyant aussi immobile et effrayée. Je commence à me rapprocher mais elle se réveille avant que j'aie pu m'accroupir à ses côtés. Elle cligne rapidement des yeux en inspirant brusquement, cherchant sa sœur.

« Bon sang, qu'est-ce qu'il s'est passé ? »

Penny croise mon regard et secoue la tête, me disant de ne pas m'approcher – de faire comme si tout allait bien.

Bientôt, les techniciens s'affairent à préparer la scène suivante, et ces dames reprennent leurs conversations en buvant du champagne. Toutefois, Sarah reste dans un coin, sur le côté. Elle semble plus petite, comme si elle essayait de se rendre invisible – de disparaître.

Cela ne me plaît pas du tout. Sarah est trop jolie pour que personne ne la remarque. Et puis… elle est sympa. Croyez-le ou non, c'est rare, dans le cercle dans lequel j'évolue. Elle m'a aidé hier soir. Ça avait beau la mettre mal à l'aise, elle m'a aidé. Et maintenant, je veux faire quelque chose pour elle. Je veux voir Sarah Von Titebottum sourire. Je veux qu'elle sourie avec confiance et audace. Mais, plus que ça, il y a en moi une petite part égoïste qui veut qu'elle sourie *pour* moi – je veux être celui qui la fait sourire.

Je regarde autour de moi pour m'assurer que tout le monde est occupé. Cordelia se fait remaquiller, Vanessa parle aux caméramans, et la décapotable que je suis censé conduire est là… et regardez ça – quelqu'un a laissé les clés sur le contact.

Je me faufile discrètement près de Sarah.

« T'es déjà montée dans une décapotable ? »

Elle lève brusquement la tête, ne m'ayant pas vu approcher.

« Bien sûr. »

Je glisse mes mains dans mes poches et me balance d'avant en arrière.

« T'es déjà montée dans une décapotable conduite par un prince ? »

Son regard s'illumine et elle sourit.

« Non.

– Très bien. À trois, on y va.

– On va où ? » demande-t-elle d'un ton inquiet.

Je repère James de l'autre côté de la cour, surveillant la foule – assez loin pour qu'il ne nous rattrape pas à temps.

« Un...

– De quoi tu parles ?

– Deux...

– Henry...

– Trois.

– Je...

– Go, go, go !

– Mais où ? » demande-t-elle assez fort pour attirer l'attention des autres.

Je la soulève et cours à la voiture pour la déposer sur le siège passager, puis je saute derrière le volant.

« Merde ! » gronde James.

J'allume déjà le moteur. Je fais marche arrière en renversant le buffet et traverse la cour en faisant crisser les pneus, passant entre deux pots de fleurs pour rouler sur la pelouse en direction des bois.

« La route est par là-bas ! crie Sarah, ses cheveux agités par le vent.

– Je connais un raccourci. Accroche-toi. »

On déboule dans les bois, laissant une nuée de feuilles mortes derrière nous. La voiture rebondit, secouée de tous les côtés, et Sarah saisit mon bras. J'aime ça.

« Baisse-toi.

– Quoi ? »

Je pousse sa tête vers le bas tout en me recroquevillant pour éviter la branche basse d'un pin. Quand on l'a passée, Sarah se relève, se retourne vers l'arbre, puis me regarde avec de grands yeux.

« Tu sais, si tu veux que je pousse ta tête, il suffit de me le demander.

– T'es complètement malade ! »

J'accélère tout en contournant une souche.

« Quoi ? Tu crois que t'es la seule à pouvoir faire des blagues cochonnes ? »

Un virage en épingle approche et je plaque mon bras sur la taille de Sarah pour la retenir.

« Accroche-toi. »

Soudain, nous émergeons de la forêt sur une côte raide, puis nous arrivons sur une route goudronnée. Je regarde dans le rétroviseur – la voix est libre.

Sarah me regarde en clignant des yeux. Ses lunettes sont de travers et je les lui remets.

« J'ai comme l'impression que ce n'est pas la première fois que tu fais ça. »

Je lève la tête vers le ciel, savourant la chaleur du soleil et l'air frais – comme un chien qui passe la tête par la fenêtre.

« Semer ma garde rapprochée est un des frissons que je préfère.

– Pourquoi ? demande-t-elle d'un air incrédule.

– Parce que je ne suis pas censé le faire. »

Elle sourit, comme je le voulais – sans honte, sans retenue. Ma poitrine se contracte et mon cœur bat plus vite.

J'allume la radio et *Setting the world on fire* de Pink et Kenny Chesney émerge des baffles.

« J'aime cette chanson, dit Sarah.

– Alors monte le son », je réponds.

Elle le fait puis elle tend la main, comme si elle essayait de saisir le vent.

Nous décidons tous les deux que nous avons faim et, si la ville de Sarah est la plus proche du château, il n'y a pas de *Mega Burger* à Castlebrook, donc nous allons dans la direction opposée – parce que *Mega Burger* vaut les quarante-cinq minutes supplémentaires.

Lorsque j'arrête la voiture devant la fenêtre du drive, le type avec le chapeau en papier me pointe du doigt en sursautant.

« Putain !

– Ça m'arrive souvent, je dis à Sarah.

– Bon sang, mec… vous êtes le prince Henry !

– Enchanté, je réponds en hochant la tête.

– Est-ce que je peux avoir une photo ?

– Bien sûr. »

Il se penche par la fenêtre et j'en fais de même pendant qu'il prend un selfie.

« Rends-moi service, je lui dis. Ne la mets pas sur les réseaux sociaux. Je suis censé travailler et si la reine apprend que ce n'est pas le cas, elle sera furax. Et je te promets qu'elle n'est pas cool quand elle est furax. »

Il éclate de rire en hochant la tête.

Le gamin nous apporte notre commande et je lui donne bien trop d'argent.

« Sers-t'en pour rincer autant de voitures que possible après moi. S'il en reste, c'est pour toi.

– Génial. J'ai toujours trouvé que vous étiez cool.

– Je fais ce que je peux », je réponds en frappant mon poing contre le sien.

Nous repartons et je sens le regard de Sarah sur moi.

« C'était très gentil.

– Ça c'était facile, je dis en haussant les épaules. Ma mère disait que la gentillesse est contagieuse. Une seule personne suffit pour commencer une superbe épidémie. »

Je m'arrête sur un parking désert près de la plage et je coupe le moteur. Sarah et moi nous asseyons sur le capot de la voiture pour dévorer notre délicieuse junk food avec frites et ketchup.

« Tu te sens mieux, maintenant ? je demande d'une voix timide.

– Oui, répond-elle en souriant d'un air gêné.

– Est-ce que… ça t'arrive souvent ?

– Pas trop. »

Je suis en terre inconnue. Je ne souhaite pas la mettre mal à l'aise, mais je veux en savoir plus sur ces crises. Je veux en savoir plus sur elle, tout simplement.

« N'hésite pas à m'envoyer bouler si ça te gêne, mais… c'est une maladie ?

– On appelle ça des fugues dissociatives temporaires. Elles sont causées par des bruits forts et soudains. J'ai essayé plusieurs traitements, mais j'ai appris à vivre avec. S'il y a un crash, parfois je… m'absente.

– T'avais l'air terrorisée. Où vas-tu pendant ces absences ? » je demande d'une voix délicate.

Elle déglutit et regarde le sol.

« Nulle part. C'est juste… gris. Il n'y a ni sol, ni plafond, ni mur, ni aucun bruit. C'est comme si… je m'étouffais dans du gris.

– Je suis navré, je dis en couvrant sa main avec la mienne. Tu sais pourquoi ça t'arrive ? Ce qui l'a provoqué ?

– Tout le monde a ses particularités, répond-elle en souriant timidement avant de changer de sujet. Alors, est-ce que tu t'amuses avec le tournage ? Ta sélection pour choisir ta reine se restreint peu à peu ?

– Pour l'instant, je penche pour Guermo », je réponds en hochant la tête.

Elle rit et je me sens tout de suite mieux.

« Tu penses quoi de l'émission, jusqu'à présent ? je demande.

– Je crois que c'est un concours de beauté amélioré.

– Tu n'approuves pas ?

– Je suppose que ça pourrait être pire. Au moins les femmes sont variées – il n'y a pas seulement celles qui répondent à tous ces affreux critères auxquels la future femme d'un prince doit répondre.

– T'es vierge ? je demande.

– Eh bien… oui.

– Alors de quoi tu te plains ? Tu réponds aux critères. »

Sarah me fusille du regard et semble sur le point de me sauter à la gorge.

« Parce que je suis plus que mon hymen, Henry ! Baser la valeur d'une femme accomplie, intelligente et passionnée sur un minuscule bout de peau est terriblement dégradant. Comment tu te sentirais si on te jugeait sur ton prépuce ? »

J'y réfléchis une seconde et je souris.

« Je trouverais ça cool, en fait. On m'a dit que mon prépuce était impressionnant – que toutes les infirmières se battaient pour le voir. Je parie qu'il est exposé quelque part dans un musée. »

Elle me dévisage une seconde, puis elle éclate de rire d'une voix rauque et sensuelle.

« T'es un affreux être humain.

– Je sais, je dis en secouant la tête.

– Et t'es un piètre féministe.

– Je suis d'accord. Il faut que j'y travaille. Tu m'aideras, non ? On devrait passer autant de temps que possible ensemble – chaque minute de la journée. Comme ça tu déteindras peut-être sur moi.

– Ha ! s'exclame-t-elle en me poussant. T'espères surtout que je *m'étendrai* sur toi ! »

C'est à mon tour d'éclater de rire, parce qu'elle a parfaitement raison.

« Alors… tu n'as jamais eu personne ? Vraiment ?

– Penny et moi étions scolarisées à la maison quand nous étions petites… mais j'ai connu un garçon, en seconde.

– Ah, ça me plaît – raconte-moi tout, je dis en me frottant les mains. Je veux tous les détails sordides. C'était un joueur de football américain ? Grand et fort ? Le capitaine de l'équipe, le mec le plus populaire du lycée ? »

Je l'imagine très bien. Sarah est grande, fine, belle et délicate – tous les mecs devaient être désespérés de l'avoir à leur bras – sur leurs genoux, dans leurs lits, sur le capot de leur voiture…

« Il était capitaine de l'équipe… d'échecs. »

Je me couvre les yeux avec la main.

« Il s'appelait Davey. Il portait d'adorables petites vestes en tweed et des nœuds papillon. Il avait les cheveux blonds et il était pâle à cause de son asthme. Il avait les mêmes lunettes que moi et il avait une paire de chaussettes à carreaux différente pour tous les jours de l'année.

– Rassure-moi, tu plaisantes ? »

Elle secoue la tête.

« Des chaussettes à carreaux, Sarah ? Tu me déçois.

– Il était gentil ! s'exclame-t-elle. Laisse mon Davey tranquille. »

Elle rit de nouveau, enjouée et détendue, et ma queue réagit aussitôt.

« Alors, qu'est-il arrivé au bon vieux Davey ?

– J'étais seule dans la bibliothèque, un jour, et il est venu me demander si je voulais l'accompagner au gala du printemps. J'étais tellement excitée et nerveuse que je n'arrivais pas à respirer. »

J'essaie d'imaginer comment elle était, à l'époque, mais dans ma tête elle ressemble à la femme que je connais aujourd'hui – innocente, douce, et si sincère qu'elle ne pourrait mentir à quelqu'un même si sa vie en dépendait.

« Mais avant qu'il ait fini sa question, j'ai... »

Je ne me rends compte que je me penche sur elle que quand elle s'arrête et que je manque de tomber.

« T'as... quoi ? »

Sarah se cache dans ses mains.

« Je lui ai vomi dessus. »

J'essaie de ne pas rire mais je suis humain. J'éclate de rire si fort que je fais trembler toute la voiture.

« Bon sang !

– J'avais mangé du poisson pané et des frites, ce midi-là, ajoute Sarah en riant aussi. C'était affreux.

– Oh, pauvre toi, je dis en secouant la tête. Pauvre Davey !

– Oui, répond-elle en s'essuyant les yeux. Pauvre Davey. Il ne s'est plus jamais approché, après ça.

– Quel lâche. Il ne te méritait pas. J'aurais nagé dans un océan de vomi pour emmener une nana comme toi au gala de printemps. »

Elle sourit jusqu'aux oreilles, les joues rouges comme deux pommes bien mûres.

« Je crois que c'est la chose la plus belle qu'on m'ait jamais dite.

– Je sais m'y prendre avec les femmes, je réponds en jouant des sourcils.

– Bref. Tout le lycée l'a appris et personne n'a plus jamais voulu de moi. Alors me voilà – j'ai vingt-cinq ans et je suis sans doute encore plus vierge que Marie. »

Sarah fait le signe de croix – au cas où elle aurait blasphémé, je suppose.

« Mais t'as de l'expérience, non ? Même si ce n'est… qu'avec toi-même ? Se caresser est bon pour la santé tu sais. »

Elle rougit au maximum – un rouge cramoisi intense.

« C'est privé, murmure-t-elle.

– Ça veut dire oui. »

Bon sang, vous n'imaginez pas les images qui me viennent en tête. Ma queue gémit, prête à céder un testicule pour un aperçu de Sarah Von Titebottum en train de se masturber.

« Puisque je reste dans ta chambre, on devrait trouver un système. Tu n'as qu'à laisser une chaussette devant la porte. Je ne veux surtout pas te frustrer. Ou bien… tu pourrais me laisser regarder – je suis très bon public.

– C'est décidé, je ne t'aime plus, gronde-t-elle en me fusillant du regard.

– Menteuse », je réponds en tapotant le bout de son nez.

Quand nous revenons dans la cour du château, James m'y attend. Et il n'a pas l'air content. D'ailleurs, on dirait l'incroyable Hulk avant qu'il ne se transforme… mais en blond.

« Il est en colère, dit Sarah.

– Ouais. »

Nous descendons de la voiture et elle s'échappe si vite qu'elle déclenche une brise.

« Je devrais aller voir Penny. Ciao !

– Poule mouillée ! » je m'écrie en la regardant partir.

Elle agite la main sans se retourner.

J'avance lentement vers James, comme un explorateur au fin fond de la jungle amazonienne, entrant en contact pour la première fois avec une tribu qui n'a jamais vu le monde extérieur. Et je lui tends mon offrande de paix : un énorme cheeseburger.

« Je t'ai ramené un burger. »

James le prend d'un geste brusque, mais ne le jette pas.

« Mick, apporte-le », dit-il en se tournant vers un de ses hommes.

Mick, un type énorme, lui apporte un sac en papier, et James pose un regard glacial sur moi.

« L'an dernier, quand vous avez été nommé héritier du trône, j'ai parlé à votre ancienne garde rapprochée, puis à Sa Majesté la reine. Étant donné votre tendance à échapper à votre garde, je lui ai demandé la permission de garantir votre sécurité par tous les moyens nécessaires – y compris celui-ci. »

Il plonge sa main dans le sac et en sort un de ces sacs à dos pour enfants, en forme de lapin, auquel est attachée une laisse.

« Reine Lenora a dit oui », dit James en souriant.

Je soupçonnais mamie de ne plus m'aimer – j'en ai désormais la preuve.

« Si j'y suis obligé, gronde James, je vous mettrai le sac et je donnerai le bout de la laisse à Mick. »

Mick ne semble pas plus heureux que moi.

« Je n'ai pas envie de le faire, mais… »

Il hausse les épaules.

« Alors la prochaine fois que vous avez envie de vous enfuir, repensez au lapin, Votre Altesse. »

Il range l'affreuse chose dans son sac, et je me demande si un bon feu pourrait la détruire.

« Les choses sont-elles claires, prince Henry ? » demande James.

Je ne peux qu'avoir du respect pour un homme qui est prêt à tout pour bien faire son travail. Je n'aime pas le lapin… mais je le respecte.

« Limpides », je réponds en levant le pouce.

11

SARAH

L'équipe de *Matched* nous réveille avant l'aube en frappant sur nos portes, arrachant des grognements aux participantes. S'il y a une chose que l'aristocratie féminine aime plus que tout, c'est le sommeil réparateur. Des employés ont été virés – ou tués, par le passé – pour moins que ça. Je crois que le réalisateur les veut sur les nerfs, de mauvais poil, prêtes à s'étriper, car le mélodrame est presqu'aussi vendeur que le sexe.

On nous dit de préparer des affaires pour une nuit et de faire vite. On n'a droit qu'à un seul sac par personne ce qui, pour notre groupe, est un véritable défi. Nous savons seulement que nous devons prendre le nécessaire pour une fête au bord d'une piscine. Il y a des viennoiseries et du thé dans la salle à manger, mais nous devrons petit-déjeuner sur le chemin pour l'aéroport.

Lorsque nous y arrivons, nous sommes emmenés dans une grande salle d'attente à l'écart du public. Le mur est vitré du sol au plafond et donne sur les jets privés qui attendent sur la piste d'atterrissage. Henry, vêtu d'une chemise blanche et d'un pantalon beige, regarde par la fenêtre, dos à la salle, une main appuyée sur la vitre. Son regard semble fixé sur quelque chose.

Je viens à ses côtés pour voir ce qui le fascine, et mon cœur cesse de battre. Car il regarde un avion militaire duquel sont en train de descendre quatre soldats avec un cercueil recouvert du drapeau or et pourpre de Wessco, qu'ils posent sur une table argentée à roulettes.

Je ne peux plus les quitter des yeux. Ils avancent, un homme à chaque coin, l'escortant solennellement au corbillard. Puis trois soldats restent derrière alors que le dernier passe la porte, à l'autre bout de la salle d'attente que nous occupons.

Je tourne la tête et découvre une femme aux cheveux bruns, vêtue d'un trench beige froissé, tenant la main d'un petit garçon qui doit avoir dix ans. Le soldat baisse la tête et lui parle à voix basse en lui tendant une enveloppe en papier kraft.

Henry les regarde un moment puis, lorsqu'il marche vers eux, je lui emboîte le pas.

Le soldat écarquille les yeux lorsqu'il le voit et se met aussitôt au garde-à-vous. Henry s'arrête à quelques pas de lui et le salue à son tour. Il hoche la tête, et le soldat dit à la femme qu'ils l'attendent près du corbillard et qu'elle prenne son temps.

Elle le regarde s'éloigner et sort un mouchoir de sa poche pour s'essuyer le nez lorsqu'elle remarque Henry.

« Oh, Votre Altesse, dit-elle en esquissant une brève révérence, imitée par le petit garçon. Bonjour. Je ne savais pas que vous étiez ici.

– C'est un voyage imprévu. Madame… ?

– Campbell. Madame Margery Campbell, dit-elle en caressant les cheveux du garçon. Et voici Louis.

– Madame Campbell. Bonjour Louis.

– Bonjour, prince Henry, dit le garçon sans sourire.

– Je tenais à vous présenter mes sincères condoléances.

– Merci, répond la femme en tapotant ses yeux avec son mouchoir. C'est mon aîné, explique-t-elle en regardant le cercueil. Charlie.

– Charlie Campbell, répète Henry comme s'il s'efforçait de retenir le nom.

– C'est ça. Le capitaine de Charlie m'a dit qu'il a été tué dans une embuscade et qu'il a été très courageux. Il a attiré les tirs sur lui pour que les autres puissent se mettre à l'abri.

– C'est un acte héroïque que ses frères d'armes n'oublieront pas, j'en suis certain.

– Il a toujours été bon garçon. Protecteur. Et maintenant il est au paradis avec son père, en train de nous observer.

– Je parie que Charlie a adoré t'avoir comme petit frère, dit Henry en se baissant vers le garçon.

– Il m'a appris la pêche à la mouche. Je me suis beaucoup entraîné et maintenant je suis plutôt doué », renifle-t-il.

Je hoche la tête, tout juste capable de retenir mes larmes.

« À chaque fois que tu pêcheras, tu penseras à lui, et il sera toujours avec toi », je lui dis.

Louis hoche la tête alors que Henry sort son portefeuille de sa poche pour donner sa carte à madame Campbell.

« Si je peux faire quoi que ce soit – n'importe quoi – je veux que vous appeliez mon bureau. S'il vous plaît.

– Je n'y manquerai pas, merci, dit-elle en prenant sa carte. Vous êtes quelqu'un de bien, prince Henry. La princesse Calista serait fière de vous.

– Je l'espère, répond Henry d'une voix rauque en baissant les yeux.

– Oh, je n'en doute pas. On sait ce genre de chose, nous, les mères. Elle serait aussi fière de vous que je le suis de… »

Sa voix devient tremblante et elle tourne la tête vers le cercueil avant de s'effondrer.

« Oh, mon garçon… mon pauvre Charlie… »

Elle couvre son visage en fondant en larmes et, sans hésiter, Henry l'attire dans ses bras, appuyant sa tête contre son torse. C'est une entrave au protocole – les citoyens ne sont pas censés toucher la royauté – mais Henry s'en fiche.

« Je suis désolé, chuchote-t-il. Je suis vraiment, vraiment désolé. »

Quand Louis se met à pleurer à son tour, je le prends contre moi en chuchotant toutes les paroles réconfortantes qui me viennent à l'esprit.

Nous restons ainsi un moment, jusqu'à ce que les larmes se sèchent et que les souffles s'apaisent. Henry dit au revoir à madame Campbell en lui serrant la main et en lui rappelant d'appeler à son bureau si elle a besoin de quoi que ce soit, puis, ensemble, nous rejoignons notre groupe.

« C'était parfait ! s'exclame Vanessa en sautillant dans ses escarpins. Quand ça passera à la télé, quand les gens verront le prince charmant réconforter la mère endeuillée, toutes les femmes de la planète tomberont amoureuses de vous. »

Au début, Henry semble abasourdi, puis… furieux.

« Vous avez filmé ça ?

– Bien sûr. Je vous l'ai dit, tout est enregistré. Et ça c'était phénoménal. De vraies émotions – ça ne s'écrit pas, ce genre de chose. »

Henry tend le bras et pointe le cercueil du doigt.

« Ce garçon est mort pour son pays. Pour *mon* pays. Il a sacrifié sa vie pour protéger le sol sur lequel nous marchons. »

Vanessa se tient plus droit, prête à affronter sa colère.

« Et quand j'aurai fini le montage, tout le monde connaîtra son nom, son histoire, et son sacrifice. »

N'importe quoi. Je suis naïve, mais pas à ce point. Les motivations du réalisateur n'ont rien à voir avec un hommage.

Henry hoche la tête, puis il fait signe au caméraman d'approcher.

« Je peux voir ? »

Le caméraman lui tend son minuscule caméscope – Penny m'a expliqué qu'il permettait de filmer des scènes en public sans que celui-ci ne s'en aperçoive, mais qu'il était assez puissant pour filmer de loin et en haute définition.

Henry le retourne dans sa main, puis il le jette par terre et l'écrase sous sa chaussure en prenant soin de pulvériser la carte mémoire.

« Henry ! s'exclame Vanessa. Bon sang !

– C'est une des pires journées de leur vie, crache-t-il. Il est hors de question que vous en fassiez du divertissement.

– Vous savez combien coûte cet équipement ? siffle-t-elle.

– Vous n'avez qu'à m'envoyer la facture », ricane Henry avant de tourner les talons.

Sur le tarmac, alors que nous faisons la queue pour monter à bord, Henry est le dernier dans la file. Je fais marche arrière et me glisse derrière lui. Il est encore furieux – son visage est figé, ses épaules sont crispées et ses poings sont fermés.

« C'était incroyable, je lui dis à voix basse. Ce que tu as fait était incroyable. »

Il secoue fermement la tête.

« Non. C'était juste convenable, rétorque-t-il en me fusillant du regard. Tes attentes ne devraient pas être aussi basses.

– Mes attentes de toi ?

– De tout le monde, rétorque-t-il sèchement. Mets la barre plus haut, Sarah. »

Il me fait volte-face et monte dans l'avion.

Nous atterrissons à Hampton Hills, une destination pour les gens riches et célèbres, tout au nord de Wessco. Un bus aux vitres teintées nous emmène à l'hôtel Reginald, où *Matched* a réservé la piscine intérieure pour une soirée privée. Henry passe la porte, se déshabille pour se mettre en short de bain, et file au bar. La caméra le suit tandis qu'il s'allonge sur une chaise longue, un whisky dans chaque main.

Ma poitrine se contracte alors que je le regarde observer les participantes s'amuser dans l'eau, vêtues de bikinis multicolores. Je retrousse les manches de ma chemise noire, mal à l'aise dans la chaleur humide de la pièce.

« Viens jouer, Henry ! » s'écrie lady Cordelia, un ballon de volley à la main.

Henry vide un de ses verres et lui sourit.

« J'arrive dès que j'ai fini ça, ma belle. »

Je tourne la tête et vais voir Penelope, près du plongeoir, occupée à comparer sa manucure à celle de Laura Benningson

« Je monte dans ma chambre, Pen. Sois sage, d'accord ? »

Ma sœur hoche la tête et me dit au revoir de la main.

Je suis tentée de regarder Henry une dernière fois, pour voir s'il est allé *jouer* avec Cordelia, mais je m'oblige à rester concentrée sur la porte.

Plus tard dans la soirée, après avoir dîné dans ma chambre, je suis allongée dans mon lit, essayant de lire *Jane Eyre*, mais le cœur n'y est pas. Les mots s'emmêlent, et je ne vois que Henry Pembrook, à moitié nu sur un transat, en train de rire et de boire. Je me demande s'il est resté au bord de la piscine ou… s'il est monté à la chambre de Cordelia, d'Elizabeth ou même de Penelope pour une soirée *privée* ?

Je ferme brusquement mon livre, puis j'enfile mes chaussures et descends à la piscine. Il est tard et les couloirs de l'hôtel sont silencieux et vides. James, le garde de Henry, est posté devant la porte donnant sur la piscine.

« Il est encore là ? je demande.

– Oui, lady Sarah. »

J'essaie de paraître nonchalante, mais je crois que j'échoue.

« Il est seul ? »

Les yeux bleus de James deviennent compatissants, mais je ne sais si c'est pour Henry ou pour moi.

« Oui. Ça fait plusieurs heures que le tournage est fini, mais il n'est pas parti. Il n'a pas mangé, non plus. »

Je hoche la tête, ignore ce que me dit ma raison, et je pousse la porte.

Il est dans la partie la plus profonde et son torse flotte sur une frite de piscine en mousse, un verre à moitié plein à la main. Il chante une comptine pour les enfants qui parle de prendre un bain.

« Tu sais que t'es dans une piscine et pas dans une baignoire, n'est-ce pas ? »

Son regard est vitreux. Il est saoul.

« La voilà ! Où étais-tu partie, petit canard ? T'as raté la fête. C'était bien, pourtant.

– J'étais dans ma chambre. »

Il lève le bras, renversant une partie de son verre dans l'eau.

« Ne me dis rien, tu *lisais*. Qu'est-ce qui était au menu, ce soir ?

– *Jane Eyre.*

– Alors ça, c'est déprimant. Tu ne lisais même pas un bon porno ?

– Pas ce soir, non, je ricane.

– Eh bien fais-le moi savoir quand tu en liras un – je veux que tu me fasses la lecture à voix haute. »

Comme il s'y attend, je rougis et il éclate de rire. Puis il prend une gorgée d'eau dans sa bouche et la recrache en dessinant une arche.

« Regarde, je suis une fontaine.

– T'es surtout un abruti, je dis en secouant la tête.

– Est-ce une façon de parler à l'héritier du trône ?

– Là, tout de suite, absolument, je dis en croisant les bras. Tu devrais sortir – t'es tout fripé.

– Ou alors tu pourrais me rejoindre. Allez, viens, fais-moi ta plus belle bombe.

– Je n'ai pas de maillot.

– Alors mets-toi nue. Je ne regarderai pas, promis. »

Il sort une main de l'eau pour me montrer qu'il croise les doigts.

« Je ne pense pas, non.

– De quoi t'as peur ?

– De mourir. Je ne sais pas nager. »

S'il est surpris, il le cache bien.

« Tu ne devrais pas avoir peur de mourir, Sarah – tout le monde doit y passer. La seule chose qu'il faut craindre c'est de ne pas vivre avant de mourir. »

Je me rapproche du bord de l'eau.

« C'est très poétique, Henry. Maintenant sors de là – c'est dangereux de boire et de nager seul.

– Alors ne me laisse pas seul ! L'eau est délicieuse. Viens, laisse-moi te porter de l'autre côté de la piscine. Affronte ta peur. Après, je sortirai bien sagement. Promis. »

Cette fois, ses doigts sont écartés. Il s'éloigne de la frite en tenant son verre hors de l'eau, puis il vient vers moi et attend.

Je sais déjà qu'il va être têtu comme une mule. Or il y a quelque chose en moi, quelque chose de nouveau, qui me dit d'essayer. C'est une voix douce mais insistante. Je commence à croire que c'est *l'effet Henry*, car il me fait ressentir d'innombrables choses. Avec lui, je me sens en sécurité, sauvage et peut-être même un peu folle.

Henry veut que je tente ma chance. Avec de nouvelles expériences. Et avec lui.

Alors je retiens mon souffle et j'enlève mes chaussures. J'essaie de contrôler mes tremblements et je me tourne pour m'abaisser lentement dans l'eau. Mon pantalon et mon tee-shirt de pyjama collent à ma peau, mais ils sont légers et ne me tirent pas vers le fond. Néanmoins, je ne lâche pas le bord, m'y accrochant aussi fort que possible.

Henry est là, passant un bras chaud et musclé autour de ma taille.

« Voilà, t'es très courageuse », chuchote-t-il dans mon oreille.

Je me tourne dans ses bras et m'accroche à son cou. Mes jambes s'affolent et la sensation du vide commence à me faire paniquer.

« Tout doux, je te tiens. »

Il passe sur le dos de sorte que je suis sur son torse, comme s'il était ma bouée de sauvetage, et il attrape ensuite son verre sur le bord de la piscine.

« Tu me le tiens ? »

J'accepte et il pousse contre le mur avec ses pieds. L'eau fait de petites vagues dans son dos et mes tremblements s'apaisent un peu alors que nous flottons vers le milieu de la piscine.

« Tu vois ? se moque Henry. L'eau est ton amie. Tu veux apprendre à nager ? Je pourrais te montrer.

– Je ne sais pas, je réponds en regardant l'eau d'un air suspicieux.

– Pourquoi t'as tout le temps peur ? demande-t-il sans méchanceté.

– Je n'ai pas toujours peur, c'est juste que j'aime… la constance.

– La constance est ennuyeuse.

– Elle est rassurante. Si on sait ce qui nous attend, on n'est jamais pris au dépourvu. »

Henry lève les yeux au ciel.

« Pourquoi t'es tout le temps triste ? je demande à mon tour.

– Je ne suis pas triste. Je suis pitoyable. Ce n'est pas la même chose. »

Il reste silencieux un moment et seuls les bruits de l'eau rompent le silence.

« Tu crois que Charlie Campbell a vécu ? demande Henry. Avant de mourir ? »

Des gouttes d'eau brillent sur ses cils comme des diamants. J'essaie de me concentrer sur elles plutôt que sur la tristesse de sa question.

« Je l'espère. Parfois, c'est tout ce qu'on peut faire. Espérer.

– Je suppose que tu as raison. »

Je lève son verre pour porter un toast.

« À Charlie. »

Henry sourit alors que je bois une gorgée puis que je porte le verre à sa bouche.

« À Charlie », répète-t-il avant de boire.

Il prend le verre vide et le pose dans l'eau pour le faire flotter plus loin, puis il poursuit son chemin, nageant lentement.

C'est alors qu'il me regarde, tout simplement. Avec des yeux heureux et chaleureux. Mes lunettes se couvrent de buée et je les enlève.

« Putain, ce que t'es belle », murmure Henry.

Instinctivement, je baisse les yeux.

« Personne ne te l'a jamais dit ?

– Pas vraiment, non.

– Eh bien ce n'est pas normal. On aurait dû te dire tous les jours combien tu es belle – à l'intérieur comme à l'extérieur. »

Ma poitrine se gonfle, je suis attendrie, émue, et ce n'est pas à cause du compliment. C'est à cause de lui, de ce beau prince pitoyable au cœur brisé. Est-ce que quelqu'un a déjà dit à Henry combien il était brillant ? Gentil, fort, généreux, et bon ? Je ne crois pas – et c'est mal. Il aurait dû l'entendre tous les jours.

Soudain, nous sommes arrivés à l'autre bout de la piscine.

« Là, dit-il en se tenant debout, de sorte que mes pieds touchent le sol. Ce n'était pas si mal, si ? »

Nous sommes si près que je sens son haleine de whisky boisé.

« Non, ce n'était pas si mal. »

J'ai la sensation d'être hypnotisée – comme dans un rêve. Nous nous regardons dans les yeux et Henry promène un doigt sur mon front, puis sur ma joue et mon menton avant de dégager une mèche.

« Sarah… » dit-il d'une voix rauque.

Il se rapproche, lentement…

Et je cligne des yeux et je lui tourne le dos. Finalement, il a peut-être raison. Peut-être ai-je tout le temps peur.

J'appuie mes mains sur le rebord et sors de l'eau, déversant une cascade derrière moi à cause de mes vêtements trempés.

« Allez viens, on sort maintenant », je dis d'une voix faussement joyeuse.

Je m'enveloppe dans une énorme serviette et en déplie une autre pour lui. Henry me regarde en hésitant, prêt à me contredire.

« Tu as promis », je lui rappelle.

Il soupire d'un air théâtral, met sa bouche à la surface de l'eau, et souffle pour faire des bulles. Toutefois il accepte de sortir. Il prend la serviette que je lui tends et se frotte les épaules et les bras. J'essaie de ne pas regarder, mais quand il se sèche le ventre, mes yeux descendent et je vois le contour d'une superbe érection sous son short.

Je devine qu'il m'a surprise lorsqu'il se moque de moi.

« Tu veux venir me border, Titebottum ? Me faire un bisou… n'importe où ? »

Je serre plus fort la serviette contre moi, détestant d'avoir l'air d'une prude.

« Non. Je ne voudrais pas ôter cet honneur à James.

– Espèce de rabat-joie. »

12

HENRY

Après notre soirée à la piscine, les choses ont changé entre Sarah et moi. Nous sommes devenus *plus*. Nous sommes plus proches. Je continue de lui faire changer de couleur, mais ses joues adoptent plutôt un rose pâle, à présent. Elle reste toujours à l'écart en lisant sous un arbre ou dans un coin, mais elle assiste aux tournages et je l'ai vue discuter plus d'une fois avec Laura Beningson et la princesse Alpaga, avec l'assistance maussade de Guermo.

Je n'ai plus dormi dans ma chambre depuis cette première nuit – je n'ai même pas essayé. Je pensais que les producteurs seraient furax, mais Vanessa m'a expliqué qu'ils n'imaginaient pas filmer quoi que ce soit d'intéressant – que les caméras n'étaient là qu'*au cas où*.

Je passe chaque journée avec une femme différente, à sauter à l'élastique, à tondre des moutons ou à nager dans des sources chaudes, et, après avoir distribué un nombre de plus en plus restreint de pendentifs, je passe mes nuits dans un enfer de désir non-partagé.

Car je n'arrive pas à oublier la sensation du corps de Sarah contre le mien, dans l'eau. Je pense à elle presque tout le temps. Elle hante mes rêves. Et à cause d'elle, je me suis réveillé plus d'une fois en érection, blotti contre ses fesses délicieuses, usant de tout mon self-control pour me retenir de me frotter contre elle.

La nuit, quand Sarah gémit en lisant ses classiques ennuyeux, je rêve de sentir ses lèvres sur mon sexe alors qu'elle fredonne aussi joliment. Quand elle soupire dans son sommeil, je l'imagine gémir la bouche ouverte. Lorsqu'elle joue avec une mèche, sans y réfléchir, je me vois empoigner ses cheveux pour lui apprendre toutes les cochonneries merveilleuses que je connais – et j'en connais beaucoup.

L'autre soir, quand je suis entré dans sa chambre, Sarah prenait un bain. Je suis resté debout devant la porte de la salle de bains, à écouter le clapotis de l'eau alors qu'elle bougeait, se lavait – se *touchait* – et j'ai failli éjaculer dans mon froc comme un gamin de douze ans.

C'est en train de devenir un sérieux problème.

Néanmoins, je n'envisage pas une seconde de dormir dans ma chambre. Car ce qu'il y a de plus beau – et de plus dur, c'est le cas de le dire – c'est que lorsque nous sommes au lit, en pyjama, que nous sommes blottis sous la couette pour nous protéger du froid, et que les lumières sont tamisées… nous discutons. De tout et de rien.

Sarah parle de sa mère avec ses serres et ses fleurs, de Penny et de ses rêves d'Hollywood, de son patron ronchon qui pourrait être un parent de Fergus, de sa bibliothèque, de son joli petit appartement, et de sa vie simple et organisée. Je lui parle de Nicholas et de la foi absurde qu'il a en moi, et Sarah insiste pour dire que ça n'a rien d'absurde. Je décris le caractère fougueux d'Olivia et lui explique que je regrette qu'ils habitent si loin. Puis, d'une voix douce et honteuse, je lui raconte combien j'ai déçu mamie – encore et encore.

Or, figurez-vous que Sarah Titebottum, aussi timide et pudique soit elle, est une véritable optimiste. Elle n'a aucune tolérance pour les remords et les apitoiements et croit plutôt qu'il faut toujours aller de l'avant, un pas après l'autre.

Si je la connais dans ses grandes lignes, Sarah me raconte d'une voix tout excitée l'histoire de lady Jane Grey, reine d'Angleterre pendant neuf jours. Elle a lu une version romancée de son histoire avec Guildford Dudley, l'homme que sa famille l'a forcée à épouser et dont elle a fini par tomber amoureuse. Quand des pouvoirs obscurs ont illégitimement déclaré lady Jane comme reine, c'est cet amour qui lui a donné la force de faire de superbes rêves pour son peuple et son pays. Le sourire de Sarah est si délicieux et son visage si excité que je n'ai pas le cœur de lui rappeler que lady Jane n'a jamais eu le temps de mettre en place ses beaux projets, car on lui a coupé la tête.

Sarah ne me parle pas de mon futur, ne me demande pas ce que je pense du fait de devenir roi, et je lui en suis reconnaissant. Car je ne sais toujours pas ce que j'en pense. Toutefois, son regard lumineux et sa voix admirative me laissent penser qu'au fond d'elle-même, Sarah pense que je pourrais être bon.

Or ce n'est pas comme avec Nicholas ou grand-mère. Je ne sais pourquoi, le fait que cette belle personne naturelle et innocente croit que je pourrais être un bon roi me laisse penser qu'un jour, je pourrais aussi croire en moi.

Vers vingt heures, un soir au milieu de la deuxième semaine de tournage, nous finissons de tourner une scène sur le balcon. Le directeur a tout juste crié « Coupez ! » lorsque Elizabeth s'agrippe à moi comme une plante carnivore, me chuchotant toutes les cochonneries qu'elle veut me faire devant la caméra – dont certaines ne me semblent même pas physiquement possibles.

Je me débarrasse d'elle et file dans ma chambre. Enfin… dans la chambre de Sarah et moi. Toutefois, lorsque j'entre, je la trouve en train de remplir sa sacoche de livres – comme si elle était sur le point de partir. J'avance jusqu'à la niche et appuie mes mains sur le mur derrière elle.

« Où crois-tu t'échapper comme ça, au milieu de la nuit ? »

Elle me regarde d'un air amusé.

« Je ne m'échappe pas, et ce n'est absolument pas le milieu de la nuit, Henry. »

Elle a un parfum sucré et j'ai envie de la lécher. De la tête aux pieds.

Je fais comme si elle n'avait rien dit et vais au bout de ma pensée – car c'est bien plus amusant.

« Peut-être as-tu un rencard avec un joli garçon ? Ou peut-être es-tu membre d'un club échangiste ? Un lieu situé au bout d'une ruelle sombre où tu vas dès que tu le peux et où tous les fantasmes, même les plus dépravés, sont assouvis ? »

Mon regard se promène sur son corps, caressant chacune de ses courbes somptueuses sous son legging et son col roulé noirs.

« Peut-être incarnes-tu la bibliothèque cochonne ? Ou le cambrioleur au milieu de la nuit ? On te surprend en train de fouiller la chambre d'un aristocrate plein aux as et tu dois le supplier : “*Oh, s'il vous plait, ne me dénoncez pas, milord, comment puis-je vous convaincre ? Je ferai n'importe quoi…*” »

Elle hausse les sourcils.

« C'est très… spécifique, Henry. On dirait que tu y as beaucoup réfléchi.

– Tu n'as pas idée, je dis en me rapprochant encore. Alors, on va où ma belle ?

– On ? »

Son regard s'assombrit et son souffle accélère. Je me demande si elle s'en rend compte.

« *J'ai* une réunion. Mère m'a envoyé une voiture. Et tu ne peux pas venir avec moi, Henry. »

Son téléphone sonne, lui indiquant que son chauffeur est arrivé. Elle cligne des yeux et se faufile sous mon bras, et le chien que je suis meurt d'envie de lui courir après.

« Quel genre de réunion ?

– Une réunion pour mon club », répond-elle en mettant son manteau.

Je suis sur le point de lui reparler du club échangiste – mais soudain tout devient clair.

« C'est un club de lecture, n'est-ce pas ? »

Bien évidemment.

« La réunion bimensuelle des Austenites », acquiesce Sarah.

Je fais tout ce que je peux pour ne pas rire, mais elle voit clair dans mon jeu et plante son index dans mon torse aussi fort que possible – me faisant bander.

Ce célibat me rend dingue.

« Je t'interdis de rire. »

Je me mords la lèvre et la surprends en train de regarder ma bouche.

« Les Austenites, je répète en me raclant la gorge. Et que font les Austenites, au juste ?

– On parle des personnages de Jane Austen, on fait des lectures à voix haute, on organise des évènements… et parfois on monte des pièces de théâtre.

– Ça a l'air génial. Je n'ai jamais assisté à une réunion de club de lecture. Je pense que je devrais essayer au moins une fois dans ma vie. »

Elle croise les bras, écrasant ses seins l'un contre l'autre.

« Tu vas détester ça. »

Je croise les bras à mon tour et elle regarde mes biceps – elle fait beaucoup ça en ce moment, cette vilaine petite voyeuse vierge.

« J'ai comme l'impression que tu ne veux pas que je vienne. T'as honte de moi ? Ça fait mal, Titty-bottum – je suis vexé.

– Non, tu n'es pas vexé. Et ça n'a rien à voir avec le fait que je ne veux pas que tu viennes, tu ne *peux pas* venir. Il y a une trentaine d'Austenites. Dès qu'on te verra, tout le pays saura que t'es à Castlebrook.

– Mon Dieu, l'horreur. C'est vrai que Castlebrook est au cœur de la scène médiatique et sociale. »

C'était du sarcasme, au cas où vous en doutiez. Sarah l'a compris, et c'est pour cela qu'elle lève les yeux au ciel.

« Il ne suffit que d'une personne pour que la reine apprenne que tu n'es pas où tu devrais être. Et les producteurs ne veulent pas que tu partes d'ici, de toute façon.

– On pourrait s'échapper en douce ? »

Sarah souffle pour dégager une mèche de son front, et j'imagine tout ce que pourrait me faire sa bouche.

« Tu seras obligé de mettre le lapin.

– Nul homme ni nul lapin ne me fait peur. Mais il est un peu flippant, tu ne crois pas ? Ce fichu James.

– Mais oui ! se moque Sarah. Ce fichu James, qui essaie de te garder en sécurité et en vie, comme si c'était son travail. Quel enfoiré ! »

Ha, regardez-moi ça. Sarah sait faire dans le sarcasme, aussi. C'est tellement sexy.

« Je vais m'ennuyer ici, tout seul, je râle pour la faire sourire. Je suppose que je pourrais me branler une ou… cinq fois. Je suis comme ça moi. Une fois ne me suffit pas. »

Le truc, c'est que cette fois… Sarah ne rougit pas. Elle me regarde dans les yeux et ses iris se voilent, comme si elle me voyait différemment. Ou plutôt, comme si elle me voyait me masturber. Et à en croire sa façon de déglutir et de se lécher la lèvre inférieure, ça lui plaît.

Bon sang, c'est tellement excitant.

Elle cligne des yeux pour se ressaisir, et elle est si chamboulée que c'est adorable.

« Je… euh… je dois y aller. »

Je lui fais un signe de la main.

Elle est sur le point de refermer la porte lorsqu'elle se tourne vers moi.

« Henry ?

– Hmm ? »

Elle pointe son index sur moi.

« Reste. »

Je lui souris et lui dis au revoir de la main alors qu'elle referme la porte.

Je m'assois sur le canapé pendant au moins cinq minutes, puis je me lève. Parce que je n'aime toujours pas faire ce qu'on me dit.

Deux heures plus tard, la voiture s'arrête devant la bibliothèque Concordia – je suppose que c'est ici que se tient la réunion. Sarah avait raison de dire que ce serait mauvais que la ville apprenne que je suis dans les parages, donc je lui ai laissé de l'avance, avec la ferme intention de me faufiler au fond de la salle pour la voir en action.

Elle avait aussi raison de me rappeler le risque du lapin. C'est pour cela que James conduit et que le bon vieux Mick est assis sur le siège passager.

Je regarde le haut de l'édifice par la fenêtre teintée du quatre-quatre. C'est une bibliothèque digne d'une reine. Je la vois bien travailler ici – elle doit adorer. Cela lui va bien, de passer ses journées dans cette maison magique bâtie pour les livres.

La rue est déserte et il n'y a personne devant la bibliothèque. Je monte les marches derrière Mick et je me demande un instant si je me comporte comme un psychopathe – si je franchis une ligne. Cela dit, on s'en fout. Je suis un prince : je n'ai pas de ligne, et ceux qui prétendent l'inverse se trompent.

La porte n'est pas fermée à clé et nous entrons. Je n'avais jamais remarqué à quel point une bibliothèque pouvait être flippante la nuit, comme un mausolée. Je balaie le hall du regard et me dirige vers les escaliers lorsque je vois de la lumière provenir de l'étage inférieur. La dernière salle au fond du couloir est éclairée. Elle a la taille d'une salle de classe – le genre d'endroit dans lequel pourraient se tenir des réunions d'études bibliques ou de Sexe Addicts Anonymous.

La porte est suffisamment entrouverte pour que j'entende, mais suffisamment fermée pour que je reste caché. Je m'appuie contre le mur et j'écoute la voix douce et chantante de Sarah. Je découvre alors un nouveau côté à cette femme – une nouvelle version à ajouter aux autres. Je crois que je ne la connaîtrai jamais vraiment.

Elle semble confiante, efficace et sûre d'elle, comme une femme d'affaires. Je me demande si c'est à cause de cet endroit, parce qu'elle est dans son domaine et qu'elle y est épanouie. Cela me fait penser à ma grand-mère lorsqu'elle est dans son bureau ou quand elle s'adresse au Parlement.

Lorsqu'il me semble que la réunion prend fin, Mick et moi nous cachons dans une salle voisine qui est pleine de cartons remplis de masques de skis, de peinture rouge, de pancartes et d'écriteaux sur lesquels est écrit « Libérez les canards de Butterwald ».

Mais qu'est-ce qu'un canard de Butterwald, bon sang ?

Quand les derniers rats de bibliothèque ont disparu à l'étage et qu'il ne reste plus que trois voix dans la salle – et je sais à qui elles appartiennent – je demande à Mick de m'attendre dans le couloir.

« Ne me dis pas que je l'ai ratée ? C'est déjà fini ? Mince ! »

Le visage de Sarah s'illumine et je suis si heureux que je me sens presque saoul.

« Henry ! Qu'est-ce que tu fais là ?

– Je n'ai pas pu rester là-bas. »

Une jolie petite femme blonde avec de grands yeux bleus avance vers moi en chantonnant tout en faisant une révérence.

« Waouh, waouh, waouh, waouh. »

Ce doit être Annie – Sarah parle souvent d'elle – et Willard.

« Je te présente Annie », dit Sarah.

D'habitude c'est le genre de femme que j'aurais dragué – elle est pétillante et joyeuse et me regarde comme si j'étais un héros. Or le plus amusant, c'est que comme elle est l'amie de Sarah, mon attirance est immédiatement freinée.

« Et voici Willard », ajoute Sarah en désignant un petit homme qui fume la pipe dans un large fauteuil.

Willard ne se lève pas et il hoche la tête au lieu de s'incliner. Ce n'est pas le protocole correct, mais étant donné ma dérision pour tout ce qui est protocolaire ou correct, je m'en fiche.

«Jolie pipe, je lui dis. Est-ce que je devrais t'appeler Sherlock?

– Seulement si je peux t'appeler princesse», répond-il en souriant jusqu'aux oreilles.

Je penche la tête sur le côté pour y réfléchir.

«J'ai assez confiance dans ma virilité pour le supporter.

– Excellent», conclut-il.

Willard désigne une carafe contenant un liquide ambré.

«Un brandy? Il est bon marché, mais il fait l'affaire.

– Avec plaisir.

– Bon sang, Sarah, dit Annie, quand t'as dit à Haverstrom que t'étais prise par des affaires royales, je pensais que tu plaisantais! De quel genre d'affaires s'occupe Sarah, Votre Altesse?

– Elle m'aide à réorganiser la bibliothèque du palais, je dis avant de presser mon index sur ma bouche. Mais chut, c'est un secret – c'est une surprise pour la reine.»

Je regarde Sarah, occupée à ranger des documents dans un carton, et elle sourit tendrement.

«Ta réunion s'est bien passée, ma belle?» je lui demande.

Ses joues rosissent joliment, mais je ne sais pas bien pourquoi.

«Oui, ça s'est très bien passé.

– Est-ce que vous commencez par un sacrifice aux dieux du livre? Un animal ou un analphabète, peut-être?

– Seulement le mardi, répond Willard en recrachant sa fumée.

– Avez-vous envisagé d'écrire un livre, prince Henry? chuchote Annie. Mon ex, Elliot, a toujours dit qu'il voulait le faire.»

Willard regarde sa montre, et Annie poursuit.

« Vous pourriez écrire sous un pseudonyme pour raconter la vie secrète du Palais. Ou alors, ajoute-t-elle en souriant à Sarah, ce pourrait être une histoire plus sexy, qui parlerait d'une jeune vierge qui parvient à dompter le prince fougueux, comme *Cinquante Nuances de Grey* version royale.

– Je le lirais, moi », dit Willard en haussant les épaules.

Je crois qu'en fait, moi aussi.

De retour au château d'Anthorp, Sarah et moi nous préparons à dormir – nous nous brossons les dents et nous nous changeons chacun notre tour dans la salle de bains. Je mets mon pantalon habituel et Sarah le sien, qu'elle assortit aujourd'hui avec un débardeur à bretelles fines qui met en valeur ses seins spectaculaires. Nous nous asseyons sur le lit et je prends ma guitare pour jouer quelques notes.

« Au fait, c'est quoi un canard de Butterwald ? je demande. J'ai vu des écriteaux qui en parlaient dans une salle de la bibliothèque.

– Ah, c'est pour le mois prochain, dit-elle en posant ses lunettes sur la table de chevet. Pour la manifestation qu'on organise pour demander que les canards du parc de Butterwald soient remis en liberté.

– Une manifestation ?

– Les Austenites sont très actifs dans la communauté », répond-elle en hochant la tête.

Je repose ma guitare contre le mur.

« Alors vous êtes des terroristes ?

– Ne sois pas bête. Nous sommes… une association qui est attachée à attirer l'attention sur des problèmes de société, grâce, *parfois*, à des méthodes plus ou moins controversées.

– Exactement. Vous êtes des terroristes. »

Sarah me pince le bras.

« Aïe ! Des terroristes *violents* ! »

Elle penche la tête en arrière et rit, laissant tomber ses longs cheveux dans son dos, et je suis fasciné. Ai-je vraiment pensé un jour que cette femme était quelconque ? Je suis un imbécile, car elle est superbe. Je n'ai jamais connu quelqu'un comme elle.

Et j'ai envie de l'embrasser – tout de suite. Et puis je veux retourner dans cette bibliothèque qu'elle adore, et l'embrasser là-bas, aussi. Devant ses amis, devant les miens… bon sang, Nicholas l'adorerait.

Elle me surprend en train de la dévisager.

« Qu'y a-t-il ? »

Soudain, ma bouche est trop sèche pour répondre. Car je n'ai jamais fait ça, auparavant. La seule fois que j'ai parlé de sentiments avec une fille, il s'agissait de savoir si elle voulait aller plus vite ou plus fort.

« Je t'apprécie Sarah. Énormément. »

Elle continue de m'étudier et ses yeux s'écarquillent.

« Je… t'apprécie aussi, Henry. »

Elle me regarde prendre sa main et la porter à ma bouche pour l'embrasser tendrement sur le revers puis sur ses articulations. Bon sang, même ses mains sont belles. Elle retient son souffle lorsque je la retourne et embrasse sa paume puis la peau douce sous son poignet.

Mais tout à coup, j'ai besoin de sa bouche. Je ne me souviens pas de la dernière fois que j'ai autant désiré quelque chose. Peut-être n'est-ce jamais arrivé.

Je me penche et Sarah ferme les yeux. Je caresse sa joue, pose ma main sur sa mâchoire, puis je presse mes lèvres contre les siennes. Elle est douce et chaude et terriblement sucrée. Je penche nos têtes d'un côté et de l'autre pour sucer sa lèvre inférieure et y promener ma langue.

C'est alors qu'elle recule et tourne la tête avant de regarder ses mains. Elle respire fort et ses joues sont rouges. Elle est magnifique, mais soudain… tout fout le camp.

« Je ne peux pas faire ça avec toi, Henry. Je ne peux pas être avec toi.

– Pourtant tu l'es déjà.

– Pas comme ça, rétorque-t-elle en secouant la tête.

– Mais tu pourrais. Je te trouve géniale, Sarah. »

Elle lève la tête et me regarde dans les yeux d'un air apeuré et triste.

« C'est ce que tu penses, maintenant, mais t'es un Willoughby, Henry. »

Je me gratte la tête, confus.

« Attends, ce n'est pas un kangourou, ça ? »

Elle hésite en parlant comme si elle bégayait. Comme si elle n'arrivait pas à prononcer les mots. Et lorsqu'ils sortent enfin, je les regrette immédiatement.

« Non, un Willoughby, de *Raison et Sentiments.* C'est le personnage dont Marianne est tombée amoureuse. Il était sauvage et inapproprié, égoïste et imprudent, et il l'a anéantie.

– Sarah, je ne comprends pas ce que tu dis.

– Je ne peux pas être avec toi parce que j'attends le colonel Brandon.

– Qui est ce fichu Brandon ?

– Il est sérieux et peut-être un peu ennuyeux, mais il aime Marianne. Il est fiable et romantique et convenable. C'est ce que je veux – c'est avec un homme comme lui que je dois être.

– Convenable ? »

Les mots se coincent dans ma gorge comme une épine. Je me lève et fais les cent pas, essayant de comprendre ce qu'elle dit.

« Qu'on soit d'accord : tu ne peux pas m'embrasser parce qu'un enfoiré dans un livre, qui s'appelle Willoughby, a fait du mal à une nana d'un livre qui s'appelle Marianne ? »

Elle soupire et agite ses mains en répondant.

« Dit comme ça, ça paraît fou.

– Parce que ça l'est !

– Il lui a brisé le cœur. Ça a failli la tuer », répond-elle en tripotant ses mains.

Je la regarde alors que quelque chose se brise en moi.

« Et tu crois que je te ferais ça ?

– J'en suis certaine.

– Parce que je suis un Willoughby ? »

Elle hoche la tête.

« Parce que je suis imprudent et égoïste et que je ne fais pas le poids. Et parce que t'attends quelqu'un de mieux.

– Ça ne sort pas comme je le veux », répond-elle en secouant la tête.

La douleur est différente, lorsque la personne qui vous blesse est une personne à qui vous tenez. Elle est plus profonde et fait mal plus longtemps, comme une brûlure – elle commence en picotant et en suintant, puis elle forme une cloque et s'étend en vous, rongeant votre chair sensible. Laissant un énorme trou sur son passage.

Je croise les bras et je ricane, comme si cette conversation ne m'affectait pas.

« Comment est la vue du haut de ta tour d'ivoire, Sarah ? Ce doit être génial de juger les autres en restant perchée assez haut pour être inatteignable. »

Elle s'agenouille sur le lit.

« Ce n'est pas comme ça. Je tiens à toi, c'est juste que…

– Je suis égoïste et inapproprié – je t'ai entendue. T'aurais pu t'épargner toutes ces syllabes et simplement me traiter d'enfoiré.

– Henry…

– Je crois que tu es lâche. Là, tu vois ? C'était simple et concis. »

Elle lève brusquement la tête en clignant des yeux, puis elle regarde ailleurs.

« Je ne suis pas lâche. C'est juste que… j'aime ma vie comme elle est. J'aime… »

Je vais dans la niche et je saisis le premier livre que je trouve.

« Tu n'as pas de vie ! Tu te caches dans cette chambre et te tapis derrière ces livres. C'est triste. »

La voix de Sarah est douce mais ferme.

« Je sais que je t'ai vexé, mais t'es pas obligé d'être méchant.

– Tu crois que tu m'as vexé ? je ricane.

– Si ton caprice est un indice, alors j'en suis sûre, oui.

– Ce n'est pas un caprice, Sarah, c'est un cri d'alarme, je dis en agitant son livre. Ce ne sont pas tes amis, Sarah – le colonel Brandon ne va pas sortir de ces pages pour t'aimer.

– Je le sais ! s'exclame-t-elle en suivant les mouvements de ma main. Henry, fais attention – c'est fragile. »

Son inquiétude pour ce stupide objet ne fait que m'agacer davantage.

« Est-ce que tu me vois, au moins ? Bon sang, je suis là devant toi – en chair et en os et, contrairement à toi, je *vis* ! je m'écrie en agitant le livre par sa couverture. Et tu t'inquiètes plus pour ce fichu bout de papier ! »

Soudain, avec un *crac* retentissant, le livre se déchire en deux et des pages s'envolent dans la chambre avant de retomber par terre comme de petits oiseaux blessés.

« Non ! »

La voix anéantie de Sarah me transperce le cœur, effaçant ma colère pour ne plus laisser que des remords.

Elle tombe à genoux pour rassembler les pages, saisissant brusquement la couverture qui est restée entre mes mains.

« Je n'ai pas fait exprès », je chuchote au cas où elle ne le savait pas déjà.

Ses cheveux noirs tombent sur ses épaules, cachant son visage.

« Sarah, tu m'as entendu ? Je suis désolé. »

Pourquoi j'ai tout le temps l'impression de m'excuser, ces derniers temps ?

Ses épaules se mettent à trembler – je crois qu'elle pleure. Mon ventre se noue et je peine à respirer.

« Je te donnerai l'argent pour le remplacer. C'est un livre. Je veux dire… il y en a plus d'un, je bafouille comme un idiot. Il avait beaucoup de valeur ? »

Comme elle ne répond toujours pas, je pose ma main sur son dos. Elle lève soudain la tête et recule pour m'échapper, les yeux rougis et trempés par les larmes, l'air furieux et profondément blessé.

« Sors d'ici, siffle-t-elle.

– Quoi ?

– Va-t'en ! » crie-t-elle plus fort en rassemblant les dernières pages pour les poser délicatement sur son lit.

Je caresse le sol avec la pointe de mon pied.

« C'est mon château… », je murmure.

Elle me pousse en arrière avec plus de force que je ne m'y attendais. Ses joues sont rouges, ses cheveux décoiffés, et ses yeux sont noirs de colère. Je serais dur comme fer si je ne m'inquiétais pas autant de l'avoir réellement blessée.

« Sarah… »

Comme je ne pars pas assez vite, elle me pousse encore une fois.

« Sors de ma chambre, espèce d'égoïste immature et méchant ! »

Je suis sur le point de répondre quelque chose de nonchalant quand elle cesse soudain de respirer et hoquette, et je suis horrifié de me rendre compte qu'elle fait tout pour ne pas fondre en larmes.

« Je suis… » je commence en tendant la main.

Sarah lève les siennes et tourne la tête en fermant les yeux.

« Va-t'en Henry. S'il te plaît. »

Puisque c'est tout ce que je peux faire, je pars.

13

SARAH

Je me réveille tard le lendemain – en tout cas, il est tard par rapport à mes habitudes. Mes yeux sont rouges et mon cœur est lourd. Je ne sors pas de ma chambre tant que je n'ai pas entendu l'hélicoptère qui l'emmène pour son rencard avec Cordelia – une rando en montagne ou du rodéo ou je ne sais quoi d'autre d'absurde. Lorsque l'engin a décollé, je file dans la chambre de Penelope avec mon pauvre livre abîmé, qu'elle traite aussi délicatement que si c'était un oisillon avec une aile cassée, m'assurant qu'il sera bientôt comme neuf.

Penny est une sœur adorable. En réalité, elle se fiche de *Raison et sentiments* – mais elle tient à moi. Elle sait combien ce livre est important pour moi, même s'il ne représente rien pour elle.

Contrairement à un certain prince au cœur de pierre que je ne nommerai pas.

Je ne repense pas à la douce caresse de ses lèvres sur les miennes avant que tout dégénère. Je refuse de me souvenir de son regard de braise lorsqu'il m'a dévorée des yeux, comme aucun homme ne l'a jamais fait – comme si j'étais une chose précieuse, un trésor qu'il désire plus que tout. Et il est hors de question que je revive ces délicieux fourmillements qui ont envahi mon bas-ventre pour le remplir de désir, d'excitation et de joie. Je rejette tout cela et me concentre sur mon livre en lambeaux. C'est plus simple comme ça.

Nous demandons du ruban adhésif à un technicien et nous réparons les dégâts du mieux que nous le pouvons. Penny passe le reste de la journée à se faire coiffer et maquiller pour son interview, et j'arpente le parc du château. J'envisage de partir, de rentrer chez moi et de reprendre le travail… et le cours de ma vie. Sincèrement, qu'est-ce que je fais encore ici ?

Cela dit, il est tout à fait possible que mère force Penny à rentrer avec moi. Mais elle s'amuse comme une folle, et elle apprend vraiment des choses sur l'industrie audiovisuelle, devenant amie avec les techniciens et développant son réseau. Aussi, pour l'instant, je suis coincée ici, comme une souris prise dans un piège.

J'emporte un sandwich dans ma chambre pour dîner, et je regarde les informations au lieu de lire. Au coucher du soleil, je suis épuisée et je m'endors.

Tard dans la soirée, quelqu'un frappe à ma porte. Je déteste les frissons qui me parcourent, le saut périlleux que fait mon estomac et le rythme effréné qu'adopte mon cœur alors que je vais ouvrir. Car mon corps sait qui est de l'autre côté. Et – traître qu'il est – il a hâte de le dévorer des yeux, de sentir la force de sa présence, de sentir la chaleur de sa peau. Il dit à mon cœur d'oublier et de le pardonner, il lui dit que je suis bête et que la blessure encore fraîche n'est qu'une égratignure.

J'inspire longuement lorsque je saisis la poignée et me prépare à le voir.

Il semble fatigué, triste, et ma blessure est encore plus douloureuse.

Son regard habituellement enjoué est vide et lointain. Sa barbe naissante qui, d'habitude, le rend irrésistible, ressemble davantage à celle d'un insomniaque. Je referme les pans de mon peignoir et resserre la ceinture, comme si cela pouvait me protéger de son charme.

« Qu'est-ce que tu veux ? »

Il cligne innocemment des yeux – il sait ce qu'il fait.

« Il est l'heure de se coucher. J'aimerais dormir. Ou on pourrait parler, si tu préfères ? Je pourrais te jouer une berceuse à la guitare… ou tu pourrais fredonner pendant que j'essaie de m'endormir et je ne me plaindrai pas une seule fois, je te le promets. »

Mon cœur se brise en mille morceaux en entendant sa voix pleine d'espoir tandis qu'il décrit notre routine nocturne. Je meurs d'envie de lui ouvrir la porte et de le prendre dans mes bras, comme je le ferais pour un garçon qui s'en veut d'avoir cassé mon jouet préféré. Mais je ne le fais pas – je ne le peux pas. Je dois me préserver. Henry n'est pas un petit garçon – et son imprudence est capable de casser bien plus qu'un simple jouet.

J'ajuste mes lunettes pour me sentir intelligente et forte.

« Tu ne vas pas dormir ici, Henry. »

Il change alors de tactique. Il dégaine son sourire diabolique et appuie sa main sur le cadre de la porte.

« Allez Sarah… c'était un accident – je t'ai déjà dit que j'étais désolé. Pourquoi tu en fais tout un plat ? »

Voilà qui est mieux. C'est justement ce dont j'ai besoin – de sa nonchalance et de sa dérision. Elles réveillent ma colère, et la colère construit des murs plus solides que la tristesse.

Ses yeux étudient ma bouche ferme, ma mâchoire serrée et mon regard glacial. Il se passe la main dans les cheveux et les tire un peu.

« C'est ridicule, bon sang – c'est un bouquin ! Je t'en ferai livrer un à l'aube. Qu'est-ce que tu veux que je fasse ? Je ferai tout ce que tu veux.

– Tout ?

– Tout. »

J'ouvre un peu plus la porte et me rapproche de lui pour le regarder droit dans les yeux.

« Laisse. Moi. Tranquille. »

Il tressaute et sa détermination s'évanouit.

« Je ne peux pas faire ça. »

Je hausse les épaules et invoque Estella, la protégée cruelle de miss Havisham, dans *Les Grandes Espérances.*

« Alors tu n'es pas vraiment désolé. »

Il ferme les poings, comme s'il voulait frapper quelque chose. Étrangement, je n'ai pas peur. Au fond de moi, je sais que si Henry m'a blessée, il ne me ferait jamais mal.

« Si tu ne veux pas me laisser entrer, pourquoi tu m'as ouvert la porte ? »

Le sourire d'Estella se dessine sur mes lèvres.

« Pour faire ça. »

Ensemble, Estella et moi claquons la porte au nez du prince héritier.

HENRY

Je suis retourné dans ma chambre, je me suis allongé sur mon lit et j'ai essayé de dormir malgré le vacarme que font ces caméras. Et j'ai échoué. Je dois passer la matinée avec Penelope, demain, et je prends cela comme un signe que Dieu m'a peut-être laissé une chance. Car Penelope est pétillante et extravertie et, contrairement à sa sœur – elle m'aime bien. Elle m'a toujours apprécié. L'avoir à mes côtés ne m'aidera peut-être pas à coucher avec Sarah, même si je ne perds pas espoir, mais cela peut m'aider à me faire pardonner.

Vanessa nous positionne comme si nous étions des poupées Barbie.

« Tenez-vous la main et marchez lentement sur la plage. Parlez-vous et riez comme si vous vous amusiez. »

Je n'arrive pas à croire que j'ai pensé que cette émission pouvait être amusante. Bon sang, quel abruti !

« Garde un angle large, crie Vanessa au caméraman. Je veux le lever du soleil en arrière-plan. »

Je tente alors ma chance avec la cadette Titebottum.

« Je voulais te parler de Sarah…

– T'as un micro ? demande-t-elle en souriant.

– Euh… non. Vanessa veut juste le visuel, pas le son.

– Tant mieux, répond-elle en regardant l'océan. Alors personne ne m'entendra te dire que tu n'es qu'une merde et que j'espère que tu mourras dans d'atroces souffrances. »

Finalement peut-être que Penelope ne m'aime pas autant que je le pensais.

« Je te demande pardon ?

– Que tu sois prince ou non, si je le pouvais, je t'arracherais les couilles, je les réduirais en poudre, je les mélangerais avec de l'eau, et je t'obligerais à les boire. »

Je déglutis.

« Quelle créativité… » je réponds.

Elle sourit d'un air serein, ce qui rend l'échange encore plus bizarre – et perturbant.

« Vous êtes toutes les deux devenues folles ? Bon sang, c'est un *bouquin* !

– Pas pour elle, non. Tu vois, prince débile, poursuit-elle, tu as une famille qui t'aime. Quoi qu'il se passe au Palais, elle t'aime *sincèrement*. Tout le monde n'a pas cela. Notre mère est folle et notre famille n'en aurait rien à faire que Sarah et moi tombions du haut d'une falaise et disparaissions à jamais. Ça a toujours été comme ça. Sauf en ce qui concerne notre chère tante Gertrude ; c'est la seule qui s'est occupée de nous. Avant de mourir, elle nous a convoquées dans son domaine, Sarah et moi, pour nous donner notre héritage, parce qu'elle savait qu'en dépit de son testament, ses enfoirés d'enfants ne l'auraient pas fait. »

Penelope serre mes mains si fort que c'en est presque douloureux.

« Tante Gertrude m'a donné ses bijoux en me disant que j'étais forte et étincelante. Elle a donné à Sarah sa collection de premières éditions rares, en lui disant que c'était une rêveuse. Elle lui a dit qu'elle pouvait les vendre pour se faire de l'argent ou les garder mais que, quoi qu'il en soit, Sarah aurait toujours ses rêves. Ils sont tout pour ma sœur et tu en as déchiré un. Ça fait de toi un énorme imbécile qui ne sert à rien.

– Je... »

Je ne sais pas quoi dire.

Or mon occasion de répondre disparaît quand Vanessa se plante devant nous avec le photographe pour immobiliser ce *moment*. Penny se tourne vers moi, passe ses bras autour de mon cou, plie sa jambe derrière elle, et sourit jusqu'aux oreilles pour la caméra.

Comme une psychopathe professionnelle.

Doux Jésus.

Dans l'après-midi, je suis censé pique-niquer avec Laura dans une vallée fleurie tout droit sortie de cet affreux film, *Twilight*. Je n'arrive pas à voir ces excursions mises en scène comme des *rencards*. Mon sens de l'humour n'est tout simplement pas assez délirant. Quoi qu'il en soit, ce pique-nique n'aura pas lieu. Car j'ai d'autres projets.

Des projets secrets et hors caméra. Et pour les mettre en œuvre, j'ai besoin de James.

Il se tient debout entre les projecteurs, les bras croisés, les yeux alertes.

« Je t'explique, je lui dis calmement. Je m'échappe pour l'après-midi. Je veux bien vous laisser venir, du moment que vous restez discrets et que vous empêchez les caméras de me suivre. L'opération est strictement personnelle et confidentielle. Compris ?

– Bien sûr, monsieur », répond-il en hochant la tête.

Une demi-heure plus tard, la mission *Fuir Matched* est un succès. Je suis dans la décapotable, suivi par James, en route pour la bibliothèque.

Je trouve Willard dans les catacombes de la bibliothèque Concordia, où Sarah m'a expliqué qu'il s'occupait de préserver et de restaurer les livres. C'est deux étages au-dessous du niveau de la rue, mais la salle blanche est étonnamment moderne, bien éclairée, et dépourvue de poussière. À l'accueil, une adorable vieille dame avec – heureusement pour moi – une très mauvaise vue m'a indiqué le chemin.

Willard lève la tête quand j'entre, relevant des lunettes à verres rouges très épais sur son front.

« Princesse. Quelle surprise. À quoi dois-je l'honneur de ta présence ?

– J'ai besoin de ton aide.

– Eh bien, ce n'est pas tous les jours qu'un prince me dit ça. J'adore. Que puis-je faire pour toi ? »

Je n'ai jamais rencontré quelqu'un d'aussi sarcastique.

« Sarah est en colère contre moi. »

Il sourit en coin.

« Sarah est rarement en colère et quand elle l'est, ça ne dure jamais longtemps. T'as donné un coup de pied à un chiot ?

– Non, j'ai cassé un de ses livres. »

Il se fige, si choqué que sa voix n'est qu'un murmure.

« Lequel ?

– *Raison et Sentiments*, je réponds d'une voix honteuse.

– Pourquoi… pourquoi as-tu fait ça ?

– Je n'ai pas fait exprès… je réponds en me frottant la nuque. Je me suis énervé et…

– Sors d'ici. »

Il enlève les lunettes de son front et les pose brusquement sur le bureau.

« Non, tu ne comprends pas…

– Je comprends parfaitement. Ce que *tu* ne sembles pas comprendre, c'est que Sarah est ma meilleure amie. La seule. Il est hors de question que je t'aide. Dégage, princesse. »

Il tourne les talons pour partir.

« Elle souffre ! »

Il s'arrête et se redresse.

«Je ne l'ai pas seulement énervée. Je l'ai blessée. Terriblement. Elle souffre encore et… je ne supporte pas ça, Willard», je dis en empoignant mes cheveux.

Je me place devant lui et plie les genoux pour le regarder dans les yeux.

«Aide-moi à réparer la situation. Pas pour moi, mais pour elle. S'il te plaît.»

Willard me regarde un long moment, puis il soupire.

«De quoi t'as besoin?

– J'ai besoin de ton réseau, de tes contacts. Il faut que je trouve un livre.»

Après trois heures de route, Willard et moi sommes dans une minuscule librairie poussiéreuse, située entre deux boutiques fermées par des planches taguées, à deux kilomètres d'un campement de réfugiés. J'étudie la marchandise sous le regard suspicieux du gérant.

J'ai l'impression d'acheter de la drogue.

«Qu'est-ce que tu en penses? je demande à Willard.

– Ça dépend. T'en penses quoi toi, princesse?» répond-il sans enlever sa pipe de sa bouche.

Je retourne la première édition toute neuve de *Raison et Sentiments* dans mes mains gantées de latex. Précautionneusement, je tourne les pages impeccables. La voix douce de Sarah résonne dans ma tête, me rappelant ses paroles de l'année passée, lorsque nous nous sommes rencontrés dans ce pub.

«*La seule chose qui sente meilleur qu'un livre neuf, c'est un livre ancien.*»

Je repose le livre.

« Ce n'est pas le bon. Elle veut un livre qui a été lu et relu – pas un livre qui est resté dans une vitrine toute sa vie. Elle en veut un qui a été aimé. »

Lentement, Willard se tourne vers moi.

« Tout n'est peut-être pas perdu pour toi », répond-il en m'offrant un large sourire approbateur.

Je passe la porte du château d'Anthorp à deux heures du matin, épuisé, mais triomphant. Les pièces sont vides et silencieuses tandis que tous mes invités dorment paisiblement. Je pars en direction des escaliers lorsqu'une silhouette sort de la salle de musique.

« T'as raté deux séances de tournage aujourd'hui. »

Pas si vides que ça, apparemment.

Je me tourne vers Vanessa, toujours en tailleur et en escarpins, un whisky à la main.

« Je devais m'occuper de quelque chose d'important.

– Plus important que l'émission ? »

J'éclaterais de rire si je n'étais pas aussi fatigué.

« Beaucoup plus, oui. »

Elle sirote son verre et marche lentement vers moi, d'un pas déterminé.

« On a besoin de ces scènes, Henry.

– Vous les aurez demain. »

Ses lèvres se pincent comme si tout à coup sa boisson était trop amère.

« Tu seras dans la salle à manger, habillé et prêt à déjeuner avec la princesse Alpaga à six heures pétantes, c'est clair ? J'ai eu affaire à des acteurs bien plus têtus que toi, Henry. Si tu sais ce qui est dans ton intérêt, tu ferais mieux de t'en souvenir. »

Je me tiens plus droit et parle à voix basse et, sans le vouloir, on dirait mon père.

« Je ne suis pas un acteur, Vanessa – et je n'aime pas qu'on me donne des ordres. Pour le bien de ton émission, *tu* ferais mieux de t'en souvenir. »

SARAH

Je suis lâche. Ça ne devrait pas me surprendre, mais c'est le cas.

Je suis une imbécile. Ça c'est nouveau. Et ça me dérange.

Plus tard dans la soirée – ou tôt le matin – je suis allongée dans mon lit, les yeux rivés sur le plafond, confrontée à la vérité. Henry a cassé mon livre, et c'est triste, mais ce n'est pas à cause de cela que je l'ai mis dehors, ni la raison pour laquelle j'ai refusé de le voir. Ce n'est pas pour ça que j'ai refusé ses excuses.

C'est à cause du baiser. Mes lèvres sentent encore la caresse de sa bouche. Peu importe combien j'essaie de l'oublier, je ne cesse d'y penser. C'était encore plus beau que je ne l'avais imaginé. Mon estomac s'est rempli de papillons, ma tête est devenue toute légère, et mon cœur a battu si fort que j'ai cru mourir – tout en me sentant plus vivante que jamais.

Car je *voulais* qu'il m'embrasse et je rêvais de l'embrasser en retour. Or je ne voulais pas m'arrêter à un simple baiser. Je voulais me coller à lui et sentir sa force sur tout mon corps. Je voulais sentir ses bras m'entourer, ses larges mains me toucher. Je voulais connaître la sensation de son torse ferme contre mes seins, de son ventre plat, de ses hanches contre les miennes alors qu'il s'étendrait sur moi.

Je veux connaître le goût de sa peau, le picotement de sa barbe, la saveur de sa bouche.

Il n'est pas celui que j'avais imaginé désirer – je n'ai pas menti à ce sujet. Henry est sauvage et imprudent, mais il n'est pas seulement ça. Il est aussi tendre et gentil, patient et généreux, intelligent et… merveilleux. Tout cela, je ne lui ai pas dit.

Il pourrait m'anéantir – l'histoire de l'intello sans expérience et du tombeur volage est vieille comme le monde. Toutefois, la plus grosse partie de mon cœur s'en fiche. Elle me dit que cela pourrait en valoir la peine. Elle me hurle que je suis assez forte pour survivre à un mal d'amour. Comme Marianne. Je me relèverai et je garderai tous ces merveilleux souvenirs jusqu'à la fin de mes jours.

Mon cœur me demande si je n'en ai pas encore assez d'avoir toujours peur de me jeter à l'eau, si je n'en ai pas assez que mes pieds soient toujours ancrés si fermement sur terre. Je pousse un grognement et pose l'oreiller sur mon visage. Le parfum de Henry m'enveloppe, me remplit. Je l'appuie plus fort et inspire, m'enivrant de son odeur.

Bon sang, quel cliché.

Je repose l'oreiller et m'oblige à me lever. Il est temps d'être une grande fille. Je vais le trouver, accepter ses excuses, et lui présenter les miennes. Je ne me soucie pas de mettre un peignoir ni des pantoufles, je cours à la porte et dans le couloir, me prenant les pieds dans l'objet posé devant ma porte.

Je souris à travers les larmes. Je pourrais dire que c'est la plus belle chose qu'on ait faite pour moi, et ce serait vrai. Mais ce n'est pas pour cela que ce livre me touche autant. Il n'a d'importance que parce que Henry me l'a offert. Qu'il a fait ça pour moi.

Du bout du doigt, je retrace les lettres de la couverture en secouant la tête, puis je l'ouvre et retiens mon souffle, car il a écrit dedans. Dans une première édition de *Raison et Sentiments* qui a survécu des siècles en restant relativement indemne – et ce fou a écrit dedans !

Bien évidemment.

Je ris alors que les larmes coulent sur mes joues.

Maintenant, tu peux rêver un nouveau rêve.
–H

Je tiens le livre contre mon cœur, dans mes bras, et l'emporte avec moi pour aller à sa chambre. Il n'y est pas. L'espace d'un instant, je crains qu'il n'ait dormi dans une autre chambre – celle de Cordelia ou de Libby – et la douleur qui transperce mon cœur me coupe le souffle.

Cela dit, Henry ferait-il vraiment ça ? Je n'ai pas besoin d'y réfléchir pour connaître la réponse.

Le Henry que je connais – pas le sauvageon qui fait la une des journaux, ni le roi en devenir qui, comme l'a dit ma sœur, aura un harem – le garçon qui aime parler de choses idiotes à voix basse, tard le soir, celui qui joue de la guitare et m'écoute fredonner, qui m'emmène en décapotable à travers les bois, l'homme qui veut m'apprendre à nager et qui veut que je vive avant de mourir ; il ne ferait pas ça.

Bon sang, quelle idiote…

Je veux le trouver – j'ai besoin de le voir. Tout de suite. Je vais d'abord dans la bibliothèque, puis dans la salle à manger et la salle de musique, et j'entends le bourdonnement des caméras qui me suivent partout.

J'arrive dans la cuisine… et le voilà, avachi sur la table, la tête sur le bras. Ses yeux sont fermés et sa mâchoire est détendue. Il semble plus jeune… et en paix.

J'ai vu Henry d'humeur joueuse et moqueuse. Je l'ai vu frustré et tendu. Mais il n'a jamais été aussi beau que maintenant, alors qu'il est paisible. Je tends la main et suis la courbe de son front, de ses pommettes, de son menton et de son nez, sans jamais le toucher.

Il inspire soudain, cligne des yeux, et plonge son regard émeraude dans le mien.

« Sarah ? » demande-t-il d'une voix endormie.

J'adore sa façon de dire mon prénom.

« Merci pour le livre, Henry, je chuchote. Merci. »

Il se redresse avec un sourire adorable.

« Il te plaît ?

– Je l'adore, je réponds en espérant qu'il entend combien je suis sincère. C'est mon nouveau livre préféré.

– *Raison et Sentiments* a toujours été ton préféré.

– Mais maintenant, il l'est pour une bien meilleure raison. Viens, je dis en lui tendant la main. Il est l'heure de se coucher. »

Il prend ma main, mais quand je tire la sienne pour le lever, il m'en empêche et m'attire entre ses jambes. Je regarde ma main dans la sienne, son pouce qui caresse ma peau et diffuse une vague de chaleur en moi.

« Je suis désolé pour ce que j'ai dit, avoue-t-il d'une voix rauque. Je ne le pensais pas.

– Je suis désolée, moi aussi, je réponds à toute vitesse, pressée de dire tout ce que j'ai sur le cœur. Je ne te trouve pas égoïste et imprudent. Je ne pense pas que tu sois un Willoughby. Je ne pense pas que tu me ferais de mal.

– Mais je t'en ai fait. »

Mon cœur se brise mais c'est pour lui, pas pour moi.

« Seulement parce que je t'ai blessé d'abord. »

Il hoche la tête et sourit timidement.

« T'es devenue… importante pour moi, Sarah. Je fais beaucoup de bêtises – j'en ai toujours fait. Mais je ne veux pas gâcher ça. »

Quel étrange couple nous formons – le petit garçon triste et la fillette effrayée.

Je le regarde dans les yeux et me rapproche en posant mes mains sur ses épaules.

« Je ne te laisserai pas le gâcher.

– On est amis, alors ? demande-t-il. En général, je ne suis pas trop mauvais pour ça. »

Est-ce que c'est vraiment ce que je veux ? L'amitié de Henry ? Encore une fois, je connais déjà la réponse. Et la réponse est *non*. Mais je ne peux pas le lui dire, si ? J'aurais l'air de quoi ? Je n'ai jamais été douée pour parler et je ne vois pas pourquoi ce serait différent cette fois-ci. Je dois y réfléchir, tourner les phrases dans le bon sens. Décider de ce qu'Elizabeth Bennet aurait dit si elle avait dû parler à la place de monsieur Darcy[12].

Alors je hoche la tête.

« Oui, bien sûr qu'on est amis. »

Zut, zut, zut !

HENRY

Nous nous couchons, mais aucun de nous deux ne s'endort. Je ne sais pas pour Sarah, mais je suis trop

12. Personnages d'*Orgueil et Préjugés*.

soulagé d'être de nouveau près d'elle. Excité. Comme un enfant à Noël qui a ouvert ses cadeaux et qui a eu tout ce qu'il voulait. Il refuse de dormir après ça, il veut juste continuer à toucher, tenir et regarder son nouveau jouet.

« Tu m'as trouvée bête, de me mettre dans cet état pour un livre ? », me demande-t-elle, les yeux rivés au plafond.

Je lève la main pour lui montrer ma gourmette.

« Ma mère m'a donné ça quand j'avais huit ans. Je ne l'enlève jamais. J'ai une Maserati et des dizaines de couronnes, mais c'est mon bien le plus précieux. Je sais ce que représente la valeur sentimentale d'un objet. »

Elle soupire et se tourne vers moi, les mains sous la joue. C'est la pose que je préfère chez elle – un mélange parfait d'innocence super sexy. J'ai tellement envie de l'embrasser que mes lèvres fourmillent d'impatience.

« J'ai réagi comme ça… pour plusieurs raisons. J'essaierai de ne plus le faire, dorénavant. Je vais essayer d'imaginer ce que ta grand-mère ferait, et je l'imiterai. Elle est si forte – elle est vraiment exemplaire. Je ne l'imagine pas pleurer pour quoi que ce soit.

– Pourtant, je l'ai vue, une fois. »

Sarah se rapproche et pose sa jambe près de la mienne, sous la couette.

« Ah bon ? Quand ? »

Je glisse mon bras sous ma tête et regarde le plafond.

« Après le crash de l'avion de mes parents… il a fallu plusieurs jours pour les trouver dans les débris. Tu te souviens ? »

Elle hoche la tête d'un air triste.

« Durant ces quelques jours, j'ai eu le temps de réfléchir… et de créer un petit fantasme dans ma tête. J'ai toujours eu une imagination un peu folle et, même après qu'ils ont trouvé leurs corps, j'ai refusé de croire qu'ils étaient morts. Je pensais que c'était une ruse maléfique concoctée par un pays ennemi pour les garder en otages. »

Je souris tristement en repensant au petit garçon que j'étais, à l'époque. En dépit de toutes les rumeurs qui nous entourent et des complications qu'impliquent notre statut, mes parents avaient réussi à m'en protéger. Ainsi à dix ans, contrairement à mon grand frère cynique, j'étais encore optimiste et plein d'espoir. J'étais encore jeune et terriblement innocent.

« Je les ai imaginés sur une île déserte, quelque part, attendant qu'on vienne les secourir. J'imaginais mon père avec une longue barbe construire une maison en feuilles de palmes. Je voyais ma mère fabriquer des petites tasses à thé avec des noix de coco.

– Comme Robinson Crusoe, dit Sarah en souriant.

– Oui, je réponds en me raclant la gorge alors que j'arrive à la partie la plus difficile. J'étais persuadé que si je pouvais voir les corps, je pourrais révéler la vérité – convaincre tout le monde de continuer à les chercher. Alors j'ai demandé au chauffeur de m'emmener à la morgue. »

J'avais beau être jeune, j'avais un titre ancien devant mon nom, et aucun chauffeur ni employé n'aurait osé me dire non.

« J'ai failli atteindre la chambre froide où ils gardaient les corps. Il y avait des gardes, bien sûr, mais ils étaient prêts à me laisser entrer. Mais pas le docteur. Le docteur Ramadi était la chef de service à qui les cas VIP étaient confiés. Et elle était plantée devant la porte comme Gandalf, avec un stylo en guise d'un bâton. Elle refusait de me laisser passer.

J'étais furieux. J'ai tapé du pied comme le pire des gamins insolents et je lui ai dit "Je suis prince de Wessco – *ton* prince – alors hors de ma vue." Et elle m'a regardé droit dans les yeux en me répondant "Vous êtes un enfant, Votre Altesse. Votre mère et votre père ne sont plus comme avant. Je refuse que vous ayez cette image d'eux en tête."

Nous nous sommes défiés pendant plusieurs minutes… jusqu'à ce que la reine passe la porte. Je ne sais pas qui l'a appelée, mais je me souviens d'avoir pensé qu'elle avait l'air épuisée. La reine n'avait jamais l'air fatiguée, mais elle l'était ce soir-là. Le docteur est parti et ma grand-mère m'a demandé à quoi je pensais. Alors je lui ai raconté ma théorie – l'île déserte, les tasses de thé, et tout le reste. Alors que je lui parlais, j'ai commencé à craquer et j'ai eu de plus en plus de mal à parler. À la fin, je lui suppliais "S'il te plaît, je t'en supplie mamie. Ils sont en vie quelque part – je le sais. Aide-moi, mamie." »

Je m'arrête un instant, perturbé par l'écho de mes paroles et le souvenir de la peine qui nouait mon ventre.

« Tout à coup, elle m'a pris dans ses bras et elle m'a serré fort contre elle. C'était la première fois qu'elle faisait ça – et ce fut la dernière. Ses bras étaient si forts. Elle a appuyé ma tête contre sa poitrine et elle a caressé mes cheveux. Elle m'a dit "Mon chéri, je donnerais tout… mais ils sont partis, Henry. Ils sont partis." Puis elle a pleuré. On a pleuré tous les deux. »

Sarah pose une main sur ma mâchoire et caresse ma joue avec son pouce. Son visage est près du mien et son regard est brillant.

« Je suis désolée, Henry. »

Je hoche la tête, et finis l'histoire.

« Plus tard, j'ai appris que la reine avait remercié le docteur Ramadi pour ce qu'elle avait fait. Puis… qu'elle l'avait virée.

– Quoi ? s'exclame Sarah. Mais pourquoi ?

– Je lui ai demandé la même chose, et ma grand-mère m'a répondu : “L'insubordination n'est pas tolérée. Tu as donné au docteur Ramadi un ordre – et l'ordre d'un prince doit toujours être obéi. Même quand il a tort. Alors fais attention aux ordres que tu donnes, mon garçon. D'une façon ou d'une autre, ils auront des conséquences.” »

Sarah expire et son souffle chatouille les poils de mon torse.

« Waouh. C'est… c'est… grave.

– Oui, je dis en souriant et en mettant une mèche derrière son oreille. C'est pour ça, ma belle, qu'on est tous royalement tordus. »

14

HENRY

L'émission suit son cours. Elle reste divertissante, et je préfère ça plutôt que fuir mes cauchemars en passant mes nuits seul dans la bibliothèque, à lire des textes de loi en m'imaginant mener mon pays au désastre si on me laisse vraiment devenir roi un jour.

Toutefois… l'émission s'est révélée totalement différente de ce que j'avais imaginé. Désormais, je laisse Vanessa choisir la participante que je dois renvoyer, parce que je m'en fiche. Malgré les fantasmes que j'avais pensé assouvir en me lançant dans cette aventure, aucune des femmes ne m'intéresse à présent.

Enfin, ce n'est pas tout à fait vrai. Les *participantes* ne m'intéressent pas. Pour ce qui est de la *sœur* de l'une d'entre elles, en revanche, c'est une tout autre histoire.

Je renvoie Libby et Jane Plutorch, alors que la princesse Alpaga et Guermo s'enfuient dans la nuit. Nous apprenons bientôt dans les journaux qu'ils se sont mariés en secret et Vanessa est ravie car cela fera une publicité parfaite pour l'émission.

Une semaine plus tard, il n'en reste plus que quatre : Cordelia, Laura, Elizabeth et Penny. Un matin, je filme une scène avec Laura sur la plage, où nous sommes censés nous faire des câlins dans le sable et chercher des coquillages, ce qui serait follement romantique, sauf qu'il n'y a rien de mignon à avoir du sable sur les testicules.

J'ai de l'eau jusqu'aux chevilles et je regarde de l'autre côté de la plage où Sarah, en tenue de sport, répète ses exercices d'aïkido.

« Elle est géniale, non ? » demande Laura en venant à mes côtés.

Je hoche la tête.

« Le gars qui la séduira sera un sacré veinard !

– Oui, je réponds en me forçant à sourire. Veinard.

– Henry… »

Avant qu'elle ait pu finir, Vanessa Steele arrive dans une voiture de golf et court vers nous.

« Eh, on a un problème. Tu as des invités au portail. Tu devrais aller y jeter un œil. »

Des invités ? Qui viendrait me voir ici ?

Je monte dans la voiturette et arrive au portail à temps pour voir Franny Barrister, comtesse d'Ellington, aboyer sur le pauvre garde de *Matched*.

« Ne me dis pas que je ne peux pas entrer, espèce d'abruti. Où est Henry ? Qu'avez-vous fait de lui ? »

Simon, le meilleur ami de mon frère, me voit approcher et me regarde avec des yeux brillants.

« Le voilà », dit-il.

Je fais signe au garde d'ouvrir le portail.

« Simon, Franny, que faites-vous là ?

– Nicholas a dit que t'étais bizarre la dernière fois qu'il t'a parlé, alors il nous a demandé de venir voir si tu vas bien », explique Simon.

Le regard perçant de Franny m'inspecte des pieds à la tête.

« Il n'a pas l'air saoul. Et à l'évidence il ne s'est pas pendu – c'est bien mieux que ce qu'on imaginait.

– Votre confiance me fait chaud au cœur », je réponds d'un ton sarcastique.

Simon balaie le parc du regard et prend note des techniciens et des chapiteaux.

« Que se passe-t-il, Henry ?

– Eh bien… le truc c'est que… je… je suis dans une émission de téléréalité. Ils filment ici, au château. On a commencé avec vingt participantes et il n'en reste plus que quatre. Quand ce sera fini, l'une d'entre elles obtiendra le diadème et deviendra ma femme. Du moins, en théorie. »

Cette phrase sonnait bien mieux dans ma tête.

« Ne dites rien à Nicholas, j'ajoute alors que Simon se frotte le visage.

– Bon sang, maintenant je vais devoir éviter ses appels, je suis incapable de garder un secret. »

Franny éclate de rire.

« C'est fabuleux ! Tu ne me déçois jamais, vilain garçon, dit-elle en me tapotant le bras. Et ne t'en fais pas, quand la reine te virera du Palais, Simon et moi t'adopterons. N'est-ce pas mon chéri ?

– Oui, comme un chien errant, répond-il.

– C'est bon à savoir, je dis en désignant la voiture. Bon… eh bien merci d'être venus…

– Tu ne vas pas te débarrasser de nous aussi facilement, mon pote, répond le meilleur ami de mon frère.

– Mais oui, on reste ! s'écrie Franny en tapant dans ses mains. Il faut à tout prix que je voie ça. »

Fantastique.

Je fais visiter les lieux à Simon et Franny en leur expliquant les règles de l'émission et en leur parlant des participantes. Quand nous entrons dans le grand salon, où la plupart de l'équipe est réunie, Cordelia et Elizabeth reculent en voyant Franny, comme de petits serpents qui font place à un cobra. Dans sa jeunesse, Franny était la reine des méchantes, mais elle est beaucoup plus gentille depuis qu'elle est mariée avec Simon.

Elle lève la tête vers le haut des escaliers.

« Voilà qui est intéressant. Ce sont les sœurs Titebottum ? demande-t-elle. Penelope et Sarah ? »

Ma voix s'adoucit sans que je ne le veuille.

« Oui. Tu les connais ?

– Seulement de réputation, répond Franny.

– Tant mieux. D'ailleurs maintenant que j'y pense, tu pourrais aider Sarah. Elle est super timide et toi… tu ne l'es pas. J'essaie de la faire sortir de sa coquille.

– Tout le monde sait que le meilleur moyen de faire sortir une tortue de sa carapace, c'est de lui mettre un doigt dans les fesses. T'as essayé ?

– J'aurais bien voulu, crois-moi, je ricane.

– Hmm, soupire-t-elle. Très bien, je vais aller me présenter, alors. »

Elle monte les marches et je les regarde discuter.

« Je t'aime déjà, dit alors Franny en prenant le bras de Sarah. Soyons amies, tu veux ? »

L'après-midi se transforme en soirée et Penny, Elizabeth, Laura et Cordelia montent se changer pour le dîner et Sarah se joint à elles. Apparemment, c'est un rencard de groupe, ce soir – je dîne avec les quatre participantes pour secouer un peu les choses. Simon et Franny signent des documents autorisant l'émission à les montrer, au cas où ils seraient filmés.

Avant que le tournage ne reprenne, justement, Sarah descend les escaliers, et je reste bouche bée. Ses cheveux sont lâchés, brillants et bouclés sur les pointes. Elle porte une élégante robe en soie moulante, et je perds l'usage de la parole. Mamie serait ravie. Sarah est magnifique, mais elle l'est toujours. Si je suis muet, c'est parce qu'à la place de ses habits noirs habituels, la robe que porte Sarah est… rouge.

Rouge rubis.

La couleur réchauffe sa peau et fait ressortir les éclats dorés dans ses yeux.

« Waouh », je chuchote.

Elle sourit et ses joues rosissent, puis elle pose sa main à plat sur son ventre, gênée.

« Merci. Elle est à Penny. Franny m'a aidée à la retoucher. Tu savais qu'elle savait coudre ?

– Franny est pleine de talents.

– Oui.

– Alors, quelle est l'occasion ? Tu as un rencard ? » je demande, gêné à mon tour.

Sarah déglutit et me regarde avec des yeux pleins d'espoir.

« Non. J'ai juste pensé qu'il était temps… d'essayer quelque chose de nouveau.

– Eh bien, ça te va à ravir. »

Elle semble sur le point de dire quelque chose mais le réalisateur annonce le début du tournage. Sarah se met de côté tandis que Penelope descend l'escalier, les épaules en arrière, les seins en avant, la tête haute, vêtue d'une petite robe bleu roi.

Lorsqu'elle atteint la dernière marche, je m'incline et dépose un baiser sur sa main. Penny glousse pour les caméras, puis elle prend sa place près de la porte.

Laura descend ensuite, dans une robe légère rose pâle. Elle a l'air plus en forme qu'il y a quelques semaines – ses joues sont moins creuses et moins pâles. Elle m'embrasse sur la joue et j'en fais de même.

Toutefois, si Penny et Laura sont des femmes superbes, je ne peux m'empêcher de regarder Sarah, occupée à discuter avec Franny et Simon.

C'est alors qu'un vacarme éclate en haut des escaliers alors que Cordelia et Elizabeth se disputent pour savoir qui descendra la dernière. La cerise sur le gâteau, c'est qu'elles portent exactement la même robe – et pour les femmes issues de la noblesse, c'est un péché capital. Cordelia et Elizabeth ne le remarquent pas immédiatement, mais on devine le moment où elles s'en rendent compte, parce qu'elles se mettent à hurler et à se tirer les cheveux.

Vanessa regarde la scène avec un air ravi, comme une enfant dans un magasin de bonbons, le jour de Noël.

Le restaurant est un pub sans prétention, aussi confortable que le *Goat*, mais haut de gamme, avec une petite scène au fond de la salle. Il est plein à craquer et le brouhaha est plus fort que la musique. Les réactions des clients lorsqu'ils me voient est… étrange. Ils me regardent, mais ils reprennent aussitôt leur conversation comme s'ils n'étaient pas surpris qu'un prince passe la porte, comme s'ils n'étaient pas censés me remarquer. Par ailleurs, ils ne regardent pas une seule fois les caméras.

« Qui sont ces gens ? j'interroge Vanessa en m'asseyant.

– Des figurants. Américains – on les a fait venir ce matin, mais les spectateurs n'y verront que du feu. C'est la magie de la télé. »

Je m'assois avec les filles à une table tandis qu'une partie de l'équipe, ainsi que Sarah, Simon et Franny s'assoient à la table à côté.

Je nous commande des shots de tequila et, trois verres plus tard, Elizabeth et Penelope jouent à une version alcoolisée de *Pierre, Papier, Ciseaux*. Quand les verres ne s'enchaînent pas assez vite, elles se mettent à se lancer des paris. En l'occurrence, la perdante doit monter sur la petite scène et chanter devant tout le monde.

Penny perd, et elle commence à paniquer.

« Mon Dieu, mon Dieu, je ne peux pas chanter… j'ai une voix affreuse… je ne peux pas chanter à la télé, je vais me ridiculiser. Peut-être que je peux danser ? Je sais faire des claquettes.

– Non, dit Cordelia. On a dit qu'il fallait chanter. C'était le deal. Si tu ne tiens pas ta promesse, on te coupera les cheveux. »

Penny fronce les sourcils et empoigne ses boucles blondes.

« Personne ne coupera les cheveux de ma sœur. »

Tous les regards se tournent vers le bout de la table, parce que la voix ferme et menaçante qui vient de parler est celle de Sarah. Je me demande si ça fait partie de sa résolution d'essayer des choses nouvelles.

« Je vais chanter à sa place, dit Sarah à Cordelia.

– Toi ? ricane Cordelia d'un ton moqueur. Tu peux à peine parler. Et puis c'est contre les règles, de toute façon. »

Sarah ne se laisse pas faire.

« Eh bien les règles ont changé. »

Bien dit, Sarah.

Cordelia secoue la tête d'un air méchant, puis elle prend un verre, le tient à bout de bras au-dessus du sol, et le lâche. Comme il ne se passe rien et que Sarah continue de la regarder avec dédain, la confiance de Cordelia s'évanouit.

« Tu devrais le ramasser, dit Sarah en tournant les talons. Quelqu'un pourrait se blesser. »

Plus loin, Franny ricane.

« Toute cette sodomie t'a rendue hargneuse, Cordelia. Tu devrais envisager de passer à autre chose, tu serais peut-être enfin de bonne humeur. »

Je vous ai déjà dit combien j'aimais Franny ?

Cependant, je suis concentré sur Sarah sur scène, dans sa petite robe rouge, en train de marmonner et de triturer ses doigts. Elle semble sur le point de s'évanouir ou de vomir, alors je me lève et me rends à ses côtés.

« Comment ça va ? Ça va être une version 2.0 de Davey ?

– Sans doute. Je ne sais pas à quoi je pensais…

– Tu voulais aider ta sœur. »

Sarah regarde les clients, qui ne l'ont pas encore remarquée, avec de grands yeux sombres alors qu'elle pâlit de plus en plus.

« Je n'y arriverai pas, Henry, chuchote-t-elle.

– Mais si, je réponds en démêlant ses doigts. Je reste avec toi. »

Elle tourne la tête vers moi et je lui fais un clin d'œil. Je prends une chaise ainsi que la guitare qui est appuyée contre le mur du fond, et je vérifie qu'elle est accordée. La salle devient silencieuse et toutes les têtes se tournent vers nous.

Sarah inspire profondément et ferme les yeux, doucement, comme si elle rêvait. Je joue les premières notes de *Hallelujah* et elle se met à chanter. Je suis si fier d'elle que je pourrais gravir une montagne pour le crier au monde entier. La voix de Sarah est claire et envoûtante et toute la salle tombe amoureuse d'elle.

Quand elle parle de se tenir devant Dieu en priant *Hallelujah*, je tombe un peu amoureux d'elle, moi aussi. Lorsqu'elle arrive au couplet qui m'a toujours semblé parler de sexe, Sarah ouvre les yeux, et elle ne regarde que moi. J'ai l'impression que ses superbes yeux perçants capturent mon âme.

Elle referme ensuite les yeux et termine la chanson comme il se doit – d'une voix puissante et confiante et pleine d'émotions.

« Hallelujah, Hallelujah, Hallelujah, Halle…luuu…jah. »

Elle a tout juste refermé la bouche et la dernière note est encore suspendue dans l'air lorsque la salle entière se lève pour l'applaudir.

La soirée ne se termine pas là – loin de là, car lorsque nous rentrons au château, Vanessa a prévu une surprise.

« J'ai pensé que l'émission manquait de fun, alors… j'ai organisé une petite fête. »

Elle nous emmène dans le grand salon, où… bon sang – je trouve Bartholomew Gallaga, Hannibal Lancaster, Sam Berkinshire, et une demi-douzaine de mes amis et camarades de classe.

« Surprise ! Amuse-toi bien, Henry ! »

Emily présente nos invités à la caméra, qui ne cesse jamais de filmer, puis je salue mes amis et leur sers un verre.

Nicholas déteste Lancaster, mais je l'aime bien car il est toujours prêt à faire la fête.

« Espèce de veinard, me dit-il en balayant la pièce du regard. Tu les as toutes baisées, ou tu prends ton temps ? »

Sarah tourne la tête vers nous en entendant Hannibal et elle fronce les sourcils.

Il dégage ses cheveux bruns de ses yeux et se concentre sur Cordelia.

« Ça fait des années que je ne me suis pas tapé une vierge. S'il t'en reste encore, montre-les-moi, tu veux ? »

Je lui frappe l'épaule quand, tout à coup, un vacarme éclate près de la porte… parce que Sam vient de voir Elizabeth.

« Lizzy ? s'écrie-t-il. Qu'est-ce que tu fous ici ?

– Va te faire foutre, Sam ! Je ne te dois aucune explication, espèce d'enfoiré ! »

Je me faufile vers eux à travers la foule.

« Henry ? s'exclame Sam d'un ton accusateur.

– Ce n'est pas ce que tu crois. Je peux tout t'expliquer. »

Toutefois, Elizabeth me devance.

« Attends un peu que l'émission passe à la télé et que tout le monde me voie coucher avec Henry. »

Ce n'est pas vrai, mais elle prend un malin plaisir à voir le regard plein d'agonie de Sam.

« Achète-toi un seau de pop-corn et regarde ça avec ta chère mamie ! siffle-t-elle.

– Tu veux dire que t'aimes pas ma mamie ? demande Sam d'une voix anéantie.

– Je veux dire que je ne t'aime pas, *toi* !

– Je vais t'arracher les couilles ! s'écrie Sam en se tournant vers moi.

– Ce n'est pas ce que tu crois, Sam ! » je réponds en levant les mains.

Puis il se jette sur moi en poussant un rugissement.

SARAH

Henry semble heureux, maintenant. Sam et lui se sont roulés par terre jusqu'à ce que la sécurité les sépare. Sam a juré à Elizabeth que ce qu'elle a trouvé – les capotes et les tickets de caisse – étaient des choses qu'il avait achetées pour elle, pour utiliser avec elle. Ensuite, il a avoué que la culotte… était pour lui.

Je dois dire que je ne m'y attendais pas, à ça.

Apparemment, Elizabeth non plus – elle ne l'a pas cru et elle refuse encore de lui parler.

À présent, Henry est occupé à rire et à plaisanter avec tous les autres invités. Il est au milieu d'un cercle d'hommes et de femmes, en train de raconter les bêtises que lui et ses amis ont faites à l'école. Il est au cœur de l'attention et il s'en délecte, épanoui comme une fleur au soleil.

Les techniciens apportent alors des instruments et Henry saisit sa guitare. Sam sort un harmonica de sa poche, et il semblerait que Simon Barrister, Earl d'Ellington, joue de la batterie. Sa femme, Franny – pétillante et adorable – le regarde avec des yeux pleins d'amour, prête à crier et à l'applaudir comme une adolescente lors d'un concert. Et je comprends pourquoi.

Quand ils commencent à jouer et que Henry se met à chanter *You Don't Know How It Feels* de Tom Petty, dans son jean taille basse et son tee-shirt blanc, les cheveux en bataille, son tatouage en évidence, c'est la chose la plus sexy que j'aie vue de toute ma vie.

Je ne peux rien imaginer de plus excitant. Toutefois, lorsqu'il croise mon regard et me lance un clin d'œil, je découvre que j'avais tort. Je pourrais lui sauter dessus – littéralement. Mes seins rêvent de sentir ses mains sur eux. Mes cuisses se contractent. J'ai envie de lui faire des choses que je ne sais pas décrire, et j'ai les joues rouges rien qu'en y pensant. Je veux qu'il me fasse des choses – qu'il fasse tout ce qu'il veut.

La chanson prend fin et ils en commencent une autre, et je m'oblige à détourner le regard. Je me sens légère, saoule et un peu folle. Je m'évente et me sers un verre que je bois cul sec. Tout ça est dingue – sauvage – mais merveilleux.

La musique me suit tandis que je sors du salon pour me rafraîchir dans le hall et reprendre mes esprits. Moi qui pensais que les héroïnes qui s'évanouissent dans les romans exagéraient… Je comprends leurs réactions, maintenant. Et j'espère qu'avant la fin de cette nuit, je connaîtrai aussi toutes les sensations et les caresses érotiques que j'ai lues dans mes livres.

La salle de musique est à quelques pas du grand salon, et j'entends encore les bruits de la fête. Je promène mon doigt sur le piano noir et je ferme les yeux en imaginant ce qui pourrait se passer ce soir. J'imagine les gémissements satisfaits de Henry, son souffle dans mon oreille, les paroles coquines qui quitteront sa bouche délicieuse et sa voix pleine de désir.

C'est alors que j'entends une voix derrière moi – mais ce n'est pas celle de Henry. C'est un de ses amis – celui qui est vulgaire. Il se tient entre moi et la porte.

Si j'aimerais lui dire de s'en aller, ou le contourner pour sortir, je ne le peux pas car je suis figée. Parce que son regard a quelque chose que je connais bien – que j'ai déjà vu et que j'aurais aimé oublier.

Une cruauté viscérale.

Et ça me paralyse.
« T'as peur ? » demande-t-il en se rapprochant.
Je n'arrive pas à bouger et il sourit lentement.
« C'est bien – ça me plaît. »

15

HENRY

Enfin – voilà ce que j'attendais. La musique est forte, la boisson coule à flots, la pièce est remplie de fumée, de voix, et de rires. Tout le monde s'amuse. Bon sang, ce que ça m'a manqué.

Je resserre les cordes de ma guitare en réfléchissant à ce que nous devrions jouer ensuite. Une chanson des *Black Crowes* ? Des *Lumineers* ? Un caméraman recule contre une table, qui penche d'un côté, faisant tomber la pendule, le vase et les plats en porcelaine par terre, où ils se brisent en mille morceaux.

Instinctivement, je cherche Sarah. Je balaie la pièce du regard une fois, puis une deuxième, plus lentement, mais je ne la vois pas. Mon malaise se propage en moi, comme un murmure, une caresse. Je pose ma guitare et je me lève, tournant sur moi-même, cherchant cette tête brune et cette silhouette que je reconnaîtrais parmi des milliers d'autres.

Elle n'est pas là.

Mon malaise se change en inquiétude. J'ai les mains moites et mon cœur bat plus fort… parce qu'Hannibal n'est pas là non plus.

Hannibal, que mon frère déteste.

Hannibal, que mon frère ne supporte pas de voir regarder sa femme, et encore moins lui parler.

Mon inquiétude se change en angoisse – le genre qui retourne votre estomac et fait se hérisser les poils sur votre nuque. Mon cerveau comprend alors ce qu'il était trop bête pour appréhender jusqu'à maintenant : mon frère ne déteste jamais personne… sans raison.

Je rejoins Penelope et saisis son bras.

« Où est ta sœur ? »

Elle balaie la pièce des yeux.

« Je ne sais pas. »

Sans que je le lui dise, Penny va voir Elizabeth et Sam qui se disputent à voix basse.

« Vous avez vu Sarah ? » demande-t-elle.

Ils secouent tous les deux la tête et je dois serrer les dents pour me retenir de crier.

« Vous avez vu Sarah partir ? je demande à Franny et Simon.

– Je l'ai vue il y a une minute », dit Franny.

Je me tire les cheveux, prêt à péter un plomb, quand Simon met sa main sur mon épaule.

« Elle n'a pas pu aller loin, Henry. »

Ma gorge se noue et ma voix devient rauque.

« Mais… le crash. Elle ne supporte pas les bruits forts.

– On va la trouver, répond-il en hochant la tête.

– Prince Henry…, dit James. Lady Sarah est partie par-là », explique-t-il en désignant la porte qui donne sur le petit couloir et la salle de musique.

Je pourrais le prendre dans mes bras, tant je suis soulagé.

« Je t'adore », je dis en lui frappant le dos.

Lorsque j'arrive dans la salle de musique, mon angoisse est évincée par ma rage – une rage bouillonnante que je n'ai jamais connue auparavant. Sarah est sur le canapé, pâle et sans vie, le regard vide, absente. Et Hannibal Lancaster est à ses côtés, et ses mains sont sur elle – sur ses seins.

Je l'empoigne par sa veste et le jette de l'autre côté de la pièce.

« Ne la touche pas ! »

Je m'agenouille aux côtés de Sarah et tapote sa joue. Elle est si pâle – je ferais n'importe quoi pour la voir rougir.

Je me lève quand Hannibal se rapproche, me tournant vers lui, m'interposant entre lui et Sarah. J'entends les autres arriver dans la pièce, mais je ne quitte pas Lancaster des yeux.

« Qu'est-ce que tu lui as fait ? »

Il hausse les épaules et ajuste le col de sa chemise.

« Rien. Tout à coup elle s'est figée et elle ne répondait plus. Je crois qu'elle a pris quelque chose et qu'elle fait un bad trip.

– Et toi, quand tu vois une fille s'évanouir, ton premier réflexe c'est de la tripoter ?

– Oh, arrête, elle adore ça. Regarde-la, bon sang. C'est probablement la chose la plus excitante qui ne lui soit jamais arrivée. »

J'ai entendu parler de rages folles et de crimes passionnels. Souvent, leurs auteurs ne se souviennent pas de ce qu'ils ont fait. Ils sont confus et leurs souvenirs se mélangent. Or ce n'est pas ce qui m'arrive – car j'ai parfaitement conscience de ce que je vais faire.

Je vais tuer cet enfoiré de mes propres mains et cet abruti ne le voit même pas venir. Je le saisis par le col et je lance mon poing au milieu de son visage, un coup après l'autre. Encore, et encore. Je sens un craquement sous mes phalanges et cela devrait me dégoûter, mais ça ne sert qu'à m'encourager. J'aimerais que ce bruit ne cesse jamais. Toutefois, alors que je recule le coude pour le frapper de nouveau, des bras m'enserrent par-derrière pour m'immobiliser.

« Ça suffit, gronde James dans mon oreille. Vous ne pouvez pas le tuer.

– Lâche-moi ! »

Je lutte contre lui mais il me tient fort. Soudain, une autre voix m'atteint à travers ma rage – une voix ferme et calculée.

« Henry, dit Franny. Ce n'est pas le moment de te venger. »

Ses yeux sont compatissants et je sais qu'elle me comprend. Mais elle me rappelle de quelque chose de plus important.

« Elle a besoin de toi. Maintenant. »

Elle a besoin de moi. Sarah a besoin de moi.

Tout à coup, ma rage se disperse.

« D'accord, je dis à James. D'accord ! »

Il me lâche et je m'agenouille aussitôt aux pieds de Sarah. Penny est avec elle et elle lui tient la main en lui chuchotant des mots doux.

« Sarah, regarde-moi », je dis en posant une main sur sa joue glacée.

Toutefois, elle ne bouge pas. Elle ne cligne même pas des yeux. Il y a du sang sur sa joue et je suis surpris de réaliser qu'il vient de mes phalanges. Il est tellement foncé contre sa peau pâle, comme une tâche sombre que j'ai laissée après le passage de ma main sur sa joue. Soudain, je me rends compte que tous les convives sont autour de nous, que les caméras filment encore, et que tous les regards sont rivés sur Sarah.

Elle détesterait ça.

Je me lève en la prenant dans mes bras et je la blottis contre moi en traversant la foule jusqu'à la porte, où Vanessa se tient, les bras croisés.

« La fête est finie », je gronde en lui passant devant.

Je porte Sarah dans notre chambre.

Notre chambre.

Je suis content qu'elle soit au troisième étage, dans un coin du château, loin de tout et de tout le monde. Sarah est sans vie dans mes bras, comme une marionnette dont on aurait coupé les ficelles.

« Je suis désolé », je chuchote contre son front glacé.

Ses lunettes sont de travers et je les lui enlève. Je m'assois sur le bord du lit, les pieds par terre, et je la berce dans mes bras.

« Je suis désolé. Je suis tellement désolé. »

Et je le suis, plus que je ne l'ai jamais été – ce n'est pas peu dire.

C'est de ma faute. Je l'ai fait venir ici. Sans moi, Sarah n'aurait jamais entendu parler d'Hannibal Lancaster. Elle serait dans son petit appartement, dans sa ville minuscule, avec ses livres et ses amis, entourée par des gens qui l'aiment et qui ne lui feraient jamais, jamais de mal. Elle serait heureuse. Elle serait en sécurité.

« Je suis tellement désolé ».

Soudain, Sarah se réveille en respirant brusquement, agitant les bras, luttant contre une force invisible.

« Tu vas bien, tout va bien, je chuchote sans la lâcher et en caressant ses cheveux. Tu vas bien, c'est moi. Je suis là. Je te tiens. »

Elle arrête de se débattre.

« Henry ?

– Oui, c'est moi, je dis en continuant de la bercer. Tu vas bien. »

Elle me serre contre elle, plus fort, s'accrochant à moi comme si quelque chose essayait de me l'arracher, et elle pleure. Ou plutôt, elle sanglote, si fort que j'en ai le cœur brisé. Je la tiens plus fort en la berçant, appuyant son visage dans le creux de mon cou, essayant de m'enrouler autour d'elle.

« Tout va bien, Sarah.

– J'avais… j'avais tellement peur.

– Je sais, mais je suis là maintenant. Tu es avec moi.

– Je déteste ça, sanglote-t-elle. Je déteste avoir peur tout le temps. Je le déteste. »

Je ne sais pas quoi dire. Je ne peux pas lui dire que ce n'est pas grave, parce que c'est faux. Tout ça n'a rien de normal. Alors je lui donne la seule réponse que je peux lui donner : je lui fais savoir qu'elle n'est pas seule.

« Tu sais, j'ai peur, moi aussi.

– Comment ça ? demande-t-elle en me serrant un peu plus.

– J'ai peur de vouloir être roi, de vouloir faire ce qu'il faut. J'ai peur de penser que j'en suis capable, d'essayer… et d'échouer. J'ai peur de découvrir que je n'ai pas les qualités nécessaires. Je suis mort de trouille à l'idée de décevoir tout le monde et de penser que tous ceux que j'aime souffriront parce que je suis un bon à rien. Alors je n'essaie même pas… parce que j'ai trop peur. »

Je caresse ses cheveux en arrière, comme ma mère le faisait avec moi quand j'étais malade. Les tremblements de Sarah s'apaisent peu à peu et ses larmes se sèchent.

« Je crois en toi, Henry, dit-elle doucement. Je crois que tu peux faire tout ce que tu décides de faire, parce que tu tiens à tous ceux que tu rencontres. Tu seras génial. Je le sais dans mon cœur et dans mon âme. Et je te dirai la vérité – je te le promets – je ne te laisserai pas échouer. »

Le pouvoir de ses paroles est miraculeux. Soudain, j'ai l'impression de mesurer trois mètres et d'être mille fois plus fort. J'ai l'impression d'être un super héros. D'être… un roi.

Je caresse sa joue du revers de la main.

« C'est moi qui suis censé te réconforter, je chuchote.

– C'est ce que t'as fait », répond-elle en souriant.

Je l'embrasse sur le front et je n'envisage pas une seconde de la lâcher. Je recule contre la tête de lit en tenant Sarah dans mes bras, sa tête sur mon épaule, son souffle chaud dans mon cou… jusqu'à ce qu'elle s'endorme.

16

HENRY

« C'est quoi son problème ? »

Les yeux de Penelope s'assombrissent et elle fronce les sourcils – je sais que j'ai choisi les mauvais mots.

« Rien. Elle n'a pas de *problème.*

– Ce n'est pas ce que j'ai voulu dire. »

Je lui passe devant et entre dans le salon de sa suite. Je crois que je n'ai jamais été dans celle-ci. Elle est décorée dans des tons rose et fuchsia – c'est nauséabond. J'ai l'impression d'être dans la maison de Barbie.

Penelope referme la porte et se plante devant moi en resserrant la ceinture de son peignoir.

« Les fugues, je dis, quand elle *s'absente* – elle a dit que c'était une simple particularité. Mais c'est plus que ça, n'est-ce pas ? »

Le visage de Penelope s'adoucit et son regard se remplit de tristesse.

« Oui. »

Mon cœur bat fort dans ma poitrine et je peine à respirer, car si je le savais avant de venir, c'est autre chose d'entendre sa sœur confirmer que quelque chose ne va pas chez Sarah, quelque chose que je ne pourrai peut-être pas réparer, une partie brisée qu'elle ne veut pas me montrer. C'est affreux.

« J'ai vu ça chez des soldats atteints de stress post-traumatique. Ils s'absentent et sont coincés dans un autre lieu, à une autre époque… dans un cauchemar. C'est ce qui lui arrive ? »

Penelope ferme la bouche et ses lèvres se mettent à trembler.

« Oui. »

Mille et une images plus atroces les unes que les autres se précipitent devant mes yeux et je les ferme – mais elles ne disparaissent pas pour autant.

« Qu'est-ce qui lui est arrivé ? je demande d'une voix torturée. S'il te plaît, Penny, il faut que je le sache. »

Elle hoche la tête et me fait signe de m'asseoir. Je lui obéis et je dois obliger mon genou à s'immobiliser, à cesser de tressauter sous l'effet du stress qui m'envahit.

Le feu crépite et sa voix est douce lorsqu'elle parle, comme une nounou qui raconte une histoire à ses enfants. Vous avez déjà remarqué combien les contes de fées étaient tordus ?

« Notre mère était très traditionnelle en ce qui concernait le mariage, elle croyait au *jusqu'à ce que la mort nous sépare*, au mérite d'un trousseau cousu par ses mains, au fait d'être vierge lors de sa nuit de noces… tout. Elle était… innocente. Elle n'avait que dix-huit ans quand elle a épousé notre père. Lui en avait trente-cinq. Je t'ai déjà dit que ses parents, nos grands-parents, étaient des enfoirés sans cœur. Ils étaient contents de se débarrasser d'elle. Après le mariage, il l'a emmenée dans son domaine d'Everly.

Everly est loin de tout. Le village est niché entre une montagne escarpée et l'océan glacial, et la météo y est impitoyable.

Mon tout premier souvenir est celui de ma mère en train de hurler… de le supplier d'arrêter. Il se mettait dans des colères noires sans aucune raison. Et il était sans pitié – sadique. Parfois, tout était calme pendant des semaines, des mois… puis il recommençait. Sarah et moi n'allions pas à l'école – on avait des tuteurs. Il disait que c'était parce que c'était la meilleure éducation, mais je crois qu'il voulait juste garder le contrôle. Les quelques employés de maison que nous avions lui étaient entièrement dévoués – je n'ai jamais su si c'était par loyauté ou par peur. »

Penelope étudie le tapis gris et mauve et son regard se voile tandis qu'elle visualise quelque chose dans sa tête.

« On se cachait dans l'armoire. Sarah avait lu *Le Monde de Narnia* et je crois qu'elle espérait que l'histoire deviendrait vraie et qu'on serait emmenées ailleurs – n'importe où. On se couvrait les oreilles avec les robes de maman, mais ça ne servait à rien, dit-elle en me regardant avec des larmes plein les yeux. On avait beau vivre dans un immense château, on entendait chaque gifle, chaque coup et chaque cri. »

Elle fronce les sourcils en poursuivant.

« J'avais… cinq ans, la première fois que Sarah l'a fait, donc elle devait en avoir à peu près sept.

– Qu'elle a fait quoi ?

– La première fois qu'elle est sortie du placard. »

Ses paroles me font l'effet d'un seau d'eau glacée.

« Elle ne supportait plus ça. J'ai tenu fort sa main et je l'ai suppliée de rester avec moi. Elle m'a dit de rester là – quoi qu'il arrive, quoi que j'entende, explique-t-elle alors que les larmes coulent sur ses joues. Elle est sortie de la chambre et elle a commencé à casser des choses.

– À casser des choses ?

– Oui. Un vase dans le couloir, les assiettes en porcelaine de la salle à manger – une fois, elle a même arraché un miroir immense du mur. Elle cassait tout ce qui ferait du bruit. Pour attirer son attention ailleurs que sur notre mère. Elle allait de pièce en pièce jusqu'à ce que… »

Ce n'est que lorsque Penelope se tait que je me rends compte que je ne respire plus.

« Jusqu'à ce que quoi ? »

Elle plonge son regard dans le mien.

« Jusqu'à ce qu'il l'attrape. »

Mon esprit se vide. Tout y est noir, comme si un épais rideau était tombé et bloquait toutes mes pensées.

« Jusqu'à ce qu'il l'attrape… je… je ne comprends pas.

– Je crois que si. »

Tout l'air se vide brusquement de mes poumons.

« Tu… tu veux dire qu'il lui faisait du mal ? Qu'il… la battait ? *Sarah* ?

– Oui. »

Je ne suis pas bête. J'ai fait des études d'ingénieur et ça m'ennuyait. J'ai fait des études poussées en histoire, en art, en stratégie militaire et en sciences. J'ai un bon vocabulaire. Je comprends le sens des mots.

Mais ça… je ne le comprends pas. Ça n'a aucun sens.

« Mais… comment ? »

Comment quelqu'un pourrait faire du mal à Sarah ? *Ma Sarah* ? Elle est tout ce qu'il y a de bon et de beau et de drôle et d'incroyable dans ce monde. Pourquoi quelqu'un voudrait lui faire du mal ? Comment est-ce possible ?

Penelope renifle en répondant.

« D'habitude, c'était avec ses poings. Parfois avec sa ceinture. Si elle tombait par terre, il lui mettait des coups de pied…

– Stop ! je m'exclame, pris d'une violente nausée. Arrête, bon sang. Stop. »

Le rideau s'est levé et les paroles de Penelope se transforment en images. Toutefois, elles disparaissent quand je prends conscience de quelque chose – quelque chose que je n'avais pas réalisé jusqu'à maintenant.

« Elle boite, je dis à Penelope. C'est à peine visible, mais je l'ai remarqué. Quand elle est fatiguée, elle boite.

– C'était la goutte d'eau, pour mère. Il a cassé la jambe de Sarah. Ils étaient juste devant la porte de la chambre où je me cachais quand c'est arrivé. Le bruit était tellement fort – un bruit sec. Mon Dieu, je l'entends encore. »

Je me suis cassé le bras en tombant mal lors d'un match de rugby. Ça fait un mal de chien et je sais ce qu'elle veut dire en parlant du bruit – il est très distinct. Lorsqu'on l'a entendu, on ne peut jamais l'oublier.

« Il a refusé qu'on parte et que mère emmène Sarah à l'hôpital. Il nous a enfermées à l'étage pendant trois jours, dit Penelope en frissonnant et en sanglotant. Sarah souffrait tellement. Puis, Joseph, le chauffeur qui n'était avec nous que depuis quelques mois, nous a aidées à nous échapper pendant que notre père dormait. Je me souviens qu'il a pris Sarah dans ses bras et qu'il nous a dit : "Par l'escalier de service, la voiture attend. Vite". Le moment le plus terrifiant a été quand on était toutes les trois à l'arrière et que Joseph a dû faire le tour de la voiture pour monter au volant. On était à deux doigts de s'enfuir… je n'arrivais pas à quitter la porte des yeux, attendant que notre père déboule et nous tue. »

Le visage de Penelope est pâle comme la neige. Elle se frotte les yeux et les joues avec des mains tremblantes.

« Mais il n'est pas venu. Joseph nous a emmenées à l'hôpital où ils ont soigné la jambe de Sarah, mais elle n'a jamais guéri comme elle l'aurait dû. Tante Gertrude nous a accueillies, elle a chargé ses avocats de s'occuper du divorce, et ils ont réussi à convaincre notre père que s'il nous approchait, le détail de ce qu'il avait fait ainsi que des photos des bleus de Sarah seraient rendus public. Aux dernières nouvelles, il était en Suisse – et je prie chaque jour pour qu'une avalanche l'engloutisse. »

Un énorme poids écrase ma poitrine et j'ai envie de pleurer. Je n'ai pas pleuré depuis mes dix ans, mais je pourrais, maintenant – pour elle, parce que c'est injuste. Je pourrais tomber à genoux et hurler.

J'ai des envies de meurtres.

C'est cette dernière pensée qui m'aide à me ressaisir. Je me force à respirer lentement, et je me lève pour poser une main sur l'épaule de Penelope.

« Merci de me l'avoir dit. »

Elle m'offre un sourire minuscule mais, alors que je tourne les talons, elle saisit ma main.

« Henry. Tu ne peux pas… tu dois laisser ma sœur tranquille. Tu ne peux pas jouer avec elle. Je sais qu'elle semble forte, et d'une certaine façon elle l'est, mais à l'intérieur… elle est si fragile. Sarah est sincère et gentille et… elle n'est pas comme nous. »

Penelope et moi sommes tous les deux égoïstes et dévergondés. On connaît les règles du jeu et on sait attirer l'attention dont on a besoin pour vivre, l'adoration des autres. Enfin sans rire, regardez dans quel cirque je me suis lancé – sans réfléchir. Sans avoir pensé à mon pays, ni à mes responsabilités, ni même aux sentiments des femmes qui ont choisi de participer. Le but est de faire en sorte qu'elles tombent amoureuses de moi – qu'elles pensent qu'elles ont vraiment une chance de vivre un conte de fées royal sous le regard du monde entier. Tout ça parce que j'avais besoin de me changer les idées.

Si quelques cœurs sont brisés au passage – tant pis.

Car nous sommes ainsi.

Que m'avait dit mon frère, déjà ?

Ah oui – on ne peut pas changer qui on est.

« Effectivement, je réponds à la sœur de Sarah. Elle n'est pas comme nous. »

Mes mains tremblent tandis que je marche dans le long couloir vers le Fabuleux Mur de la Mort. Je décroche d'abord la masse d'arme avec sa chaîne rouillée et son boulet, et je la fais tourner au-dessus de ma tête. Ça fera l'affaire. Vient ensuite la hache de guerre, munie d'une bandoulière en cuir pour être accrochée dans le dos. Ensuite, je prends l'épée au manche incrusté de pierres précieuses. Elle est plus lourde qu'on ne s'y attend. Je tends le bras en m'imaginant planter la lame dans son estomac et regarder ses tripes s'étendre par terre. C'est une façon lente et affreuse de mourir. C'est parfait.

Après avoir précautionneusement choisi quatre autres partenaires mortels, je monte au troisième étage, enveloppé d'un bruit métallique. Lorsque j'entre dans la chambre, Sarah est réveillée et elle est assise sur le canapé. Elle a mis un pyjama et un peignoir blanc, et sa voix est endormie.

« Je me suis réveillée et tu n'étais pas là. »

Elle remarque alors mes bras chargés d'armes.

« Qu'est-ce que tu fais ? »

– Je m'en vais.

– Tu… tu vas où ? demande-t-elle en fronçant les sourcils.

– Je vais trouver ton père, et je vais le tuer. Violemment. Je pensais qu'il serait impoli de ne pas te proposer d'en être témoin. »

17

HENRY

Elle me lance ce regard qui m'est désormais si familier et qui me dit que je ne suis qu'un sombre idiot.

« Henry, tu ne peux pas tuer mon père.

– Oh, mais si, je le peux, je gronde d'une voix grave et ferme. Crois-moi. »

Elle tend le bras pour prendre ma main.

« Penny t'a raconté. »

Je hoche la tête, puis je repense à toutes mes interactions avec Sarah, à toutes mes erreurs et à toutes les fois où j'ai franchi la ligne. Lui ai-je déjà fait peur ? Ai-je déjà été trop brusque avec elle ? Je pense au soir où j'ai déchiré son livre et aux choses que je lui ai dites, et je suis à deux doigts de m'assommer avec la masse d'arme.

« J'aurais dû faire plus attention avec toi. »

Elle lève la tête et ouvre grand les yeux.

« Mais tu *fais* attention. »

Elle prend l'épée et la met de côté. Elle enlève la hache de mon dos et la pose sur la table. Elle me désarme lentement et je la laisse faire. Puis, elle me prend par la main et m'emmène au canapé où nous nous asseyons.

« Je ne pense plus à mon père, Henry.

– Mais c'est faux. À chaque fois que tu t'absentes, c'est à cause de lui. »

Elle se lèche les lèvres et fronce les sourcils en réfléchissant à ce qu'elle va dire.

« Quand tu détestes quelqu'un, cette personne fait partie de ta vie, elle occupe tous les jours une place dans tes pensées. Elle s'octroie ta concentration et, d'une certaine façon, elle te contrôle. Ce qui m'est arrivé est arrivé ; personne ne peut le changer. Mais il n'aura rien d'autre, dit-elle d'une voix plus forte et déterminée. Il n'aura pas une seconde de mon temps, un iota de mon énergie ni un millimètre de mes pensées. Ma vie est la mienne, Henry… et c'est une belle vie. »

Elle regarde nos mains jointes sur ses cuisses.

« Alors tu vois, si tu tues mon père, tout remontera à la surface. Je l'ai mis derrière moi, et j'aimerais qu'il y reste. »

Je porte sa main à ma bouche pour l'embrasser, m'obligeant à être délicat malgré la rage qui bouillonne encore en moi.

« C'est injuste. »

Sarah sourit tristement.

« Ta mère et ton père, qui t'aimaient plus que tout au monde, t'ont été arrachés trop tôt. La vie est injuste, Henry. Pour nous tous. »

Non. Ça ne suffit pas.

« Elle ne devrait pas l'être pour toi », je dis en tenant son visage dans mes mains.

Je me penche pour l'embrasser sur le front, puis je me lève.

« Et si je ne peux pas rétablir la justice, je peux au moins équilibrer la situation. Œil pour œil, dent pour dent. On verra si ça lui plaît que je lui casse une… »

Sarah se lève et m'embrasse. C'est tellement inattendu que je me fige. Sa bouche est douce et sucrée. Le baiser est presque chaste – en tout cas c'est le plus chaste que j'aie connu – or mon cœur bat fort dans ma poitrine, comme un animal en cage.

« Qu'est-ce que tu fais ? je chuchote quand elle recule de quelques centimètres.

– Je te change les idées. »

Elle lève la tête vers moi et, derrière ses lunettes si sérieuses, ses grands yeux marron semblent hésiter.

« Est-ce que ça marche ? »

Je me lèche la lèvre pour la goûter de nouveau.

« Je ne suis pas sûr. Tu devrais continuer, je te tiendrai au courant. »

Elle sourit d'un air soulagé… puis elle passe ses bras autour de mon cou et m'embrasse. Sa bouche s'empare de ma lèvre inférieure, puis de la supérieure. C'est délicieux, je crois qu'aucun baiser n'a jamais été aussi bon. Je pourrais faire ça pendant des jours.

Je pose mes mains sur les hanches de Sarah et l'attire contre moi. Puis, lentement, j'ouvre la bouche. Elle imite mon geste, et mon sang s'embrase lorsque nos langues se touchent. Je plonge la mienne dans sa bouche et elle s'aligne sur mes mouvements. Je prends son visage dans mes mains pour la tenir en place alors que je la dévore. Un superbe gémissement lui échappe et je l'engloutis aussi. Je suis haletant et mon cœur fait tout ce qu'il peut pour rompre la prison qu'est ma cage thoracique.

Toutefois, je ferme les yeux et m'oblige à arrêter, pantelant contre le cou de Sarah.

« Sarah, peut-être qu'on ne devrait pas. Peut-être qu'on devrait juste…

– J'en ai assez d'avoir peur, Henry. J'en ai assez d'être vivante… sans vraiment vivre. C'est ce que je veux – depuis longtemps. Ce que je veux, c'est… *toi*. Est-ce que… tu me veux aussi ? demande-t-elle d'une voix hésitante.

– Oui, plus que tout », je réponds en empoignant ses bras.

Sarah prend alors mes mains, les lève, et les pose à plat sur ses seins doux, fermes et parfaits.

« Montre-moi. »

Sous son peignoir, son pyjama est fin comme du papier de soie. Je promène mes pouces sur ses tétons et les sens durcir. J'ai envie de les sucer jusqu'à ce qu'elle perde la tête. J'ai envie de lécher chaque centimètre de son corps et la regarder rougir de désir. Je veux sentir ses mains empoigner mes fesses et ses ongles griffer mon dos.

Je connais des centaines de gestes excitants et coquins, et j'ai envie de tous les lui apprendre.

Je prends Sarah dans mes bras et la soulève. Je gémis et m'empare de nouveau de sa bouche. Elle pose ses mains sur mes joues tandis que je la porte vers le lit. Toutefois, je n'y parviens pas sans m'arrêter pour la plaquer contre un mur, soulevant une jambe d'une main pour qu'elle entoure ma taille et que je puisse me frotter contre elle.

Toutefois, et c'est très étrange, me voilà plaqué contre Sarah, dur comme fer, chaud comme la braise, et je ne peux m'empêcher de penser… à mon frère. Je ne le comprenais pas avant – je ne comprenais pas comment il avait pu se tenir face aux caméras, ce jour-là, et chambouler nos vies pour toujours. Comment il avait pu tout abandonner. Mais je comprends, maintenant, car j'abandonnerais ma couronne pour elle. Je céderais mon nom et mon titre, mon pays et mon droit de naissance, je tuerais et volerais et mentirais pour ça. Pour elle.

Un rire m'échappe lorsque je pense à ma bêtise. J'ai ouvert les yeux, à présent, et rien ne sera plus jamais comme avant.

Sarah recule lorsqu'elle me sent rire.

« Qu'est-ce qu'il y a ? Je fais quelque chose qu'il ne faut pas ? »

Je caresse sa joue et coiffe ses cheveux en arrière.

« Non, t'es parfaite. C'est absolument parfait. »

Nicholas avait raison. Il faudra que je le lui dise, un de ces quatre. *L'amour est plus fort.*

Nous arrivons au lit et tombons dessus. Mes mains se promènent partout, soulevant son débardeur, tirant sur son pantalon, embrassant sa peau chaude dès qu'elle est découverte. Sarah gémit et s'attaque à mes vêtements, merveilleuse et sauvage, sans timidité et sans la moindre trace d'innocence. Elle lève les bras et son débardeur disparaît.

Mon Dieu, ses seins sont parfaits, avec des tétons rose foncé qui me supplient de m'occuper d'eux – et je suis ravi de leur céder. Je dépose une série de baisers sur le cou de Sarah et descends dans son décolleté, et elle enfouit ses mains dans mes cheveux pour les tirer. Lorsque je referme ma bouche sur une pointe dressée, elle pousse un cri aigu. Je taquine le bourgeon tout dur du bout de la langue et le suce jusqu'à ce que Sarah soulève son bassin, cherchant plus de frictions. C'est confus et désespéré et brutal… et on semble incapable de ralentir.

Elle me pousse pour nous faire rouler et me chevaucher. Elle agit par instinct, se positionnant sur mon sexe avant d'avancer et reculer son bassin. Elle enlève mon tee-shirt et explore mon torse avec ses mains et sa bouche. Sa langue inspecte mes abdos, qu'elle semble apprécier tout particulièrement.

J'ai envie de prendre mon temps, d'apprendre par cœur tous ses grains de beauté et toutes ses taches de rousseur… mais je dois d'abord la faire jouir. Mon désir est comme un train lancé à toute vitesse et qu'on ne peut plus arrêter.

Je nous fais rouler de nouveau pour passer dessus et je me dresse sur les genoux pour admirer la vue – Sarah est sur le dos, jambes écartées, le regard étincelant de désir. Je ne la quitte pas des yeux en déboutonnant mon jean et elle baisse la tête lorsque je l'enlève. Toutefois, je garde mon boxer car il y aurait une trop grande tentation si je l'enlevais et, aussi excitée soit elle, je ne pense pas qu'elle soit prête à aller aussi loin. Elle tend le bras pour poser sa main sur mon érection, et je lève les yeux au ciel. J'avance mon bassin contre sa main et la sensation est délicieuse.

Je glisse son pantalon le long de ses jambes fermes et je le jette par-dessus mon épaule. Sarah est sous moi, vêtue d'une simple culotte en coton blanc… et rien d'autre. Je ne la quitte pas des yeux en m'allongeant sur elle et en écartant davantage ses cuisses. J'aligne mon sexe contre le sien et je sens combien elle est chaude et mouillée sous le coton.

« Henry… gémit-elle lorsque je frotte mon pénis contre son clitoris. Henry… »

Je n'ai jamais rien entendu d'aussi beau. Je recule le bassin et l'avance aussitôt, et elle penche la tête sur le côté.

« Comme ça ? » je demande d'une voix rauque.

Sarah hoche la tête en empoignant mes bras. Elle soulève ses hanches pour rencontrer les miennes et je baisse la tête pour l'embrasser sauvagement, m'emparant de sa bouche alors qu'elle me fait sien.

« Henry, Henry, Henry », chante-t-elle contre mes lèvres, en rythme avec mes allers-retours.

La pression est parfaite et mon plaisir remonte dans mon dos avant de se précipiter dans mes orteils et de se loger dans mes testicules.

Sarah crie lorsqu'elle jouit en se cambrant. Elle soulève son bassin une dernière fois en se contractant. J'accélère mes va-et-vient et je jouis avec elle, éjaculant si fort que j'en perds la tête.

Plus tard, nous nous caressons et nous embrassons en riant, en sueur et collants, trop heureux pour bouger.

Lorsque j'ai été chercher un gant de toilette et que je nous ai nettoyés, je suis de nouveau allongé sur le dos et Sarah est blottie contre moi.

« Il faut qu'on parle. »

Elle tourne la tête vers moi sans ouvrir les yeux.

« Parler n'est pas mon point fort, tu sais. »

Je promène mon doigt le long de son nez.

« C'est faux. Tu t'améliores. »

Mon instinct me dit qu'avec Sarah, mieux vaut être direct et rester simple.

« Je t'aime bien », je chuchote en l'embrassant sur le bout du nez et sur le front. Je t'apprécie beaucoup. »

Elle caresse ma joue, mon cou puis mon épaule.

« Moi aussi. Beaucoup. »

J'ai couché avec des centaines de femmes, dont certaines auxquelles je tenais. Or ce moment est un des plus intimes de ma vie.

« Je veux t'emmener partout avec moi. Je veux tout te montrer. Maintenant que je sais ce qui se cache sous tes vêtements, je poursuis en caressant ses seins et en lui arrachant un gémissement, tu peux porter autant de noir que tu veux et je ne me moquerai plus jamais de toi. »

Elle sourit et je me sens invincible.

« J'aime quand tu te moques de moi », dit-elle.

Je mordille sa lèvre et son menton.

« T'as déjà vu la bibliothèque du palais ?

– Non.

– Tu vas adorer. Il y a deux étages, et plus de livres que tu ne peux en lire au cours d'une vie. Et je veux que tu rencontres ma grand-mère.

– D'accord, Henry.

– Je veux t'acheter des choses. Tout. »

Je veux la couvrir de bijoux, de soie précieuse… et de couronnes.

« Je n'ai besoin de rien. »

Je l'attire contre moi et appuie mon érection contre son bassin.

« Et ça me donne encore plus envie de te gâter. »

Elle lève la main pour jouer avec mes cheveux. Elle n'a encore rien dit, or je sens déjà ce mot essayer de s'immiscer entre nous, de nous séparer.

« Mais… »

Mais l'émission – cette fichue émission dont je me fous et dont je me suis toujours foutu. *Mais* l'équipe qui remplit le château en ce moment même et les contrats que j'ai signés. *Mais* les autres femmes – y compris sa propre sœur – que je suis encore censé draguer pendant deux semaines.

Bon sang. Je pense à toutes les fois que mamie m'a fait la leçon à propos de mes responsabilités, à propos de mes devoirs et de mon honneur et de l'importance de ne pas rompre ses engagements.

Cette situation est vraiment merdique. Toutefois, j'ai envie de faire ce qu'il faut. Je ne veux plus être cet idiot qui baisse les bras et trouve des excuses pour tout et fout tout en l'air. L'honneur a une autre signification pour moi à présent, car Sarah mérite un homme bon et honorable – stable, fiable et sincère.

Et je veux être cet homme pour elle.

« Mais je me suis engagé pour encore deux semaines de tournage. J'ai donné ma parole, et je représente la maison Pembrook.

– Ce n'est pas rien, dit-elle en hochant la tête.

– Je ne veux pas continuer l'émission, j'ajoute en la regardant dans les yeux. Tu le sais, non ? »

Sarah soupire et son visage est si ouvert, si confiant, que cela m'émeut.

« Je le sais, oui.

– Si je le pouvais, je resterais ici, dans ce lit, avec toi. Tu le crois ?

– Oui. Mais tu ne peux pas.

– Non. Je ne peux pas. »

Quel désastre. Et tout est de ma faute.

« Les autres femmes, Henry… tu ne les toucheras pas ? Pas comme moi, dit-elle en se crispant. Je ne le supporterai pas.

– Non, bien sûr que non. Je les regarderai à peine, je te le promets. Toutes mes caresses – mes mains, mes lèvres, ma queue – elles t'appartiennent toutes, maintenant, ma belle Sarah.

– C'est bon à savoir », dit-elle en souriant.

Mais son sourire n'est que de courte durée.

« Tu les as déjà touchées ? Comme ça ? »

Je glousse en prenant conscience de la jalousie qui s'est si rapidement emparée d'elle.

« Non. Je suis pratiquement un moine. Il semblerait que depuis le début, le destin ait tout fait pour que l'on finisse ainsi.

– Tant mieux. »

Je veux m'assurer que nous sommes d'accord, pour qu'il n'y ait aucun malentendu, alors je me répète.

« Je vais faire ce qu'il faut, obéir au réalisateur, et honorer mon engagement pendant les deux prochaines semaines. Mais nous aurons notre bulle, ici dans cette chambre – nous serons ensemble. D'accord ? »

Elle hoche la tête et je me retiens de soupirer de soulagement.

« D'accord. »

Maintenant que c'est réglé, je baisse la tête pour l'embrasser, caressant sa langue avec la mienne, et elle me répond avec une fougue et une sincérité exquises. Ma bouche remonte sur sa mâchoire jusqu'à son oreille et elle frissonne contre moi.

« Je veux te refaire jouir, Sarah.

– Oui, s'il te plaît.

– Mon Dieu que t'es polie ! » je réponds en riant.

Puis nous ne parlons plus – nous ne sommes plus que gémissements et souffles rauques et haletants jusqu'à ce que plus tard, bien plus tard, épuisés, nous nous endormions tous les deux.

18

HENRY

Le lendemain matin, au réveil, mon nez est blotti contre une peau parfumée et des cheveux chatouillent mon visage. J'embrasse Sarah sur l'épaule, mais elle répond par un gémissement endormi. Pauvre petite créature adorable qui a veillé très tard hier soir et à qui j'ai fait faire des choses très vilaines. Je ne peux pas m'empêcher de sourire en y repensant.

Je sors du lit, me douche et m'habille. Le tournage se déroule à l'extérieur aujourd'hui – Laura et moi allons passer la journée en randonnée. Avant de partir, je m'agenouille près du lit et caresse les cheveux de Sarah, puis son bras, jusqu'à ce qu'elle ouvre enfin les yeux.

« Henry ? Il est quelle heure ?

– Très tôt, tu peux te rendormir. Je ne voulais pas partir sans te dire au revoir. Comment tu te sens, ma belle ? »

Je n'ai jamais été avec une vierge, et si hier soir n'était pas la grande première fois pour Sarah, il y a eu beaucoup de petites premières. Comme je suis plus expérimenté, je veux m'assurer qu'elle va bien.

Elle s'étire et le drap tombe, révélant son cou élégant et ses seins parfaits – j'en ai l'eau à la bouche et j'oublie de respirer.

« Je me sens… épuisée, dit-elle en souriant d'un air coquin. Et excitée. Je crois que vous avez créé un monstre, Votre Altesse. »

Je laisse tomber ma tête sur le matelas. Pourquoi je quitte cette chambre, déjà ? Ah oui, parce que je suis un imbécile.

Je l'embrasse rapidement sur la joue en souriant.

« Ne bouge pas de là. On reprendra ici quand je rentre ce soir. »

SARAH

Ma journée est merveilleusement reposante. Après que Henry est parti, je me rendors et ne me réveille qu'à midi. Penny vient me voir pour s'assurer que je vais bien après ce qu'il s'est passé hier soir, et elle m'explique que Lancaster a été mis dehors après que Henry lui a cassé la figure. En général, je n'aime pas la violence, mais dans ce cas je suis prête à faire une exception. Penelope me dit aussi qu'Elizabeth est parti avec Sam ce matin. Elle voulait rester et continuer le tournage, pour ne pas gâcher l'émission, mais Sam l'en a empêchée.

« Je suis contente pour eux », dit Penelope, et je partage son avis.

Lorsqu'elle part, je me douche, m'habille, et mange un morceau, puis je retourne dans ma chambre. Je me blottis dans la niche et je lis, appuyant mon front contre la vitre froide, mais je ne peux rester concentrée sur l'histoire et je ne cesse de penser à ce que Henry et moi avons fait hier soir.

Je comprends, maintenant, pourquoi tout le monde en fait tout un plat.

Je ne suis pas née de la dernière pluie. Je sais ce qu'est un orgasme, et j'ai été très contente de m'en procurer moi-même pendant toutes ces années. Mais le fait que Henry soit celui qui me les donne… *waouh.*

Il est audacieux et confiant ; je crois que c'est ce que je préfère. Il sait quoi faire, comment me toucher et se toucher. C'est beau et excitant. Et puis, j'aime qu'on ait parlé, après, pour mettre les choses au clair. Cela rendra les choses plus simples. Il est le prince héritier et la star de l'émission ; je ne peux pas m'attendre à ce qu'il la quitte comme Elizabeth. Je dois me montrer compréhensive. Et je le suis. Vraiment.

Après tout, ce ne sont que deux semaines – je ne vais même pas les voir passer.

Il est dix-huit heures passées et il fait nuit quand la porte de la chambre s'ouvre. Henry s'appuie à l'embrasure de la porte et me regarde. Son regard brille d'une lueur sauvage et menaçante. Tout son être est crispé et tendu – sa mâchoire, ses épaules, ses poings fermés. Un frisson parcourt ma peau et mes poils se dressent lorsqu'il vient vers moi, comme un jaguar – gracieux et puissant. Il saisit le col de son tee-shirt et l'enlève sans s'arrêter, révélant les muscles bandés de ses bras et de ventre. Son jogging est bas sur ses hanches et je vois la petite ligne de poils blonds qui disparaissent dans son boxer. Soudain, je m'imagine frotter ma nuque contre ces poils. Est-ce qu'ils seront doux ? Rêches ? Est-ce que Henry gémirait si je soufflais dessus, ou empoignerait-il mes cheveux pour guider ma bouche vers des endroits plus intéressants ?

Quand il atteint le lit, il saisit ma cheville et m'attire au bord.

« J'ai pensé à ça toute la journée. »

Ce n'est que lorsque j'essaie de parler que je réalise que je ne respirais plus.

« À quoi ? »

L'homme qui sera un jour mon roi s'agenouille devant moi.

« À te goûter. Je vais te lécher jusqu'à ce que ma langue n'ait plus de forces. Tu y vois un inconvénient ? »

Mon Dieu…

Un délicieux sourire en coin se dessine sur ses lèvres.

« Tu restes sans voix ma belle ? J'ai dit quelque chose qu'il ne fallait pas ? »

Sa main remonte sous ma jupe pour empoigner ma culotte et l'enlever. Ses gestes sont confiants. Puis il regarde le sous-vêtement en soie beige dans sa main et me regarde d'un air curieux.

« Comment tu fais pour que quelque chose d'aussi simple soit aussi excitant ? »

Il enfouit son visage dans ma culotte et inhale en fermant les yeux.

Oh mon Dieu…

Il n'enlève pas ma jupe mais il la remonte sur ma taille, m'exposant à l'air frais et à son regard de braise. Mon cœur bat la chamade.

Henry embrasse ma cheville, puis la peau sous mon genou.

« J'ai besoin que tu répondes, ma belle Sarah. Veux-tu que je te lèche ?

– Oui, je chuchote, si bas que je m'entends à peine.

– Dis-le. Dis : "Mets ta bouche sur moi, Henry. Goûte-moi, embrasse-moi, baise-moi avec ta langue". »

Je vais mourir. Il va me tuer avec ses mots.

« Oui, je dis en faisant appel à tout mon self-control. Goûte-moi, Henry. Baise-moi avec… »

Je ne finis pas ma phrase car il se jette sur moi en poussant un grognement, et me suce et me lèche comme s'il était affamé. C'est incroyable – divin. Ma peau est électrifiée et un plaisir chaud et pulsant parcourt mes veines. Je repose ma tête sur le lit car je ne peux plus la tenir en l'air, et j'écarte davantage les jambes. J'ai envie de lui, de ça – je le laisserai faire tout ce qu'il veut du moment qu'il n'arrête plus jamais de me toucher.

« C'est tellement bon… Henry… »

Il empoigne mes fesses pour les ramener contre sa bouche. Je sens ses dents contre mes lèvres douces, sa langue qui me lape de bas en haut et dessine des cercles sans fin autour de mon clitoris.

Puis il se déplace et mordille la peau tendre en haut de ma cuisse.

« Donne-moi tes mains », chuchote-t-il.

Je les lui tends et il les place entre mes cuisses pour me tenir ouverte à lui, révélant ma chair la plus sensible.

« Reste comme ça, grogne Henry. Putain, regarde-moi ça. Quelle jolie chatte toute rose et étroite. »

MonDieumonDieumonDieuu…

« T'aimes que je te parle comme ça hein ? Ça te fait mouiller ?

– C'est tellement… sale, je susurre sans la moindre honte.

– C'est pour ça que c'est génial, répond-il en suçant mon clito et en m'arrachant un gémissement. Parce que toi, t'es mignonne. »

Il lève alors la tête vers moi.

« Maintenant, Sarah… regarde. »

Lentement, il me lèche de haut en bas. Au deuxième aller-retour, il s'arrête sur ma fente et plonge en moi, rapidement, brusquement, me baisant comme il l'a dit… avec sa langue. Je gémis et il grogne. Je sens monter en moi l'intensité – le plaisir. J'essaie de continuer de regarder, parce que c'est ce qu'il veut, mais c'est trop. Mes jambes tremblent sur son dos et mes cuisses se contractent. Je me cambre et me mets à le supplier.

« Si te plaît, je t'en supplie, s'il te plaît… »

Je suis si près du précipice.

Sa langue laisse place à ses longs doigts épais, et quand sa bouche se referme sur mon clitoris, délicatement, mes muscles verrouillent ses doigts en moi et je m'envole en criant alors qu'un plaisir ardent déferle dans mes veines.

Au bout d'un moment, quand mon orgasme se dissipe, Henry remonte vers ma bouche en déposant des baisers sur son passage et il s'empare de mes lèvres d'une façon dominante et possessive.

Et oui, je sens mon goût sur sa bouche – comme on le lit dans les livres. Toutefois, je n'ai pas honte et je ne suis pas dégoûtée, au contraire. C'est excitant, érotique, et parfait, parce qu'avec Henry, tout est parfait. Je ressens une tendresse infinie envers lui. Je passe mes mains sur sa nuque et dans son dos et m'accroche à lui.

« C'était… parfait », je dis.

Il enfouit son visage dans mon cou et rit chaudement.

« Ça… ce n'était que le début. »

Il recule juste assez pour enlever mon débardeur et baisser ma jupe, puis il roule sur le dos en m'emportant avec lui pour que je chevauche son torse. Je devrais être gênée – après tout, je suis pratiquement assise sur son visage. Il me fait justement signe de remonter vers sa bouche et il semble alors plus jeune, sans souci, et merveilleusement heureux.

« Tiens-toi à la tête de lit et donne-moi ton joli minou. »

Je ne peux m'empêcher de rire car, qui dit ce genre de chose ?

« T'es sûr ?

– Ma langue est loin d'être fatiguée. Et j'ai encore envie de toi, Sarah. »

Il est si à l'aise, si sûr de lui et bien dans sa peau que cela déteint sur moi. Je me sens belle et audacieuse – courageuse. J'ai l'impression de pouvoir faire n'importe quoi, dire n'importe quoi, être n'importe quoi.

Mais pour le moment, je veux seulement être sienne. Alors je remonte sur son torse et obéis à l'ordre de mon prince.

HENRY

Au lycée, mes amis et moi avions inventé un jeu à boire que nous avions intitulé « Comment j'aimerais mourir ». L'idée était de trouver les plus belles et les plus spectaculaires façons de mourir – comme se noyer dans un tonneau de bière ou faire exploser le laboratoire de chimie pour le bien-être des étudiants du monde entier. Je viens de découvrir la plus sublime des manières de mourir : pendant que Sarah Titebottum est assise sur mon visage.

C'est ainsi que j'aimerais rendre mon dernier souffle.

Sa chatte est parfaite. Elle sent la rose et elle a un goût de soleil. Elle a joui trois fois en une heure et demie, et je crois que j'ai une entorse à la langue. Mais ça en vaut la peine.

Sarah soupire, satisfaite, en se blottissant contre moi, les yeux fermés.

Je regarde le plafond et j'essaie de ne pas penser à mon érection infernale ni à mes testicules gonflés. Je bande tellement que je ne serais pas surpris que ma queue explose – et j'ai mal rien que d'y penser.

« Henry ? dit Sarah d'une voix douce en caressant mon torse.

– Hmm ?

– Je veux te rendre la pareille. »

J'ouvre grand les yeux et je bande encore plus, ce que je pensais impossible. Je dois être sûr de ce qu'elle dit car je suis trop fragile pour supporter de faux espoirs.

« Comment ça ? »

Elle se redresse sur un coude et me regarde droit dans les yeux – avec une audace que je crois n'avoir jamais vue chez elle et qui la rend encore plus sexy.

« Je veux mettre ma bouche sur toi », dit-elle en regardant mon boxer.

J'ai fait exprès de le garder pour ne pas me laisser emporter. C'est une chose que Sarah soit nue – mais ce serait trop dangereux qu'on le soit tous les deux, l'un contre l'autre.

Je devrais lui demander si elle est sûre et lui dire qu'elle n'est pas obligée de le faire. Mais ce n'est pas ce que je réponds.

« Putain, oui, s'il te plaît. »

Elle glousse, puis elle baisse la tête pour déposer de petits baisers légers sur mon épaule, taquiner mon téton du bout de sa langue et m'arracher un gémissement.

« Je me sens ivre, Henry. Sauvage. Et je veux que tu prennes autant de plaisir que tu m'en as donné. Je veux faire ça pour toi. »

Je m'assois et l'attire vers moi pour l'embrasser.

« C'est déjà le cas, Sarah. Bon sang, tout ce que tu fais est incroyable. »

Elle descend encore et mon souffle accélère. Elle lèche mes abdos, dessine un cercle autour de mon nombril, et j'empoigne les draps pour me retenir d'empoigner sa tête et baiser sa bouche. Quand sa langue chaude et humide plonge sous mon boxer, je manque d'éjaculer sur-le-champ.

Il me faut une distraction, alors je pose des questions idiotes auxquelles je connais déjà les réponses.

« T'as déjà fait ça ?

– Non », répond-elle en gloussant.

J'adore l'entendre à voix haute – savoir que je suis son premier. Son seul. Je me sens glouton et possessif – elle est à moi, toute à moi. Si elle pouvait lire dans mes pensées, elle me trouverait sans doute sexiste ou misogyne, mais je m'en fiche. C'est génial, même si ça fait de moi un porc.

« Mais j'ai déjà lu des descriptions. Dans les livres, certaines scènes d'amour sont parfois… très détaillées. »

Quand elle tire sur mon boxer, je soulève le bassin pour l'aider à l'enlever et à libérer ma verge.

« Détaillées comment ? » je demande pour ne pas perdre la tête.

Elle s'installe à plat ventre, appuyée sur ses coudes, ajuste ses lunettes, et regarde ma queue comme s'il lui fallait la décrypter. Mon sexe n'en est que plus ravi et il durcit de plus belle en tressautant. Sarah l'empoigne à la base et rapproche sa bouche – assez pour que je sente son souffle chaud sur moi.

« Eh bien, les livres disent que ça c'est la partie la plus sensible, surtout la petite crête, ici. »

Sa langue tournoie autour de mon gland, puis elle lèche l'endroit en question.

« C'est vrai », je gémis.

Elle dépose des baisers le long de ma verge, de bas en haut et de haut en bas.

« Et ils parlent toujours de masser les testicules, disant que ça décuple le plaisir. Est-ce que je devrais mettre cette théorie à l'épreuve ? »

Je ne parviens qu'à hocher la tête, et je gémis quand elle prend mes bourses dans sa main, déclenchant une vague de plaisir électrique qui parcourt tout mon corps et fait crépiter toutes mes terminaisons nerveuses.

« Ils l'appellent comment, au fait ? Je ne vois pas Jane Austen écrire le mot “bite” ».

Je ne sais pas pourquoi je me pose cette question. Peut-être que je veux seulement entendre Sarah le dire.

« Ça dépend des livres », dit-elle.

Elle me lèche de la base jusqu'au sommet du gland avant de tourner autour, puis elle redescend et recommence.

« Ce n'est pas le cas d'Austen, mais certains livres appellent une bite une bite. »

C'est tellement bon.

« D'autres appellent ça une épée… dont la femme est le fourreau.

– Ça semble douloureux. »

Elle glousse et prend mon gland dans sa bouche chaude. Elle se retire, et me caresse lentement.

« Et ça, dit-elle en étalant le liquide pré-séminal, c'est parfois décrit comme une “perle de désir”, et ils disent toujours que c'est sucré ou salé, ajoute-t-elle avant de goûter. Mmm… c'est un peu salé. »

Doux Jésus.

« Prends-moi dans ta bouche, Sarah. Jusqu'au fond. Suce-moi fort. Et vite. Maintenant. »

C'est donc ce qu'elle fait. Elle m'enveloppe dans sa petite bouche chaude et me suce et me lape – prenant dans sa main ce qu'elle ne peut pas avaler, me branlant rapidement.

« C'est bon. C'est tellement bon, ma belle. »

Lentement, je tiens sa nuque dans ma main pour la maintenir en place, et je m'enfouis en elle, entre ses lèvres charnues.

« Putain… putain… »

Quand mon orgasme surgit, intense et rapide, je me retire de la bouche de Sarah. Je couvre sa main avec la mienne pour lui montrer comment me branler lentement et resserrer le poing. Je pousse un grognement guttural et me déverse sur la main de Sarah et sur mon ventre.

Quand je le peux enfin, je lui fais signe de s'approcher, et je l'embrasse tendrement.

Elle recule la tête et sourit fièrement.

« Je trouve les pipes géniales. »

Ce serait adorable… si ce n'était pas si sexy.

« Tu ne peux pas savoir combien ça me fait plaisir de te l'entendre dire. »

Elle trempe son doigt dans le sperme qui recouvre mon ventre et elle le frotte entre son index et son pouce – ça me fait penser à tous les endroits où je veux jouir sur elle.

« La prochaine fois, j'aimerais essayer de t'avaler, Henry. »

La prochaine fois, elle va sans doute me tuer.

Voilà encore une autre merveilleuse façon de mourir.

19

SARAH

Ma relation avec Henry se déroule à merveille… pendant trois jours. C'est à ce moment-là que je commets une erreur fatale : je sors de ma chambre pendant qu'il tourne avec d'autres femmes, y compris ma sœur.

Cela commence dans la salle à manger, où Henry prend son petit déjeuner avec les trois dernières participantes – Penny, Laura et Cordelia. Henry est d'humeur phénoménale, tout sourire, et j'ai un goût amer dans la gorge en me disant que c'est avec moi qu'il devrait plaisanter – et moi seule.

La partie rationnelle de mon cerveau me rappelle que nous en avons discuté. Il m'a demandé si je le croyais lorsqu'il me disait qu'il ne voulait pas continuer le tournage, et j'ai répondu que oui. Alors pourquoi je doute de sa sincérité ? Pourquoi je me demande s'il n'aime pas que trois superbes femmes se battent pour lui durant la journée alors qu'une autre l'attend au lit le soir ?

En tout cas, ça ne semble pas lui déplaire.

Laura ferme les yeux en goûtant l'omelette que le chef a préparée.

« Henry, il faut que tu goûtes ça, c'est divin ! »

Ce sont des œufs, bon sang.

Elle prend de l'omelette sur sa fourchette… et elle la propose à Henry.

Je craque. Je dois partir. Je ne reste pas voir s'il mange son omelette. Je suis sur le point de partir, les poings fermés, lorsque Henry croise mon regard. Quoi qu'il y voie, cela lui ôte son sourire. Toutefois, il ne me suit pas. Il poursuit le tournage et termine son petit déjeuner.

À midi, la situation va de mal en pis. Ils filment dehors, dans les jardins du château. Le vent est froid, mais le soleil est chaud. Henry se balade avec Cordelia et son affreux petit chien, Walter, dont il tient la laisse en discutant et en souriant, comme le couple parfait.

Il ne tient pas sa main et ne la prend pas par la taille. Il garde toujours Walter entre eux, comme un tampon baveux, de sorte que quand Cordelia se penche pour l'embrasser, il peut facilement se tourner pour ramasser la balle et jouer avec le chien.

Je vois tout cela. Cependant, ça n'empêche pas l'affreux sentiment qui s'empare de moi quand je les vois ensemble. C'est un déchirement, comme si mon âme essayait d'échapper à mon corps, comme si mon cœur et mes poumons étaient écrasés par une main invisible.

Après sa promenade avec Cordelia, Henry vient me voir dans la cour, les sourcils froncés, la mine inquiète. Il pose une main sur mon bras et aussitôt, des papillons surgissent dans mon ventre.

« Qu'est-ce qui ne va pas ? » demande-t-il.

J'ouvre la bouche pour répondre mais il m'interrompt.

« Et ne dis pas "rien", parce que je sais qu'il y a quelque chose. Tu me regardes comme si tu étais sur le point de fondre en larmes ou de me mettre un coup de pied dans les couilles et que tu ne savais pas par quoi commencer. »

Je ricane, parce qu'il a lu dans mes pensées.

« C'est le tournage, n'est-ce pas ? demande-t-il en désignant les caméras. C'est ça qui te gêne. »

Je ne lui ai pas encore menti et je ne vais pas commencer maintenant.

« Oui. »

Henry hoche la tête et son visage se crispe. Toutefois, avant qu'il ait pu dire quoi que ce soit, Penelope arrive, vêtue d'un jean trois-quarts et d'un débardeur marron, et prend le bras de Henry sans se douter qu'elle interrompt une conversation importante.

« Viens, Henry ! C'est notre tour dans la cuisine. Ils nous font faire un fondant au chocolat ! J'adore ça mais je n'en ai jamais fait… ça va être un désastre fabuleux ! »

C'est alors que ma sœur nous regarde, tour à tour, d'un air inquiet.

« Que se passe-t-il ? Qu'est-ce qui ne va pas ? »

C'est ma sœur, bon sang – je devrais pouvoir regarder Henry avec ma petite sœur adorée, non ?

Je secoue la tête et regarde Henry dans les yeux.

« Je suis bête. Ce n'est rien, ne t'en fais pas. »

Il hésite.

« Sans rire, Henry. C'est rien.

– Qu'est-ce qui n'est rien ? demande Penny. Qu'est-ce qu'il y a, tous les deux ? »

Je vois le moment où Henry décide d'aller de l'avant. Il sourit et sa voix change pour adopter un ton enthousiaste – il n'y a que moi qui entends qu'il se force.

« Rien, ce n'est rien, Pen. Sarah voulait explorer les catacombes du château, mais elle a trop peur d'y aller seule.

– Oooh, ça fait trop peur ! Henry n'a qu'à t'y emmener après qu'on a fini de filmer, mais ne compte pas sur moi ! Si j'y vais, je ne pourrai plus jamais dormir dans ce château ! Allez viens, dit-elle en tirant Henry par le bras, on nous attend. Et tu dois te changer. »

Il la laisse la tirer et me regarde par-dessus son épaule.

Il s'avère que regarder Henry avec ma sœur aggrave la situation au lieu de l'améliorer. Quand elle souffle du sucre glace sur lui d'un air affectueux, j'ai envie de vomir, quand elle lui tend la cuillère en bois pour qu'il goûte le chocolat fondu, je manque de m'évanouir, et quand elle essuie sa joue avec un chiffon, un geste pourtant parfaitement platonique, je comprends que j'ai atteint ma limite. Je ne peux plus regarder ça – je n'en ai pas envie.

Plus que ça, je ne peux pas me cacher dans ma chambre en sachant que des scènes comme celles-ci – et pire encore – se déroulent en dehors.

Je sens son regard me suivre tandis que je tourne les talons pour regagner ma chambre. *Notre* chambre au troisième étage du château.

HENRY

Deux heures plus tard, je trouve Sarah dans notre chambre, en train de faire sa valise en écoutant *Hallelujah* sur son téléphone. Je la regarde ranger lentement ses affaires et vois ses livres rangés dans sa vieille sacoche.

Elle croit vraiment qu'elle peut partir comme ça ? Elle croit vraiment que je vais la laisser faire ?

J'ai envie de jeter ses affaires par la fenêtre, dans l'océan, et de la ligoter au lit. Je sais à quel point ça semble dérangé, et c'est pour ça que je ne le dis pas à voix haute. Je ne veux pas la contrôler, je veux juste la garder avec moi. Sa tendresse et sa gentillesse sont désormais tout pour moi et je ne suis pas certain de pouvoir m'en passer.

Je retire ce j'ai dit, je ne veux pas ligoter Sarah au lit, je veux l'attacher à moi.

Je croise les bras, m'appuie dans l'embrasure de la porte, et la fais sursauter quand je parle.

« Qu'est-ce que tu fais ? »

Ma voix est calme, mais je sais que j'ai l'air nerveux.

« Je rentre chez moi. »

Je hoche la tête en suivant ses gestes – son déhanché, ses fesses fermes qui sont faites pour être mordues, la courbe de sa mâchoire crispée par la frustration.

Elle dépose une pile de pulls dans la valise et, deux secondes plus tard, ils n'y sont plus. Ils sont éparpillés dans la pièce, où je les ai jetés.

Elle me fusille du regard, ramasse un pull, le plie, et le remet dans sa valise – une seconde plus tard, je le jette par-dessus mon épaule.

« Arrête ça ! »

Je me rapproche pour être nez à nez avec elle.

« *Toi*, arrête. Tu ne vas nulle part.

– Pourquoi ? Penny s'en sort très bien toute seule – je n'ai aucune raison d'être encore ici.

– *Je* suis la raison ! je réponds en criant. J'ai besoin de toi, moi ! »

Sarah fuit mon regard et ses yeux se rivent sur un coin de la pièce.

« Je n'y arrive pas. Je ne supporte pas ça. Je pensais y arriver, mais je me suis trompée. Te regarder avec elles fait naître quelque chose de moche et de douloureux en moi. Peut-être que tu pourrais venir me voir quand tout ça sera fini, et on verra s'il y a quelque chose entre nous… »

*S'*il y a quelque chose entre nous ? Elle a perdu la tête ?

« Je vais arrêter l'émission. Aujourd'hui. »

Ça la freine dans son élan – elle ne s'y attendait pas. Elle pensait sincèrement que j'allais la laisser partir. Je n'arrive pas à savoir si c'est drôle ou triste.

« Je ne crois pas que tu puisses faire ça.

– Je peux faire ce que je veux… c'est le bonus d'être prince.

– Vanessa va être furieuse.

– C'est pour ça que les avocats du Palais sont salariés. »

Sarah se rapproche lentement de moi, précautionneusement, et me regarde dans les yeux.

« Tu ferais ça ? T'arrêterais, juste parce que ça me rend triste ?

– Bien sûr, je réponds en riant.

– Pourquoi ? »

À présent, c'est moi qui cherche son regard pour lui prouver combien je suis sincère.

« Parce que je suis amoureux de toi, espèce d'idiote. »

Elle se fige et des larmes lui montent aux yeux.

« Tu ne le savais pas ? je demande en caressant sa joue. Tu ne le vois pas, Sarah ? Je suis raide dingue de toi.

– Je n'en étais pas sûre. Je l'espérais, mais… »

J'enlève ses lunettes et les pose sur la table de chevet pour embrasser ses paupières et avaler ses larmes.

« Je t'aime. »

Puis j'embrasse chacune de ses joues et son joli petit menton.

« Je t'aime, je t'aime, je t'aime. »

Je l'embrasse sur le bout du nez et sur sa bouche parfaite.

Nous tombons bientôt sur le lit et je pousse de côté sa valise et ses vêtements pour nous faire de la place sans que mes lèvres ne quittent jamais les siennes. Je glisse mes mains sous sa tête et la soulève tandis que nous langues entament leur danse. Je tourne la tête sur le côté, et mes mains viennent caresser la peau douce de son visage avant de replonger dans ses cheveux. Elle tire sur mon tee-shirt et je lève les bras pour l'aider à me l'enlever. Elle plonge alors ses mains dans mes cheveux, qu'elle caresse et empoigne en promenant ses lèvres sur mon épaule, mon torse et mon visage.

J'enlève son tee-shirt, dégrafe son soutien-gorge, et nous sommes peau contre peau.

Nous ne disons rien – aucune parole n'est nécessaire. Nos mains parlent pour nous. Nos langues montrent notre vénération l'un pour l'autre et nos yeux révèlent notre adoration mutuelle.

Quand nous sommes complètement nus, je suce ses tétons et elle se cambre. Elle écarte davantage les jambes lorsque je descends plus bas encore, embrassant et léchant son sexe jusqu'à ce qu'elle gémisse et gigote sur le lit en tirant mes cheveux. Puis je remonte vers elle, vers son beau visage, et elle pose une main sur ma joue en m'embrassant passionnément.

Ma main glisse entre ses cuisses et je gémis dans sa bouche quand je sens combien elle est mouillée et étroite. Mes doigts cèdent alors la place à ma verge épaisse alors que j'utilise mon gland pour frotter son clitoris. Quand je sais qu'elle n'en peut plus d'attendre, qu'elle a besoin de me sentir en elle autant que j'ai besoin de la découvrir, j'empoigne mon sexe à la base et m'enfonce en elle.

Un grognement m'échappe lorsque je découvre combien elle est serrée et lorsque je sens sa chatte se contracter autour de moi. Je me retire en respirant lourdement et je lève la tête vers elle. Ses yeux sont baissés pour me voir disparaître de nouveau en elle, un peu plus loin. Elle gémit, longuement, d'une voix rauque et d'un ton affamé.

Elle plante ses ongles dans mes bras et soulève son bassin, exigeant plus – exigeant tout. Je m'enfouis de nouveau en elle et cette fois je ne m'arrête pas, m'avançant lentement, doucement. Je ne lui demande pas si elle va bien, je regarde son superbe visage et ses yeux fermés, sa détermination à absorber toutes les sensations.

Eh bon sang, les sensations sont spectaculaires. Son sexe se referme sur moi pour me garder en elle. Relevé sur les coudes, je suis nez à nez avec elle et nos souffles se mêlent. Je recule le bassin et la pénètre brusquement jusqu'au fond. Sarah pousse un petit cri et je pose ma bouche sur la sienne pour avaler ses gémissements, léchant ses lèvres et suçant sa langue. Elle ouvre alors ses yeux scintillants de joie, de chaleur et de désir.

Elle se lèche les lèvres et passe sa main dans mes cheveux.

« T'es en moi, chuchote-t-elle contre ma bouche. T'es en moi, Henry. »

Je hoche la tête, bêtement, puis je joins nos mains et les coince au-dessus de sa tête, et j'embrasse Sarah comme si nous étions sur le point de mourir.

Je bouge délicatement, dessinant un petit cercle avec mes hanches, frottant son clitoris avec mon bassin. Elle bouge en même temps que moi, levant les hanches pour imiter mes gestes. C'est superbe – c'est parfait.

Tout ce que j'ai connu avant n'est rien, à côté de ce moment. La seule chose qui compte, la seule personne dont j'ai besoin est cette magnifique femme courageuse.

Mon esprit s'envole et mon corps prend les rênes. Mes cercles deviennent des allers-retours plus fermes tandis que sa chatte et ses gémissements me font perdre la tête. Elle empoigne mes fesses pour m'enfoncer davantage en elle.

« Henry…, susurre Sarah en agrippant mes épaules. Henry… »

Je glisse mes bras sous elle pour la serrer contre moi et lui faire savoir que je suis là.

« C'est ça, ma belle. C'est ça. Tu vas jouir – jouis sur ma queue. Laisse-toi aller, ma belle. »

Je continue mes va-et-vient et quand ce cri divin quitte ses lèvres quelques secondes plus tard, quand elle appuie sa tempe contre ma joue et se crispe alors qu'une vague de plaisir déferle dans ses veines… je me laisse aller à mon tour.

J'enfouis mon visage dans le cou de Sarah et accélère mes mouvements jusqu'à ce que je la remplisse, me déversant en elle en gémissant, tandis que mon cœur bat la chamade en s'offrant à elle, à cette superbe femme.

Elle caresse mon dos et je l'embrasse sur les lèvres et le nez avant d'essuyer les larmes qui s'apprêtent à couler sur ses joues.

« Je t'aime, Henry », chuchote Sarah en me regardant dans les yeux.

C'est le plus beau moment de toute ma vie.

« On ne s'est pas protégés. »

Ce n'est sans doute pas la chose la plus romantique que j'aurais pu dire, post-coït, mais les capotes sont la règle d'or des rapports sexuels royaux, et c'est la première fois que je l'enfreins.

Sarah hoche la tête contre mon torse.

« Je sais.

– C'est de ma faute. J'aurais dû y penser.

– J'aurais pu y penser aussi. J'étais vierge, pas idiote.

– J'ai été dépisté, tu n'as pas à t'inquiéter.

– Je ne suis pas inquiète. »

Je roule sur le côté pour la regarder dans les yeux.

« À quoi tu penses ?

– C'est le mauvais moment de mon cycle pour tomber enceinte. Mais j'ai lu un jour qu'il y avait un terme pour les gens qui n'utilisent que le rythme menstruel comme moyen de contraception.

– Ah, on les appelle comment ?

– Des parents », répond Sarah en souriant.

Je glousse, puis je soupire en regardant le plafond.

« Ça ne me gênerait pas que tu sois enceinte. Enfin, ce ne serait pas idéal, de façon générale : ma grand-mère perdrait la tête et ma vie serait encore plus chaotique, mais je prendrais soin de toi. Et ça ne me dérangerait pas… je serais content, même. Excité. Est-ce que c'est fou ? »

Elle prend le temps d'y réfléchir.

« Eh bien si ça l'est, on devrait tous les deux se faire interner – parce que ça résume ce que je pense aussi. »

Sarah se blottit davantage contre moi, traçant des traits invisibles sur mon torse.

« Je crois que c'est ainsi que ça doit être, quand on est amoureux. Rien ne semble trop grand ou trop effrayant, parce qu'on sait que quoi qu'il arrive, on ne sera pas tout seul. »

Quelques minutes plus tard, je vais dans la salle de bains pour passer un gant sous l'eau chaude, et je reviens pour nettoyer le liquide rose entre les cuisses de Sarah. Elle rougit légèrement alors que je m'occupe d'elle, mais elle me laisse faire. Lorsque je me suis nettoyé à mon tour, je me glisse de nouveau sous la couette et je l'attire contre moi.

Je l'embrasse sur la tête et caresse ses cheveux tandis qu'elle s'endort, et j'écoute son souffle régulier chatouiller mon cou. Toutefois, je ne m'endors pas. Je reste réveillé, à la regarder – parce qu'elle est belle et gentille. Mon amour de femme.

Je n'ai jamais connu une personne qui n'était qu'à moi – qui m'appartenait corps et âme et que j'étais le seul à protéger, à choyer, et à aimer. Or c'est ainsi avec Sarah … elle m'appartient. Nous nous appartenons l'un l'autre.

Le lendemain, je me lève tôt pour parler à Vanessa et lui dire que je quitte l'aventure. Je mets un certain temps à partir, distrait par les lèvres divines de Sarah que je ne peux m'empêcher d'embrasser. Mais au bout d'un moment, je me force à quitter la chambre.

Toutefois, moins de cinq minutes plus tard, je repasse la porte en déboutonnant mon jean. Il est important d'être efficace.

« Que se passe-t-il ? demande Sarah.

– Déshabille-toi, tout de suite. Il y a une intoxication alimentaire généralisée.

– Quoi ?

– Ils l'ont tous – ça vient du buffet d'hier soir. Tous ceux qui y ont mangé sont malades. »

Et tout le monde y a mangé – les producteurs, les techniciens, Penny, Laura, et Cordelia… tout le monde sauf Sarah et moi.

J'enlève mes chaussures, et mon jean et mon boxer atterrissent par terre. Ma queue jaillit, fière et prête.

« Pourquoi es-tu encore habillée, je demande en allant vers elle. Viens, je vais t'aider, je dis en tirant sur son pantalon. On a des heures devant nous, peut-être même des jours. »

Je m'allonge sur elle et l'embrasse longuement, passionnément, enfonçant ma langue dans sa bouche comme je vais bientôt enfoncer ma verge dans son sexe.

« On peut faire ça pendant des jours, Sarah. »

Je déboutonne rapidement ma chemise, mais mes mains se coincent dans les manches. Je tire plus fort et les boutons s'envolent aux quatre coins de la pièce. Sarah rit de me voir aussi pressé, mais ce n'est pas que ça – je suis désespéré et insatiable. Je meurs d'envie de la toucher, de la prendre, de la tenir contre moi, d'être près d'elle. J'ai perdu le contrôle et c'est merveilleux. C'est comme si Sarah était ma drogue – je ferais n'importe quoi pour avoir ma dose.

Torse nu, souriant jusqu'aux oreilles, je la soulève et la pose tendrement sur la commode, rêvant d'être plus brusque. Elle est sans doute encore courbaturée d'hier, or je suis comme un animal affamé.

« Dis-moi de ralentir », je dis en me positionnant entre ses jambes.

Je prends son visage dans mes mains et l'embrasse rapidement en effleurant à peine sa bouche.

« Dis-moi d'arrêter, Sarah. »

Elle fronce les sourcils et secoue la tête, comme si mes paroles étaient insensées.

« Non, je t'en supplie, dit-elle en entourant ma taille avec ses jambes pour me rapprocher d'elle. N'arrête jamais, Henry. »

20

HENRY

Sarah a une minuscule tache de rousseur, un centimètre sous le nombril. Elle en a deux dans le creux du coude, et une demi-douzaine sur l'épaule gauche. Elle a une cicatrice blanche très fine sur le tibia droit, aussi longue que mon index, et une autre sous la hanche gauche. J'explore chaque centimètre de son corps et prends note de chaque marque, de chaque imperfection tandis que nous restons tapis dans notre chambre. Après plusieurs heures, il n'y a pas un seul endroit de son corps que je n'ai pas embrassé, léché ou caressé.

Elle est allongée sur le dos, les yeux baissés, et me regarde avec un éclat séducteur qui me fait bander. Encore une fois.

Mais… pas encore. Ma bouche s'amuse beaucoup trop. Je mordille la peau sensible de sa cuisse et ses jambes s'écartent comme par magie. J'embrasse ses lèvres et la peau de sa poitrine prend un teint rosé qui s'étend jusqu'à la pointe de ses pieds.

J'avais raison. Elle rougit… partout.

Je promène mon doigt sur sa fente chaude et entre ses boucles brunes jusqu'à son clitoris, autour duquel je dessine des cercles fermes.

« Tu mouilles tellement, je dis d'une voix émerveillée.

– Je sais », répond-elle en se cachant derrière ses mains.

Je tire sur ses bras et elle ouvre les yeux pour me regarder.

« Ne sois jamais gênée par ça. C'est magnifique, je dis en glissant la pointe de ma langue dans sa fente. Ça ne te semble pas merveilleux ? J'adore. Ça veut dire que je peux continuer à te prendre, ma belle, pendant des heures et des heures… aussi longtemps que je veux. »

Elle mouille davantage et je ne peux m'empêcher de rire.

« T'aimes vraiment que je te parle comme ça, on dirait. »

Je prends Sarah sous la douche. Ses cheveux sont plus longs et plus foncés quand ils sont mouillés et la vapeur d'eau fait scintiller sa peau. Je la soulève et la plaque contre le carrelage froid et je m'enfonce en elle avec des allers-retours fermes et réguliers tout en me déhanchant pour frotter son petit clitoris déjà dur.

Sarah caresse ma joue en regardant dans mes yeux alors que ses seins rebondissent avec chaque coup de bassin. Elle suit la courbe de ma lèvre et je mordille et suce son doigt.

« Je t'aime Henry, dit-elle d'une voix tendre. Je… je t'aime, tout simplement. »

Mes jambes se transforment en guimauve en entendant ses paroles et, si je sais qu'elle n'attend pas de réponse, je lui en donne une quand même.

« Je t'aime aussi. »

C'est alors qu'un plaisir électrique parcourt mon corps et s'accumule dans mon bas-ventre. L'orgasme de Sarah lui vient tout en douceur, lui arrachant un petit gémissement alors que son sexe se contracte et me fait chavirer à mon tour. Je m'enfouis en elle une dernière fois alors que sa joue est nichée dans mon cou et que la mienne est plaquée contre le carrelage trempé.

Nous finissons par avoir faim, mais je ne veux pas déranger le personnel ni voir qui que ce soit. Ainsi, en pleine nuit, Sarah enfile son peignoir et moi mon pantalon de pyjama, et nous nous faufilons dans la cuisine pour dénicher des vivres. Nous ramenons ensuite notre butin dans la chambre – de l'eau, une bouteille de vin, du fromage, un pain et une boîte de biscuits faits par Cook – et nous pique-niquons sur le lit.

Le vin nous donne sommeil. Sarah me nourrit du bout des doigts et je me fais un plaisir de lécher les miettes qui tombent sur ses cuisses. Nous échangeons de petits détails à voix basse, comme nos couleurs préférées et nos anniversaires, ces petites choses qui sont insignifiantes prises séparément mais qui aident à mieux connaitre une personne lorsqu'elles sont regroupées.

Nous ne dormons qu'entre deux parties de jambes en l'air endiablées. Je pose ma tête sur la poitrine de Sarah pendant qu'elle chante de vieilles ballades en caressant mes cheveux mouillés, car si je ne me lasse pas de sa voix, elle est légèrement obsédée par mes cheveux. Par moments, elle s'allonge sur moi, épuisée et enivrée par nos ébats et seuls nos souffles synchrones rompent le silence.

Dehors, le soleil se lève et se couche, mais nous ne le remarquons pas. Il semblerait que je ne sois pas le seul à aimer explorer le corps de l'autre.

Je viens de sentir l'orgasme de Sarah sur mes doigts et je suis sur le dos tandis que Sarah est entre mes jambes, mettant sa bouche à bon usage. Elle effleure la peau fine de ma verge du bout du nez.

« Elle est tellement douce, ronronne-t-elle contre moi. Comment peut-elle être à la fois si douce et si dure ? »

Elle mordille la peau de ma cuisse et me fait tressauter puis elle souffle sur les poils de mon bas-ventre et me fait rire. Elle prend mon gland entre ses lèvres pour me sucer et me caresser avec sa langue, et j'en perds la tête.

Les draps s'agitent tandis qu'elle descend plus bas, et je sens sa langue chaude lécher mes testicules de haut en bas – mon cœur bat si fort que j'ai bien peur qu'il ne s'arrête.

« Sarah, je grogne. Viens ici. »

Elle secoue la tête.

« Je m'amuse trop ici. »

Elle ouvre alors sa jolie bouche et suce mes testicules.

« Doux Jésus », je grogne en gigotant.

Mes paroles l'encouragent, et alors que sa bouche reste occupée, sa petite main empoigne ma verge, comme elle sait que je l'aime, et elle me branle avec des mouvements longs et fermes. Quand je jure de nouveau, Sarah gémit, et je sens les vibrations de sa voix au plus profond de mon âme.

Je craque, désespéré de ne pas être enfoui en elle. Je m'assois, glisse mes mains sous ses aisselles et la tire vers moi. J'empoigne ses cheveux et elle pose ses mains à plat sur mes joues, enfonçant légèrement ses ongles dans ma peau – chacun tenant l'autre captif alors que nos bouches se dévorent et que nos langues se caressent.

Nos gestes sont brusques – c'est la première fois que je me laisse être aussi brutal avec elle, et elle gémit de plaisir. Je saisis ses hanches et la positionne sur mon sexe avant de plonger brutalement en elle. Nous crions en même temps et c'est magnifique. Cependant, je remarque alors qu'elle fronce les sourcils et esquisse une légère grimace. Je l'immobilise et lève sa tête vers moi pour la regarder dans les yeux.

« T'as mal ? »

Elle sourit en haussant les épaules.

« Juste un peu. »

Je caresse tendrement sa taille.

« On peut arrêter, Sarah. On peut faire d'autres choses… je ne veux pas te mettre la pression.

– Ça ne fait pas mal, pas vraiment. »

Je baisse la tête pour lécher son téton et prendre son sein dans la bouche.

« Pas vraiment ? je demande en le mordillant. Qu'est-ce que ça veut dire ? »

Sarah lève la tête en se cambrant pour m'offrir davantage sa poitrine, puis elle arrête et recule pour mordre le creux de mon cou. *Fort.* Elle ne me fait pas saigner, mais j'aurai un bleu – c'est certain.

« Ça fait mal ? demande-t-elle d'une voix tendre avant de recommencer.

– Oui », je siffle en plantant mes ongles dans ses cuisses.

Elle apaise ma douleur en léchant l'endroit qu'elle a mordu.

« Tu veux que j'arrête ? »

Cette fois, elle me suce en me mordant, et mon sexe tressaute en elle.

« Non. »

Sarah lève la tête et m'embrasse sur la bouche.

« C'est ce que je veux dire par "pas vraiment". Ça fait un peu mal, mais c'est tellement bon que ce n'est pas grave. J'en veux encore. »

Elle passe ses bras autour de mon cou et je saisis ses hanches en la guidant d'avant en arrière, lentement, la glissant sur ma verge, puis je pose mes mains sur ses cuisses et la laisse prendre les rênes.

« Je… je ne sais pas comment faire, chuchote-t-elle dans mon oreille.

– Il n'y a pas de façon de faire, ma belle. Fais ce qui te donne du plaisir. Comme tu le veux. »

Elle ferme les yeux et se mord la lèvre puis elle dessine un petit cercle avec ses fesses. Bon sang, elle apprend vite. Elle baisse la tête et se cambre en arrière.

« Oh… c'est… t'es tellement profond, Henry.

– Oui, tellement profond », je chuchote contre son épaule.

Je caresse sa colonne vertébrale du bout du doigt, de haut en bas et de bas en haut alors qu'elle me chevauche. Son souffle devient rauque et elle accélère ses va-et-vient, envoûtée et sauvage – elle est sublime.

Elle perd bientôt le rythme et se met à trembler en se contractant.

« Tu vas jouir, ma belle ? Tu vas jouir pour moi ? Sur moi ? » je chuchote dans son oreille.

Un petit cri aigu lui échappe.

« Dis-le, je gronde d'une voix rauque. Dis-le maintenant. »

Elle me serre plus fort contre elle et rapproche sa bouche de mon oreille.

« Je jouis… oh, oh… je jouis ! »

Mon doigt redescend dans son dos jusqu'au bouton interdit de ses fesses, et j'appuie dessus. Tous les muscles de Sarah se contractent brusquement et elle s'envole en criant à voix haute, m'arrachant un orgasme phénoménal. Je me déverse en elle, encore et encore, comme si ça n'allait jamais cesser.

Lorsque nous revenons sur terre, nous ne formons plus qu'une masse collante, riante et pleine d'amour, entremêlés et unis. Je caresse les cheveux humides de Sarah en arrière et la regarde dans les yeux pour dire le seul mot qui me paraît approprié.

« Hallelujah. »

21

HENRY

Après deux jours nous sommes obligés de nous arrêter. La plupart de l'équipe s'est remise de son intoxication et nous devons reprendre le tournage. Cette fois, je dois embarquer pour un dîner romantique avec Laura.

J'étais bête de penser que je pouvais continuer comme si rien n'avait changé. Si j'étais à la place de Sarah et que je savais qu'elle passait des heures entières avec d'autres hommes, il ne m'aurait pas fallu quelques jours avant de craquer. Je les aurais étranglés après quelques minutes à peine.

Je prends une bonne douche chaude puis je m'habille en la regardant dormir, les mains sous la joue, souriant tendrement dans son sommeil. Cette fois, je n'ai pas le cœur de la réveiller. J'effleure son front du bout du pouce et je l'embrasse. Elle soupire et se cache sous la couette – je la laisse ainsi, au chaud, en sécurité et heureuse.

Dehors, je suis accueilli par un ciel gris et des nuages bas. Lorsque j'arrive au port, Vanessa y est déjà sous un chapiteau, en train de prendre des notes dans son calepin.

« Ah, tant mieux, tu es là. Et tu es en avance – c'est une première. »

Elle dit deux mots à un technicien, qui s'en va, et nous nous retrouvons seuls.

Elle est affreusement pâle et elle semble encore plus fine et anguleuse que lors de notre première rencontre. À l'évidence, elle n'a pas échappé à l'intoxication alimentaire.

« Comment tu te sens ?

– Je survivrai, répond-elle en haussant les épaules. Mais on a un planning super serré maintenant – on n'a pas le temps pour tes bêtises habituelles, d'accord ?

– Ouais, à ce propos…

– Et je pense que pour la cérémonie du pendentif, ce soir, tu devrais renvoyer Penelope.

– Pourquoi Penny ?

– Parce que ça laissera Laura et Cordelia pour le dernier épisode. La Belle contre la Garce. Les gens vont adorer.

– Mais Penny est sympa.

– Elle est divertissante, c'est vrai, mais Laura est une sainte, à côté, dit-elle en notant quelque chose. Ça te va ? »

Je croise les bras et m'appuie contre la table.

« Vanessa, je ne vais plus filmer de nouveaux épisodes.

– De quoi tu parles ?

– Les choses ont changé. Ça ne me convient plus.

– C'est à cause de la sœur de Penelope, c'est ça ? Celle qui ne fait pas de bruit. Bon sang, ce sont toujours les plus calmes, dit-elle en secouant la tête. Bref, peu importe – je me fiche de ce que tu fais la nuit, mais tu ne rompras pas ton engagement. J'ai sacrifié plusieurs mois de ma vie pour cette émission – tu ne vas pas tout foutre en l'air maintenant, Henry. »

Je sais qu'elle est énervée, alors je fais un effort pour garder une voix calme.

« J'ai déjà pris ma décision. »

Cependant, la réponse de Vanessa me glace le sang.

« Pour le bien-être de Sarah, tu ferais mieux de réévaluer ta décision.

– Qu'est-ce que ça veut dire ? je demande en avançant lentement vers elle.

– Ça veut dire que Sarah Von Titebottum a signé un accord stipulant que toutes les images que nous avons d'elle sont à nous et que nous pouvons les utiliser comme nous le souhaitons. Et j'en ai énormément. Je pourrais raconter une histoire très intéressante à son propos. Je raconterais comment elle a menti pour se faire une place dans l'émission alors qu'on ne voulait pas d'elle, comment elle t'a séduit pour te prendre aux autres filles et à sa propre sœur. Tu serais épaté de voir ce qu'on peut faire avec un bon montage et de la musique en arrière-plan. Les autres filles me soutiendront – du moins certaines – et lorsque j'aurai fini, tous ceux qui regarderont penseront que Sarah n'est qu'une garce égoïste, méchante et insipide. »

Je serre si fort ma mâchoire qu'elle pourrait casser.

« Mais rien de tout ça n'est vrai.

– On fait de la téléréalité, Henry. La vérité n'a rien à voir là-dedans. »

Mes mains deviennent moites et ma colère fait se hérisser mes poils.

Vanessa se met à faire les cent pas puis elle lève la tête vers le plafond et parle d'un ton méditatif.

« Je ne pense pas que ça plairait au Palais, si vous décidiez de vous marier. Et même si ce n'était pas le cas, les tabloïdes adoreront. Et ça ne ferait qu'aggraver son "problème" – ses petits malaises. Ce serait très difficile pour elle, dit-elle en secouant la tête. Sinon, tu peux finir les deux derniers épisodes, ajoute-t-elle d'une voix joyeuse.

Quelques heures sur le bateau avec Laura, un dîner au coin du feu avec Cordelia, et le final. Personne ne sera surpris si, lorsque c'est fini, ton histoire avec la gagnante tombe à l'eau – ça arrive fréquemment. Ainsi, tu respecteras tes engagements, et j'aurai mon émission. On aura tous les deux ce qu'on veut. Sarah et toi pourrez vivre heureux et avoir beaucoup d'enfants. Tout le monde sera content. »

Je serre les poings, comme un animal qui se prépare à bondir. Toutefois, mon besoin de protéger Sarah est plus fort que ma colère. Elle doit rester en sécurité – toujours – par n'importe quel moyen. Et surtout, elle ne peut pas souffrir à cause de moi. Personne ne peut souffrir à cause de mes décisions stupides – ni mamie, ni Nicholas, ni Wessco – mais surtout pas elle.

Jamais.

« Alors… que décidez-vous, Votre Altesse ? »

Deux heures plus tard, je suis sur le bateau, dans la baie, avec Laura. Nous sommes installés à une parfaite petite table et nous brunchons sous l'œil des caméras. J'ai essayé d'appeler Sarah, et je continue d'essayer, mais le réseau est naze. Avant de quitter le port, j'ai dit à Vanessa d'expliquer la situation à Sarah et de lui dire que je lui parlerai dès que je serai rentré ce soir. Toutefois, je fais autant confiance à Vanessa qu'à un boa constrictor qui promet d'être gentil avec un chaton.

« Qu'est-ce que tu fais ici, Henry ? »

Je sirote mon mimosa[13] et regrette qu'il n'y ait pas d'alcool plus fort, parce que tout ça semble terriblement mal.

13. Cocktail à base de champagne et de jus d'orange.

« Qu'est-ce que tu veux dire ? Je brunche avec toi. »

Laura penche la tête sur le côté et me sourit tendrement.

« Mais t'es amoureux de Sarah. »

Je jette un coup d'œil à la caméra, car ça ne fait pas partie du script. Ce n'est pas ainsi que l'émission est censée se dérouler, et je ne sais pas si ça peut retomber sur Sarah.

« Je…

– J'ai déjà été amoureuse, Henry. Je sais à quoi ça ressemble.

– C'est compliqué.

– Non, répond Laura en souriant. C'est la chose la plus simple au monde. Le ciel est bleu, la Terre est ronde… Henry aime Sarah. Je me trompe ? »

Soudain, je comprends ce qu'elle fait. Depuis le début, cette émission appartient à Vanessa – à l'histoire qu'elle voulait raconter. Nous autres, nous ne sommes que des pions sur son échiquier. Or Laura me redonne les rênes, m'offrant l'occasion de raconter toute l'histoire – mon histoire avec Sarah. Ce sera peut-être coupé au montage, mais au moins je l'aurai dit.

« Oui, je l'aime.

– Tant mieux, répond Laura avec des larmes dans les yeux.

– Je suis désolé », je dis en couvrant sa main.

Je ne sais pas pourquoi je m'excuse, en fait. Toute cette histoire commence à me perturber sérieusement.

« Ne sois pas bête, ça va aller, dit-elle en essuyant ses larmes.

– Bien sûr – tu vas t'en sortir à merveille. »

Pour la première fois depuis le début de cette mascarade, j'oublie les caméras et il n'y a plus que moi et une amie, en train de discuter.

« Un jour, tu trouveras un homme qui te vénère et qui te rend heureuse. Il est là quelque part – il attend juste de te rencontrer.

– Je l'ai déjà eu. Peut-être qu'on n'a ça qu'une seule fois.

– Foutaises, je réponds en pensant à tout ce qu'a vécu Sarah. Parfois, la vie est injuste, Laura. Mais il ne faut pas baisser les bras. Tu dois continuer à avancer – le bonheur te trouvera de nouveau. Je le crois sincèrement. »

Elle sourit, mais une bourrasque nous frappe et renverse le vase sur la table.

« Il va falloir continuer à l'intérieur », nous dit le caméraman.

Les techniciens commencent à remballer et Laura et moi nous levons lorsque le bateau penche brusquement sur un côté et que Laura tombe sur moi. Je la tiens fort en m'appuyant au mur de la cabine.

« Henry… » dit-elle en me regardant dans les yeux.

Elle est pâle et son regard se voile tandis qu'elle déglutit.

« Henry… je…

– Oui ? »

Elle ouvre la bouche… et me vomit dessus.

Eh ben… *merde*.

SARAH

Je ne me m'inquiète pas lorsque je me réveille seule. Je caresse l'espace vide du lit et me dis que Henry a dû se lever tôt pour trouver Vanessa et qu'il a dû décider de me laisser dormir.

J'ai mérité un peu de repos après ces deux derniers jours.

Je roule sur le dos et regarde le plafond en me les remémorant, revoyant la façon dont ses mains ont caressé ma peau et empoigné ma chair d'une façon possessive et désespérée, entendant de nouveau tout ce qu'il m'a promis.

Il m'aime.

Henry Pembrook m'aime.

Quant à ce que je ressens pour lui… je ne sais pas l'exprimer, tant c'est énorme. Une excitation bouillonne en moi. Plus rien ne sera jamais pareil. J'étais contente, avant – j'aimais ma petite vie. Mais ce que je vis aujourd'hui est différent. J'ai l'impression d'être au bord d'une falaise, en montagne, fouettée par le vent – or je n'ai pas peur. Je ne ressens qu'une immense exaltation. Je ne vais pas tomber. C'est impossible.

Car Henry m'a appris à voler.

Au bout d'un moment, je finis par étirer mes bras au-dessus de ma tête, réveillant mes muscles endoloris. La chair sensible entre mes cuisses est délicieusement meurtrie. Je m'octroie une longue douche bouillante et, lorsque je me frotte avec le gant plein de mousse, c'est Henry qui caresse mes seins et mes cuisses. Ce sont ses doigts et sa bouche que je sens. Je souris lorsque je découvre de minuscules bleus et des traces de morsure sur ma peau. C'est la preuve que tout ça n'était pas un rêve et que je n'ai pas imaginé prendre la place d'un personnage de roman.

C'est bien *mon* histoire.

Penny m'attend sur le canapé quand je sors de la salle de bains. Elle est un peu pâle et elle a des cernes sous les yeux.

« Comment tu te sens, Pen ? Ça va mieux ?

– Je vais lui couper la queue ! » s'écrie-t-elle en me voyant.

Apparemment, elle va mieux.

« Dis-moi que tu n'as pas perdu ta virginité avec Henry Pembrook. Dis-moi que ce n'est pas vrai !

– Eh bien…

– Bon sang ! s'exclame-t-elle avant de pousser une série de grognements et de me prendre par la main. Je suis sûre qu'en termes de premières fois, Henry a su s'y prendre. Mais il n'est pas pour toi, Sarah. Il n'est pas du genre sérieux. Sans rire, regarde-nous, regarde cette émission. Il passe d'une femme à une autre. Tu crois qu'il fait quoi pendant tous ses *rencards* avec les autres ? Tu penses vraiment qu'il ne s'est pas tapé Cordelia dans les sources chaudes ?

– Ce n'est pas le cas. On en a parlé.

– Ah, vous en avez *parlé* ! s'écrie-t-elle en levant les mains en l'air. Ça change tout, alors. Dieu sait que les hommes ne mentent jamais ! Surtout les petits princes riches et gâtés qui se croient tout permis. Ce sont les plus sincères de tous, bien évidemment. »

Je souris et secoue la tête, car elle ne comprend pas.

« Il m'aime, Penny.

– Pfff, mais bien sûr. Il te l'a dit quand il était enfoui en toi ou après qu'il a joui ?

– Non, c'était avant, mais…

– *Avant* ? Tu sais combien de mecs m'ont dit qu'ils m'aimaient *avant* – juste pour avoir une chance de me tringler ? Voyons voir, il y a eu Barry Windstormer, Alfred Sullivan, Timothy Englewood, même s'il était monté comme un taureau et qu'il en valait largement la peine, Ryan Fits…

– C'est différent entre Henry et moi, je dis en serrant sa main. Il m'aime. Je le connais, Penny, sous un jour que personne n'a vu. Notre histoire est toute nouvelle, mais elle n'en est pas moins réelle et profonde. J'en suis certaine. »

Ma sœur se tait, mais elle ne semble pas convaincue.

« Il y a longtemps, mère en était certaine, elle aussi. »

Ses paroles me font l'effet d'une douche froide et je grimace.

« On en est toutes certaines, Sarah, jusqu'à ce que ces connards nous prouvent qu'on avait tort. Je ne veux pas que tu souffres, c'est tout. Je ne veux pas que tu deviennes la nouvelle victime des tabloïdes ; on sait toutes les deux que ce serait particulièrement affreux pour toi. Et quand l'émission passera à la télé…

– Henry arrête l'émission, justement. Elle ne passera jamais à la télé parce qu'il ne va pas la terminer. Il est en train de parler aux producteurs en ce moment même.

– C'est ce qu'il t'a dit ? demande Penny avec de grands yeux.

– Oui. Tu vois, ce ne sont pas tous des connards. »

Des moteurs vrombissent à l'extérieur et j'aperçois les quatre-quatre de l'émission remonter l'allée vers le château.

« Il est de retour. »

J'enfile un pull et un legging noirs et j'attache mes cheveux en chignon, puis je cours en bas pour prouver à Penny qu'elle avait tort.

Dans le hall d'entrée, Vanessa Steele feuillette des documents et donne des ordres à son équipe sur l'emplacement de l'éclairage. Je regarde derrière elle, en direction de la porte, mais Henry n'arrive pas et je ne le vois nulle part.

« Où est Henry ? je demande.

– À son rencard avec Laura », répond-elle sans me regarder.

On ne m'a jamais mis de coup de poing dans le ventre, mais ses paroles me donnent un aperçu de ce qu'on doit ressentir. Derrière moi, je sens Penelope bouillonner comme un volcan, prête à exploser.

« Est-ce qu'il vous a parlé ? je demande à Vanessa.

– Brièvement, oui, avant de monter sur le bateau. »

Je me sens rougir, mais j'essaie de rester forte.

« Est-ce qu'il vous a parlé de moi ? De l'émission ? »

Elle jette un œil à sa montre incrustée de diamants avant de répondre.

« Je n'ai pas le temps pour vos bavardages, mademoiselle Titebottum, j'ai une émission à terminer. Sois prête pour filmer ce soir, Penelope. Tu devrais mettre ta robe bleu marine – elle te va bien. »

Vanessa s'apprête à me passer devant, mais je saisis son bras, refusant qu'elle me congédie ainsi, et je la regarde dans les yeux.

« Vous mentez. »

Elle me dévisage quelques secondes puis elle soupire.

« Henry m'a donné l'impression qu'il pensait que ce serait plus simple ainsi, pour tout le monde. Il a dit qu'il vous parlerait en rentrant. C'est la vérité », déclare-t-elle avant de s'éloigner.

De retour dans ma chambre, Penelope bouillonne à mes côtés, comme une petite tornade blonde qui veut tout détruire sur son passage.

« Qu'il aille se faire foutre. Il ne te mérite pas. Je le tuerai pour ce qu'il te fait – je suis sérieuse. »

J'essaie de nouveau d'appeler sur le portable de Henry, mais je tombe sur son répondeur.

« Il doit y avoir un malentendu. Je refuse de paniquer, Penny.

– Comment pourrait-il y avoir malentendu ? Il a dit qu'il allait arrêter et à l'évidence ce n'est pas le cas. Ne sois pas naïve, Sarah. Il a passé le week-end à te baiser et maintenant, où est-il ? Avec Laura Benningson. Sur un bateau. Il est sans doute en train de lui dire les mêmes choses qu'à toi. Pauvre prince incompris. Il connaît les femmes, Sarah. »

J'ai envie de vomir. Mon estomac se noue douloureusement. Et pour la première fois de ma vie, je me sens… manipulée.

Penelope balaie la pièce du regard avec des yeux perçants.

« On devrait partir. On devrait faire nos valises et rentrer. Tout de suite.

– T'as signé un contrat, Penelope, je réponds froidement d'une voix qui ne me ressemble pas.

– Au diable le contrat – je n'ai pas besoin d'eux. Le beau-frère de Jerry, le caméraman, est agent à Los Angeles. Il lui a envoyé des photos et un clip de moi et il veut m'y envoyer dans un mois. Mais même si ce n'était pas le cas, tu comptes bien plus que tout ça, Sarah.

– Je ne vais pas m'enfuir, je réponds d'une voix ferme. Si les sentiments de Henry ont changé, qu'il ait la décence de me le dire en face.

– Il n'y a rien de décent, chez lui ! Et tu ne t'enfuis pas, tu lui dis d'aller se faire foutre ! Il ne peut pas te traiter comme ça. Il a peut-être pris ta virginité mais peu importe – au moins tu auras ta fierté. Allez, Sarah. Sois forte. »

C'est ce que ça veut dire, d'être forte ? Je ne crois pas. Être forte veut dire que je dois faire confiance à Henry, jusqu'à ce qu'il me donne une raison de ne plus croire en lui. Je ne suis pas encore prête à faire une croix sur lui et je le dis à ma sœur.

Penny soupire et ses épaules retombent.

« T'es venue à cause de moi – tout ça est de ma faute. Et si tu finis par souffrir, je ne me le pardonnerai jamais. »

Je prends ma petite sœur dans mes bras.

« Il n'y aurait rien à te pardonner. Je suis une grande fille, Penny. Je suis responsable de mes choix.

Je suis assise dans la niche et j'écoute *Hallelujah* de John Cale en boucle sur mon portable. Je ne lis pas, je regarde par la fenêtre. J'attends. Un orage gronde dehors – la pluie et le vent frappent les fenêtres du château tandis que les vagues rugissent en contrebas en s'écrasant contre les rochers. Penny a fini par s'endormir sur le canapé.

Ils ont annulé le tournage de ce soir. Un membre de l'équipe est venu dire à ma sœur qu'ils avaient décidé d'éloigner le bateau de la côte et d'attendre que la tempête s'apaise plutôt que d'essayer de regagner le port. Une angoisse insoutenable saisit mes tripes tandis que je regarde la violence des vagues. J'espère qu'il va bien… Mon Dieu, faites qu'ils aillent bien.

Je réalise que j'ai prié pour « eux » et soudain une toute nouvelle peur s'empare de moi, parce que Henry n'est pas seul sur ce bateau. Il est avec Laura – une nana superbe, drôle et vraiment géniale. Malgré ce que j'ai dit à Penny, je ne suis pas idiote. Il n'était pas censé monter sur ce bateau. Il me l'avait promis. Pourquoi est-il parti ?

La chanson reprend et je repense à tout ce qu'il s'est passé durant ces derniers jours – à tous les changements. J'ai soudain l'impression de tomber, après tout – comme si mes ailes avaient été coupées. J'ai peur et je doute de tout. Il ne s'agit pas seulement de Henry. Mon appartement me manque. La bibliothèque et la joie que m'apportent mes livres me manquent. J'aimais savoir comment allait commencer et se terminer chaque nouvelle journée. J'ai besoin de cette stabilité, désespérément, comme une petite tortue a besoin de la chaleur de sa carapace.

La nuit passe plus vite que je ne le pensais, et quand le soleil se lève et que la voix de John Cale s'éteint, je sèche mes larmes.

Il est temps d'être une grande fille.

22

HENRY

Quelle soirée ! Quelle nuit désastreuse ! Sur un bateau, au milieu d'une tempête, avec une femme atteinte d'intoxication alimentaire et de mal de mer, me suppliant de tenir ses cheveux et de faire qu'elle arrête de vomir.

Nous passons le portail du château et je ne pense qu'à une chose : une douche chaude et mon grand lit parfait, avec Sarah, toute nue, blottie contre moi.

J'aide Laura à descendre de la voiture et à gravir les marches du perron car elle est faible et fatiguée. Toutefois, dans le hall d'entrée, c'est le bordel. Les techniciens courent dans tous les sens et… Willard est là.

Qu'est-ce que Willard fout là ?

Du coin de l'œil, j'aperçois Vanessa Steele qui fait signe à un caméraman de filmer. Avant de pouvoir dire quoi que ce soit, la petite Penelope Von Titebottum avance vers moi et essaie de me mettre une droite.

« Espèce d'enfoiré ! »

Je recule juste à temps.

Sarah descend alors les escaliers et elle porte sur son épaule sa vieille sacoche remplie de livres.

« Sarah… que se passe-t-il ? »

Elle est affreusement pâle et ses grands yeux sont sombres lorsqu'elle me regarde des pieds à la tête.

« T'es rentré. Tu vas bien ? Il n'y a pas de blessés ? J'étais inquiète à cause de la tempête.

– Non, on va bien. Tout le monde va bien. »

Son visage durcit et son regard devient glacial.

« Tu as dit que tu n'y allais pas. Tu as dit que t'arrêtais, Henry. Et au lieu de ça, t'es parti toute la nuit. Je crois que je mérite une explication.

– J'allais arrêter, je dis en me frottant le front, mais… c'est plus simple comme ça. Il ne reste que quelques jours, Sarah. C'est mieux comme ça – crois-moi.

– Mieux pour qui, Henry ? dit-elle d'une voix anéantie alors que ses yeux deviennent brillants. Je t'ai attendu. J'ai cru en toi, comme une idiote. Et t'as passé la nuit avec Laura, à faire…

– À faire *rien du tout* ! je m'écrie. Il ne s'est rien passé entre Laura et moi. »

Bien évidemment, le vacarme qui nous entoure s'estompe à ce moment-là, suffisamment pour qu'on entende Laura dire à Cordelia : « Henry était merveilleux. Il m'a tenue toute la nuit. »

Sarah pâlit encore plus.

« Pendant qu'elle gerbait ses tripes ! Sur moi ! Sens-moi, je sens le vomi, pas le sexe. »

Je suis interrompu par un cri et Sarah et moi nous tournons à temps la tête pour voir Laura s'évanouir. Heureusement, Willard arrive à sa rescousse, la rattrapant avant qu'elle ne frappe le sol. Il l'abaisse lentement en s'agenouillant et, au bout d'un moment, Laura ouvre les yeux.

« Vous m'avez rattrapée.

– En effet, répond-il d'une voix douce.

– Je suis Laura.

– Et moi Willard. N'hésitez pas à tomber dans mes bras quand vous le souhaitez. »

Laura couvre sa bouche avec sa main.

« Je sens affreusement mauvais. »

Il la regarde dans les yeux en souriant, déjà complètement entiché d'elle.

« Ça ne me gêne pas. »

Penelope interrompt la scène en venant aux côtés de Sarah, les mains sur les hanches.

« Alors, il a arrêté ?

– Non », répond Sarah d'une voix lugubre.

Penny me fusille du regard.

« Et il n'en a pas l'intention ? Il va continuer à sortir avec les autres ?

– Je ne sors pas avec elles, je réponds. Ce n'est pas du tout ça. »

Sarah ne partage pas mon avis.

« Oui, dit-elle.

– Je le savais, répond Penny en secouant la tête. Je suis contente d'avoir appelé Willard. On enverra les employés chercher nos affaires. On s'en va, Sarah.

– Ce n'est pas du tout ce que tu crois, je te le jure, je dis en saisissant son bras. Laisse-moi t'expliquer.

– Non, je crois… je crois que Penny a raison. J'ai besoin de recul. Tout ça va trop vite. Je ne resterai pas si tu… J'ai besoin de prendre mes distances avec toute cette histoire. »

Elle veut dire qu'elle a besoin de distance avec moi. L'espace d'une seconde, je perds complètement la tête.

« Putain ! » je m'exclame en mettant un coup de pied dans la table qui est au pied de l'escalier.

Un vase en cristal s'écrase par terre et se brise en mille morceaux. Le beau visage de Sarah pâlit, son regard se voile, et son corps devient rigide comme celui d'une morte. Elle est partie, perdue dans un enfer dont son père est roi… et c'est moi qui l'y ai envoyée.

« Sarah… non… » je chuchote d'une voix meurtrie.

Avant d'avoir pu la prendre dans mes bras, Penny est là, l'attirant contre elle en hurlant.

« Va-t'en ! Ne l'approche pas ! »

Son regard est furieux et elle montre les crocs, prête à mordre le premier qui s'approchera de sa sœur.

L'absence de Sarah ne dure que quelques secondes, mais cela semble beaucoup plus long. Elle se réveille avec un souffle rauque, paniquée, s'accrochant à Penny. Elle lève la tête et me regarde. J'essaie d'aller vers elle, mais Sarah recule en emportant Penelope avec elle.

« Stop », dit-elle en levant la main.

C'est affreux – un cauchemar. Comment l'histoire la plus belle de ma vie a-t-elle pu virer au drame si vite ?

« Sarah, s'il te plaît… je t'en supplie… »

Je ne sais pas ce que j'espère obtenir en suppliant.

« Ne m'approche pas. »

Elle me lance un dernier regard plein de tristesse puis elle tourne les talons et sort du château avec Penny.

Je commence à la suivre, mais je trébuche et me retrouve à genoux. Peut-être est-ce parce que je suis épuisé, peut-être est-ce parce que la seule relation que je pensais avoir enfin réussie, la seule femme que j'ai aimée, pour qui je donnerais tout… ne veut plus que je l'approche.

Laura est debout, à présent, et je regarde Willard se diriger vers la porte.

« Willard ! Attends.

– Je suis désolé, mec. C'est ma meilleure amie. Peut-être… laisse-la respirer un peu, hein ? » dit-il en sortant lui aussi.

Je ne sais combien de temps je reste à genoux, la tête dans les mains. Je sens les gens autour de moi, j'entends leur chuchotement, et tout à coup, une vague d'air froid me fouette alors qu'une voix claire et furieuse, que je ne connais que trop bien, me parvient dans ma torpeur.

« Mais que se passe-t-il ici ? »

Mamie est là.

Merde.

Je lève la tête et la regarde venir vers moi. Lorsqu'elle arrive au milieu du hall, Vanessa l'intercepte.

« Reine Lenora, j'espérais que nous nous croiserions. C'est un honneur de vous rencontrer », dit-elle avant de lui tendre la main.

Grave, *grave* erreur.

La reine lève la tête et regarde la main tendue de Vanessa d'un air assassin.

« Savez-vous qui je suis, *madame* ?

– Euh… oui… vous êtes la reine de Wessco. »

La réponse de ma grand-mère dégouline de venin.

« Vous n'avez pas à me tendre la main, *madame*. Inclinez-vous. »

Soudain, comme bien des personnes plus fortes qu'elle, la productrice cède… et s'incline. Ma grand-mère l'ignore et lui passe devant pour venir vers moi.

Le plus étrange… c'est que je ne ressens ni culpabilité, ni honte, ni intimidation. J'ai beau avoir commis une immense erreur, je n'ai aucune intention de me justifier – pas maintenant. Pas même auprès de la reine.

Tout ce que je ressens, c'est une détermination à aller quelque part, seul, pour trouver un moyen de réparer ce bazar. Mamie va donc devoir attendre.

« Henry, que diable… »

Je me lève et tends le bras, paume tournée vers elle.

«Je vous parlerai plus tard, Majesté.»

Elle écarquille les yeux et gonfle les poumons en inspirant, comme un dragon qui se prépare à cracher du feu.

«Plus tard?! Tu vas m'expliquer…»

Je la regarde dans les yeux et lui parle d'une voix qui ne laisse place à aucun débat – une voix que je n'ai jamais utilisée avec elle.

«Pas maintenant.»

Peut-être l'ai-je rendue muette ou lui ai-je provoqué une crise cardiaque. Quoi qu'il en soit elle referme la bouche, et je tourne les talons pour m'enfermer dans le bureau.

Je passe l'heure qui suit dans mon fauteuil face à la cheminée, à regarder les flammes danser sous mes yeux. Pour la première fois de ma vie, je réfléchis, j'évalue, je jauge. C'est très utile.

Je vois la situation avec une clarté surprenante, notant toutes les erreurs que j'ai commises, toutes les fois où j'ai fait fausse route. Cependant, je ne me laisse pas ensevelir par tout cela – je refuse de m'apitoyer sur mon sort et de m'enfoncer dans les doutes et les regrets. Pas cette fois – plus jamais.

C'était l'ancien Henry, et je ne suis plus cet homme.

Si le fait de toucher le fond vous change, apercevoir le paradis vous change encore plus.

J'ai touché la perfection, je l'ai sentie dans mes bras et elle m'a échappé. Or elle est là, à deux pas d'ici, attendant que je me ressaisisse. Que je fasse mes preuves. Que je devienne l'homme… et le roi… qu'elle mérite.

Je regarde le feu et je me promets, ainsi qu'à mes parents et à Dieu, de ne jamais la décevoir.

« Henry. »

Je n'ai pas entendu ma grand-mère entrer. Elle est debout à côté de moi et elle me regarde. Toutefois, elle ne semble ni en colère ni déçue – c'est autre chose. De l'inquiétude, peut-être. De la curiosité ?

« Il faut qu'on parle de ce qu'il s'est passé ici. Qu'as-tu fait, mon garçon ? »

Je lui réponds sincèrement sans chercher à fuir la faute.

« J'ai tout fait cafouiller, mamie. Mais… je ne le ferai plus jamais. »

Elle me regarde plusieurs secondes avant de répondre d'une voix douce.

« D'accord.

– Je vais épouser lady Sarah Mirabelle Zinnia Von Titebottum. »

Les mots me viennent calmement et sincèrement. La Terre est ronde, le ciel est bleu… et je vais épouser Sarah.

Elle ne le sait pas encore, mais peu importe.

« D'après ce que je sais d'elle, elle est un peu timide, mais on peut y remédier. C'est une gentille fille.

– Oui, elle l'est, je dis en regardant de nouveau les flammes. Elle était vierge quand elle m'a rencontrée. Elle ne l'est plus. »

Ma grand-mère joint les mains sur sa taille.

« Je vois. Il y a des façons de contourner cet aspect de la loi. La déclaration écrite d'un médecin devrait faire l'affaire.

– Je ne veux pas le contourner. Je veux *changer* la loi. On ne se mariera pas tant que ce ne sera pas fait.

– Mais pourquoi est-ce si important ?

– C'est important pour Sarah… donc ça l'est pour moi. Et quand je passerai la bague de maman à son doigt, je veux que le monde entier sache que c'est parce que je l'ai choisie. Pas parce qu'elle remplit les critères, mais parce qu'elle est magnifique. Et que j'ai de la chance qu'elle ait accepté de me supporter.

– Changer la loi prendra du temps, ricane ma grand-mère. Et cela requiert un vote du Parlement. Ce qui signifie… qu'il faut faire de la politique.

– Je sais. J'espérais que tu pourrais me montrer comment faire pour être bon. Tu veux bien m'aider, mamie ? »

Elle me regarde en clignant les yeux, comme si elle ne m'avait jamais vu, comme si elle était soulagée et reconnaissante de me découvrir.

« Oui, oui. Je peux t'aider, Henry. »

Je pose ma main sur la sienne et la serre. Ce n'est pas un câlin, mais c'est un début.

« Merci. »

Peu de temps après, quand j'ai expliqué toute la situation à la reine, il est temps de faire le ménage. Je trouve Vanessa dans le salon et pour la première fois, elle semble lessivée.

Je lui parle d'une voix douce mais ferme.

« Qu'est-ce que tu lui as dit ?

– Je n'ai pas menti, répond-elle en levant la tête. »

Je me tiens plus droit et la fusille du regard.

« Qu'est-ce que tu lui as dit ?

– Allez, Henry, tu sais comment ça fonctionne. Le drame vaut de l'or, et ta petite dispute avec sa sœur est une véritable pépite.

– Tu penses que c'est un jeu ? Que ce n'est qu'une émission ? Il s'agit de ma vie, Vanessa.

– Tu es un prince. Toute ta vie n'est qu'un spectacle, répond-elle en croisant les bras.

– Plus maintenant, je dis en secouant la tête. J'arrête. C'est fini, l'émission est terminée. Tu peux prendre tes bobines et en faire ce que tu veux. Tu veux me ridiculiser à la télévision ? Fais-toi plaisir. Mais je te préviens, et je ne le dirai qu'une fois – si tu t'en prends à Sarah, si tu lui fais honte, d'une façon ou d'une autre, je te ruinerai. J'emploierai toutes mes ressources – et j'ai un pays entier derrière moi – à te détruire et à anéantir tout ce que tu touches. Est-ce que c'est clair, mademoiselle Steele ? »

Elle étudie mon visage pour évaluer ma sincérité. Vanessa n'est peut-être pas sympathique, mais elle n'est pas bête.

« Je veux l'exclusivité.

– Quoi ?

– Si ça marche entre toi et le rat de bibliothèque, ce sera l'histoire d'amour du siècle, et je la veux. Quand vous annoncerez vos fiançailles, je mettrai au point un documentaire, dit-elle alors que son regard s'illumine. Ce sera un véritable conte de fées – le prince qui a été apprivoisé par la petite souris timide. Le prince qui, après avoir essayé des dizaines de matelas, a enfin trouvé le petit pois parfait pour lui. Je veux une interview pour accompagner le documentaire – avec toi et Sarah.

– Je te donnerai l'interview, mais je ne promets rien pour Sarah. Si elle veut participer, très bien. Sinon, tu te contenteras de moi.

– D'accord.

– Et je veux avoir le dernier mot. Tu ne révéleras pas une seconde de ce tournage sans que je l'aie vu en entier et sans que j'aie donné mon accord. »

Elle y réfléchit une seconde et me tend la main.

« Deal. »

Voyez-vous ça – peut-être ne suis-je pas si nul en politique, en fin de compte.

Une heure plus tard, elle m'apporte les nouveaux contrats. Je signe sur les pointillés et les lui rends.

« Maintenant, prenez votre bordel et foutez le camp de mon château. »

Plus tard, quand Fergus ferme enfin la porte derrière lui, ma grand-mère est à mes côtés dans le hall d'entrée, se frottant les mains comme si elles étaient couvertes de poussière.

« Eh bien… je suis contente que ce soit fini. Tu veux te joindre à moi pour un verre de sherry ?

– Oui. Il faut encore qu'on parle… et j'ai bien peur que ça ne te plaise pas. »

Elle hoche la tête, inébranlable.

« Je vais dire à Fergus de prendre les verres les plus grands. »

23

SARAH

Trois semaines.

Cela ne semble pas long. C'est à peine deux de plus qu'une semaine. Ça ne semble pas long quand je le dis à voix haute. Mais d'une certaine façon, ces trois semaines m'ont semblé interminables. Elles ont été pleines de doutes et de questions sur ce que j'aurais dû faire différemment, sur ce que je devrais faire maintenant, et ce que je dois faire demain. Est-ce que je dois l'appeler ? Attendre qu'il me contacte ? Filme-t-il encore l'émission ? Devrais-je retourner au château d'Anthorp ? Est-il encore là-bas, ou est-il derrière les grilles du palais ? Rien n'a été dit de lui dans la presse. Pourquoi ne m'a-t-il pas appelée ? Pense-t-il à moi ? Quand je lui ai dit que j'avais besoin de prendre mes distances, je ne réalisais pas que ce serait fini. Je ne pensais pas que c'était la fin. Aurais-je dû rester plus longtemps ? Ai-je été trop rapide dans mon jugement, et suis-je partie trop vite ?

Toutefois, tout n'a pas été remords et apitoiement.

J'ai arrêté de pleurer après quatre jours.

J'ai arrêté de regarder mon téléphone en espérant voir s'afficher un message ou un appel manqué après dix jours.

Après seize jours, j'ai arrêté de balayer la rue des yeux quand je sortais de la bibliothèque, cherchant un quatre-quatre noir et des yeux verts.

Après dix-huit jours, j'ai accepté le fait que Henry n'allait pas me courir après.

Toutefois, je rêve encore de lui. Toutes les nuits, au lit, j'entends sa voix et j'imagine ses longs doigts pincer les cordes de sa vieille guitare. Je vois son sourire dans mon esprit et je jurerai sentir son parfum sur mes draps. Quand je m'endors enfin, les rêves arrivent, mais je ne peux pas y faire grand-chose.

Parfois, la vie ressemble beaucoup à un livre – ce n'est pas nous qui choisissons la fin – nous devons accepter celle qui est écrite.

Je n'ai eu aucun mal à reprendre le cours de ma vie, parce qu'elle était déjà toute faite – tout y est organisé et planifié. Cependant, à la fin de la première semaine, quelque chose d'étrange est arrivé. Quelque chose qui, en fin de compte, n'est pas une mauvaise chose.

J'ai commencé à chercher des moyens de changer ma routine. De remédier à la stabilité dont j'avais tant besoin. J'ai été au travail plus tôt et suis partie après qu'il fasse nuit – non seulement pour m'occuper l'esprit, même si ça a joué, mais aussi parce que je voulais quelque chose de… différent. Au début, j'ai fait de petits changements : j'ai changé mes meubles de place, accroché de nouveaux rideaux, j'ai pris un chemin différent pour aller au travail tous les jours, j'ai proposé de garder le petit Barnaby pour que mes voisins du dessus puissent sortir, je suis allée dîner chez ma mère sans prévenir au lieu de n'y aller que les mercredis et les dimanches.

Un soir, Annie m'a emmenée dans un pub, dans une autre ville, pour rencontrer Wade, son nouveau copain, qui ne semble pas être un abruti. L'endroit était bruyant et bondé, mais ça ne m'a pas trop dérangée.

Une autre fois, je suis allée dîner et danser avec Willard. Le plus drôle, c'est que je ne pouvais quitter le groupe de musiciens des yeux, parce qu'il y avait un tiraillement en moi, quelque chose qui me disait de monter sur scène et d'empoigner le micro pour chanter une ou deux chansons. Je ne l'ai pas fait, mais je l'ai envisagé.

Et je n'ai pas eu peur. Parce qu'une fois que la carapace est brisée, on ne peut plus la recoller – en tout cas, elle ne sera plus comme avant. Les fissures y seront toujours.

C'est *l'effet Henry*.

Et c'est miraculeux. Libérateur. Je l'aimerai toujours pour cela, malgré la façon dont ça s'est terminé. Je lui serai toujours reconnaissante. Je n'oublierai jamais le joyeux prince moqueur qui m'a fait changer pour le mieux.

Le colloque. Ma bataille de Waterloo.

Une semaine après avoir repris le travail, monsieur Haverstrom m'a demandé si j'allais finalement participer étant donné que ma mission au Palais avait fini plus tôt. Il m'a dit qu'il comprendrait que je dise non, parce que je n'avais pas eu le temps de préparer ma présentation. Il m'a offert une sortie de secours, et j'aurais pu la prendre. Mais je ne l'ai pas fait.

Alors me voici, dans la plus grande salle de conférences de la bibliothèque Concordia. Les deux cents sièges sont occupés et des gens sont adossés contre le mur du fond – et tous les regards sont sur moi.

Willard et Annie sont assis à l'avant, aussi près que possible, pour me soutenir moralement… et me rattraper si je m'évanouis. Je sais que mes joues sont rouge cramoisi. Mes genoux tremblent et mon estomac tournoie dans un tourbillon sans fin. Je m'approche du micro et mon angoisse noue ma gorge, m'empêchant de respirer.

Alors je ferme les yeux, respire calmement… et imagine Henry Pembrook à poil. Et je ris, parce que cet enfoiré avait raison. Ça marche.

Une heure plus tard, je termine ma présentation sur l'importance de promouvoir la lecture chez les enfants et notamment chez les jeunes filles. J'ai gardé la tête baissée, le regard rivé sur mes notes et, si ce n'était sans doute pas la conférence la plus exaltante, je ne me suis pas évanouie et je ne leur ai pas vomi dessus, donc je considère que c'est une grande victoire.

Je n'ai plus que quelques phrases à tenir, puis les questions du public.

« J'aimerais conclure en rappelant que la lecture apporte le savoir et que le savoir entraîne le pouvoir. La lecture est donc un pouvoir – le pouvoir d'apprendre et de comprendre… mais aussi le pouvoir de rêver. Les histoires nous inspirent et nous poussent à viser haut, à aimer profondément, à changer le monde et à nous surpasser. Chaque livre nous permet de rêver un nouveau rêve. Merci. »

Le public applaudit, et je ferme les yeux en soupirant, soulagée. *Je l'ai fait, je l'ai vraiment fait !* Willard siffle dans ses doigts pendant qu'Annie lève les deux pouces en l'air. C'est génial. Si seulement… Un manque profond remplit ma poitrine et se répand dans tout mon corps. Car je regrette que Henry ne soit pas là. Il aurait adoré et ça lui aurait cloué le bec.

Je secoue la tête, essayant de me débarrasser de ma tristesse. Je balaie le public des yeux… et mon cœur cesse de battre.

Ma première pensée est qu'il s'est coupé les cheveux. Ils lui arrivaient presque aux épaules la dernière fois que je l'ai vu. Ils étaient épais, doux, ondulés et indomptables. Mais cette nouvelle coupe lui va bien, aussi. C'est court et propre, professionnel et, avec quelques mèches qui tombent sur son front, cela lui donne un côté espiègle.

Son costume est beige, sa cravate est vert pâle, sa chemise est blanche – il est classe et beau, comme un courtier de Wall Street. Il applaudit avec ses mains puissantes que j'adore. Son regard est admiratif et son sourire… son sourire est si tendre que j'en ai les larmes aux yeux.

Je cligne des paupières et tourne la tête lorsque je me souviens combien je lui en veux. *Trois semaines.* Trois fichues semaines ! J'ai menti en disant qu'elles n'étaient pas si affreuses – c'était un enfer. Et il se pointe ici, maintenant ? Pour quoi, au juste ?

Il ne me faut pas attendre longtemps pour le savoir, car monsieur Haverstrom vient à peine de demander si quelqu'un a des questions que Henry lève la main comme un gamin qui demande la permission à sa maîtresse d'aller aux toilettes.

Je décide de l'ignorer.

Le seul problème, c'est qu'il est le seul à lever la main.

« Des questions ? Personne ? » je demande en balayant la foule des yeux.

Henry se racle la gorge et plusieurs personnes tournent la tête vers lui, mais je continue de l'ignorer.

« Bon, eh bien puisque personne n'a de question…

– Ce monsieur en a une », dit Willard haut et fort.

Je vais l'étrangler, ce traître. Mais d'abord, je dois me charger de Henry.

« Oui, vous, au fond, je dis comme si c'était la première fois de ma vie que je le voyais. Comme s'il n'était pas notre futur roi. Quelle est votre question, monsieur ? »

Il hausse les sourcils comme pour dire « *Ah, c'est comme ça que tu veux le jouer, alors ?* »

Des murmures se propagent autour de lui mais Henry n'y fait pas attention.

« Ma question concerne Heathcliff. »

Sa voix… sa voix m'a manqué – elle est forte et rauque, mais douce et enjouée. Eh puis zut, je sens déjà que je fonds, mais je ne révèle rien.

« Vous voulez parler du gros chat orange de bande dessinée ? je demande en croisant les bras.

– Non, répond-il en souriant. Heathcliff des *Hauts de Hurlevent*.

– Ah, je vois. Poursuivez.

– Ma question est la suivante : pourquoi personne n'a tué cet enfoiré ? Les fusils n'existaient-ils pas, à cette époque ? »

Je secoue la tête sans le vouloir. Quelle question ridicule !

« Non, non, les armes à feu existaient, mais…

– Alors quelqu'un aurait dû lui mettre une balle dans les fesses. C'était un enfoiré sans cœur, égoïste et abusif.

– Certains pensent que sa seule qualité était son amour pour Catherine. C'est ce qui le rachète.

– Il ne la méritait pas, dit Henry en secouant la tête.

– Eh bien, Catherine n'était pas une sainte non plus. Je suis sûre que le débat sur le mérite d'Heathcliff continuera aussi longtemps que le livre sera lu. Merci. »

Je me tourne vers le reste de la salle.

« D'autres questions ? »

Voilà qu'il lève de nouveau la main – et la sienne est toujours la seule. Cette fois, je n'essaie pas de lutter, et je soupire d'un air théâtral.

« Oui ?

– Il s'agit de monsieur Darcy. C'est un snob – et il a un balai dans les fesses. Un gros.

– Vous avez un penchant pour les fesses aujourd'hui, on dirait », je réponds en haussant les sourcils.

Il rit, sans gêne.

« Eh bien… les *Titebottum* sont mes préférées, vous savez. »

Il parvient encore à me faire rougir comme personne.

« Mais cette discussion peut attendre. Ce que je voulais dire, c'est que monsieur Darcy est un crétin – je ne comprends pas ce qu'on lui trouve.

– Eh bien, si vous aviez lu le livre…

– J'ai lu le livre, dit-il en captivant mon regard. Je les ai tous lus. »

Une nuée de papillons envahit mon ventre.

« Ah… »

Je secoue la tête pour effacer ma surprise.

« Eh bien, monsieur Darcy et Elizabeth Bennet sont les deux faces d'une même pièce. Il est terriblement réservé et elle est désinhibée, mais ils ont tous les deux des préjugés et ils se trompent tous les deux. Au final, ils doivent mettre de côté leurs a priori et leur fierté, et être honnête envers eux-mêmes et l'un envers l'autre pour réparer leurs erreurs. »

Il me regarde tendrement, comme s'il ne voulait jamais me quitter des yeux.

« D'où le titre, je suppose.

– Oui. »

Il se frotte les joues avec les mains.

« Et le colonel Brandon, de *Raison et Sentiments* ? »

Je frappe le pupitre avec mes mains.

« Ah non ! Vous pouvez dire ce que vous voulez de Darcy ou de ce fichu Heathcliff et vous pouvez même vous en prendre à tous les héros de Dickens si vous le voulez, je ne les ai jamais aimés. Mais vous ne pouvez pas attaquer le colonel Brandon. Je vous l'interdis. »

Henry semble trouver mon emportement amusant.

« Je ne veux pas l'attaquer. J'aime bien le colonel Brandon.

– Alors quelle est votre question ? »

Lentement, furtivement, il remonte l'allée vers moi.

« Tel que je le vois, Marianne s'est trompée. Brandon était là depuis le début, mais elle s'est laissée distraire par les mauvaises choses. Ce n'est pas écrit, mais j'imagine qu'elle a dû s'excuser et qu'il a dû lui pardonner ses erreurs. »

Ma gorge est sèche et ma voix est râpeuse.

« Oui, je suppose. »

Il continue d'approcher.

« Ma question est la suivante : si leurs rôles avaient été inversés, si Marianne était l'homme et Brandon la femme, pensez-vous qu'elle l'aurait excusé ? Lui aurait-elle offert une nouvelle chance ? Aurait-elle cru que, cette fois, il ne foutrait pas tout en l'air ? »

Plus il approche, plus ma tête devient légère.

« Je… je ne…

– Enfin, s'il se jetait à ses pieds. S'il se lançait dans de grandes excuses publiques parfaitement humiliantes ? »

Il est devant moi, maintenant. Assez près pour que je puisse le toucher.

« Je ne pense pas que les excuses en public lui plairaient, je réponds doucement. Elle est encore un peu… timide. »

Henry hoche la tête et parle d'une voix grave et désespérée.

« Et s'il se contentait de se tenir devant elle et de lui dire : "Je suis désolé. Tu me manques. Je veux être un homme meilleur pour toi et parce que je t'aime, je me crois capable de l'être." Tu crois qu'elle lui laisserait une chance ? »

Je dois cligner des yeux pour le voir à travers mes larmes.

« Je crois… je crois que ça pourrait marcher. »

Henry sourit et j'ai l'impression que mon cœur s'envole.

« Tant mieux. »

Je hoche la tête en pleurant et en souriant en même temps.

J'entends alors Willard et Annie chuchoter.

« Est-ce qu'on doit encore faire comme s'ils parlaient du livre ?

– Attends, ils ne parlent pas du livre ? répond Annie.

– Heureusement que t'es jolie… » chuchote Willard en lui tapotant la tête.

Nous sommes coincés dans la bibliothèque pendant près d'une heure après ma présentation, car tout le monde veut rencontrer Henry. La plupart des gens ne sont pas de Castlebrook et je ne pensais pas que les habitués seraient aussi excités par la présence du prince.

La sécurité fait ce qu'elle peut pour contrôler la foule et Henry lui accorde du temps, mais je sais qu'il est impatient. Il ne cesse de me regarder, comme pour s'assurer que je ne me suis pas enfuie.

Même si mon appartement n'est pas loin, James nous y conduit. Lorsqu'il ferme la portière de la voiture derrière nous et que Henry et moi nous retrouvons enfin seuls, il sourit jusqu'aux oreilles.

« Je suis tellement fier de toi. Tu étais sublime.

– Merci. Je suis contente que tu aies été là pour le voir. »

Nous redevenons silencieux. James prend le chemin le plus long, avec des détours supplémentaires pour semer quiconque aurait essayé de nous suivre, et Henry tient ma main pendant tout le trajet.

Chez moi, j'enlève mes chaussures et accroche mon manteau dans la penderie, et Henry reste planté au milieu de mon salon, trop grand pour la petite pièce.

Il y a quelque chose de différent chez lui. Il reste le garçon sauvage aux idées coquines que je connais, mais sa façon de se tenir a changé et il véhicule un air de noblesse qu'il n'avait pas avant.

Il tourne sur lui-même en s'attardant sur les couvertures de livres encadrées sur le mur, promenant sa main sur ma bibliothèque.

Nous avons énormément de choses à dire, mais je ne sais pas par où commencer, alors je vais au plus simple.

« Tu veux un thé ?

– Oui, ce serait super. »

Je hoche la tête et vais dans la cuisine. Comme la première fois que nous nous sommes parlé, au pied de ce grand arbre en haut de la colline, au lieu de devenir muette, je bafouille.

« J'ai du thé à la menthe poivrée et de la camomille. Mais c'est sans doute un peu trop simple pour toi, non ? je demande en sortant les boîtes du placard. J'ai un mélange fruité exotique qu'Annie m'a convaincue d'essayer – je ne suis pas fan mais toi tu… »

Henry arrive derrière moi et pose sa main sur la mienne, et je sens la chaleur de son torse ainsi que le parfum de sa chemise.

« Sarah, dit-il dans mon oreille. J'aime le thé à la menthe. »

C'est complètement dingue, mais ce minuscule aveu fait craquer quelque chose en moi. Je tourne la tête pour le regarder par-dessus mon épaule, et je réalise qu'il est là, en chair et en os.

« Ah bon ? »

Il hoche la tête.

« Ce n'est pas trop simple pour toi ? »

Il secoue la tête et essuie une larme sur ma joue.

« C'est mon préféré. »

Il me prend dans ses bras et je me laisse aller contre lui. Je sens ses lèvres sur mes cheveux et il inspire.

« Tu m'as tellement manqué, chuchote-t-il. Tous les jours.

– T'étais où ? Pourquoi t'as mis si longtemps à me retrouver ? »

Henry se tient plus droit en soupirant, comme s'il devait s'obliger à s'éloigner.

« Buvons d'abord un thé, puis on parlera. »

Je ne suis pas certaine que ça me plaise, mais j'allume la bouilloire et, quelques minutes plus tard, nous sommes installés sur le canapé, une tasse de thé à la main.

Henry pose la sienne sur la table basse et il frotte ses cuisses, comme s'il était nerveux.

«J'ai merdé, Sarah. Sur le moment, j'ai cru faire ce qu'il y avait de mieux pour nous deux en terminant l'émission, mais j'avais tort. Comme… monsieur Rochester.

– T'as vraiment lu les livres, je dis en riant.

– Tous, oui, répond-il en me prenant la main. Ça m'a permis de me sentir plus proche de toi, de savoir que tu avais lu les mêmes lettres, que tu connaissais les mots par cœur.

– Mais Henry, si c'est vrai, pourquoi t'as attendu si longtemps avant de venir ? Pourquoi tu ne m'as pas appelée ou écrit un sms ou une lettre ?

– Je devais être sûr de prendre la bonne décision. Je ne voulais pas risquer de te refaire du mal. Et puis j'avais… des choses à régler – à mettre en ordre.

– Quelles choses ?

– Cela n'a pas d'importance pour le moment. Ce qui compte, c'est que je suis ici, pour toi. Rien n'a changé de mon côté, même si tout est différent. Ma façon de voir le monde et le rôle que j'ai à y jouer ont changé, et c'est grâce à toi. Je suis prêt maintenant – je peux être l'homme que tu mérites. Je peux être stable et fiable, altruiste et généreux. Ton colonel Brandon, en chair et en os. »

Cela semble idiot, maintenant – puéril. Henry n'a pas à se comparer au colonel Brandon, car il est bien plus que ça. Il est réel et sincère et sauvage et romantique – toutes ces choses qui, pendant longtemps, ne m'ont semblé exister que dans les livres.

«J'ai parlé de nous à ma grand-mère ; elle a hâte de te rencontrer. Et… je veux qu'on soit comme Jane et Guildford… enfin, sans le côté décapitation. »

Je commence à rire tout en pleurant.

« Je veux changer le monde et je veux que tu sois à mes côtés. Je t'aime, Sarah. Je te promets qu'il n'y aura pas un jour sans que je t'aime du fond du cœur. »

Il prend ma main et se rapproche de moi.

« Veux-tu de moi, mon amour ? »

J'inspire en tremblant et je le regarde en secouant la tête – mon grand bêta.

« Si je veux de toi ? Tu es fou ? Tu es tout ce dont j'ai rêvé sans jamais penser le trouver un jour. »

Je me jette dans ses bras pour l'embrasser et le tiens contre moi. Il me soulève et me porte dans la chambre, où il me couche et me déshabille tandis que je caresse son torse de haut en bas. Nous faisons l'amour, encore et encore.

Dehors, des flocons tombent du ciel, mais nous ne le remarquons pas, parce que nous sommes perdus l'un dans l'autre et que, peu importe où nous serons, à partir de maintenant, que ce soit dans un château glacial, un superbe palais, ou un appartement dans une petite ville tranquille – il n'y aura que Henry et moi, pour toujours et à jamais.

24

HENRY

Durant la semaine qui suit, ma vie est parfaite parce que je me glisse dans celle de Sarah. Elle continue d'aller travailler à la bibliothèque, où je rencontre son patron, monsieur Haverstrom, et son imbécile de collègue, Pat. Je parle football avec George, le vieux célibataire, et je flirte avec Maud, la bénévole myope et veuve. Surtout, quand je suis à la bibliothèque, j'admire Sarah dans son élément, savourant chacun de ses sourires et de ses éclats de rire.

Par ailleurs, je me fais un plaisir de la prendre dans les rayons, tard le soir, après la fermeture, et je découvre que soulever la jupe de cette bibliothécaire sexy en la plaquant contre les livres, alors que ses gémissements résonnent sous les hauts plafonds… est infiniment meilleur que mon fantasme.

Et nous ne nous arrêtons pas là. Je fais l'amour à Sarah dans sa douche et elle me chevauche sur le sol de son salon. Je la prends par-derrière dans sa minuscule cuisine, couchée sur son plan de travail, et elle me suce à genoux dans son entrée tandis que je tiens sa tête pour m'enfoncer dans sa gorge.

Sarah nous fait à manger pendant que je l'embrasse et la mordille et la malmène… et elle me fait bander en rougissant et en me surprenant avec ses blagues coquines lorsque je fais la vaisselle. Je lui joue de la guitare et elle fredonne ses petits airs et, certains soirs, elle lit à voix haute alors que je m'endors, blotti contre son sein.

Je rencontre sa mère excentrique et parviens à regagner les bonnes grâces de Penny. Elle m'apprécie de nouveau, ce qui est bien étant donné qu'elle part bientôt à Los Angeles pour tenter sa chance en tant qu'actrice.

Un samedi après-midi, nous mettons à l'épreuve la solidité du lit de Sarah en y baisant violemment mais, après, nous compensons avec des caresses tendres et des mots doux. *Little Wonders* de Rob Thomas passe à la radio et Sarah soupire.

«J'adore cette chanson.

– Et moi j'adore tes seins», je dis en remontant ma main sur sa taille.

Elle me met une tape sur la tête en riant mais elle finit par gémir quand je prends son téton dans ma bouche pour le titiller avec ma langue.

Tout est merveilleux, mais l'heure tourne, comme une bombe à retardement. J'ai des choses à lui dire qui ne peuvent plus attendre. Alors le lendemain, dimanche, je nous fais un thé à la menthe et je m'assois dans un fauteuil, dans le salon.

«Je dois te dire quelque chose, et ça ne va pas te plaire.»

Elle plisse les yeux derrière ses lunettes.

«D'accord…»

Je l'attire sur mes genoux et la tiens fort contre moi.

«Je me suis réengagé dans l'armée.»

Elle se fige et pâlit.

«T'es le prince héritier… Tu ne peux pas…

– Il s'avère que je peux faire beaucoup de choses quand je l'ai décidé.

– La reine…

– N'est pas ravie, mais elle comprend que je dois le faire. Ce sera un vrai déploiement, cette fois, dans une unité normale. Je vais m'inscrire sous un faux nom, pour ne pas mettre les autres hommes en danger. Il faudra que tu m'aides à trouver un pseudonyme adapté, comme Finley Bigdick[14] le Troisième ou John Thomas Longhorn[15]. »

Elle ne rit pas. D'ailleurs elle ne me lâche même pas un sourire.

« Le Palais dira à la presse que je fais un safari en Afrique, puis que je gravis l'Everest, puis que je mène une expédition de recherche dans la forêt amazonienne. Je serai décrit comme un aventurier des temps modernes. Mais tu ne peux le dire à personne – ni à Penny, ni à Willard ou Annie, pas même à ta mère. Personne ne doit le savoir. »

Sarah me regarde d'un air si triste que j'en ai le cœur brisé.

« Pourquoi tu fais ça ? »

Je caresse ses cheveux en arrière et espère qu'elle me comprendra.

« Parce que si je deviens roi, je dois savoir mener. Et je crois… je crois que je pourrais être doué. »

Elle promène ses mains sur mon torse, tendrement, comme si elle voulait s'assurer que je suis encore là avec elle.

« Où vont-ils t'envoyer ?

---

14. Grosse Bite.
15. Longue Corne.

– Je ne le sais pas encore. Je le saurai quand je me rendrai à la convocation… dans deux semaines.

– Deux semaines ? Pourquoi tu ne me l'as pas dit plus tôt ?

– Je ne voulais pas risquer de te manipuler. Je ne voulais pas que tu me reprennes par culpabilité.

– T'as choisi un sacré moment pour être noble, Henry.

– Je sais… et… je suis désolé. Je sais que ce n'est pas ce que tu veux… mais c'est ce que je dois faire.

– Pendant combien de temps ?

– Deux ans. »

Elle grimace et je me dépêche de lui dire le reste.

« Des précautions supplémentaires vont devoir être prises pour que personne n'apprenne où je suis. Je ne pourrai pas t'envoyer de sms ni t'appeler par téléphone ou par Skype. Il ne s'agit pas seulement de *ma* sécurité… tu comprends, n'est-ce pas ?

– Oui, dit-elle d'une voix rauque.

Je pose ma main sur son cou et je sens son cœur battre sous mes doigts.

« Mais je t'écrirai. Je t'écrirai tous les jours. Des pages et des pages de mots d'amour et d'idées cochonnes. »

Sarah sourit tandis qu'une larme coule sur sa joue.

« Tu m'écriras des lettres ? Des vraies, que je pourrai toucher et sentir ?

– De vraies lettres, avec du papier et de l'encre. Quelqu'un m'a dit un jour qu'il n'y avait que ça de vrai. »

Trois jours plus tard, je me réveille seul dans le lit de Sarah. Il est encore tôt. On ne m'attend nulle part, alors je prends ma guitare et je joue quelques notes.

Peu de temps après, Sarah apparaît dans l'embrasure de la porte, les cheveux ébouriffés par le vent, les yeux brillants, le nez rose. J'ai envie de le mordre, ce qui me fait penser à la mordre partout. Je pose la guitare tandis qu'elle saute sur le lit, et son manteau me glace les mains lorsque je le lui enlève – elle est bien trop habillée.

« J'ai fait quelque chose, me dit-elle d'une voix excitée. Ça ne va pas te plaire.

– Au contraire, tout ce qui te fait sourire comme ça ne peut que me ravir.

– J'en doute. »

Elle me tend une liasse de documents, que je lis alors que mon sourire s'évanouit. Elle avait raison – ça ne me plaît pas du tout.

« Non.

– Henry.

– C'est hors de question. »

L'Association des Manteaux Bleus de Wessco est l'équivalent de la Croix-Rouge. Les bénévoles se rendent sur des lieux de catastrophes naturelles et des pays ravagés par la guerre pour y livrer de la nourriture, du matériel médical, construire des maisons – quoi qui puisse servir à la population. Il y a six mois, un bâtiment de l'AMB a été visé par erreur et les trente-trois personnes qui étaient dedans ont été tuées.

« Je vais commencer un programme d'alphabétisation, l'association est ravie. Je vais apprendre à lire aux enfants des campements et je vais lancer un appel aux dons dans les bibliothèques. Je vais commencer avec Concordia, mais ils espèrent que le programme pourra s'étendre aux structures du monde entier.

Je serre la mâchoire et secoue la tête.

« Tu ne peux pas faire ça, Sarah.

– Je me suis déjà inscrite.

– Alors je vais te désinscrire. »

Elle plisse les yeux et son visage durcit.

« Je n'ai pas demandé ta permission et je ne te la demande pas maintenant. »

Je sens la frustration et la peur grandir en moi.

« Je vais être ton roi.

– Mais tu ne l'es pas encore.

– Je vais être ton mari.

– Ha ! Regarde ça, je n'ai pourtant pas de bague au doigt. Et puis, même si j'en avais une, si tu crois que je vais me tenir devant toi dans la cathédrale Saint George et jurer de t'obéir pour le restant de nos vies, tu n'as pas bien compris qui je suis. »

Je ne veux pas qu'elle doute d'elle-même, mais je suis désespéré.

« Il y aura des explosions, des bruits forts… tu ne… tu as encore du mal avec ça. »

Son regard s'assombrit et je me déteste.

« Je leur ai expliqué la situation. Ils sont d'accord pour s'adapter et faire tous les arrangements nécessaires. »

Je prends son visage dans mes mains et ma gorge se noue.

« Ce sera dangereux.

– Mais tu me donnes envie d'être courageuse », dit-elle en tenant mes poignets.

Je sens quelque chose se fissurer en moi alors que mes yeux se remplissent de larmes. J'ai déjà perdu des gens que j'aime – je sais que ça arrive et je sais ce qu'on ressent.

Or je ne peux pas la perdre.

« Je ne veux pas que tu sois courageuse, je te veux en sécurité. Je veux t'enfermer dans une tour d'ivoire, comme dans tes livres, pour que personne ne puisse te faire de mal. Pour que tu sois heureuse et en sécurité. »

Elle dessine de petits cercles à l'intérieur de mes poignets.

« Il n'y a que les méchants qui enferment les damoiselles dans les tours.

– Alors tu me donnes envie d'être méchant. »

Elle se mord la lèvre en réfléchissant à sa réponse. Elle a fait du chemin depuis la première fois qu'on s'est rencontrés – elle est déjà l'une des personnes les plus courageuses que je connaisse. Et la plus forte. Et même si cette conversation me fout la trouille, une part de moi est terriblement fière d'elle. Je suis fier qu'elle aille au bout de ses idées – même face à moi. Surtout face à moi.

« Demande-moi pourquoi, Henry.

– Je me fiche de savoir pourquoi tu fais ça.

– Mais non. Demande-moi. »

Ma gorge se resserre davantage et je ne peux plus déglutir.

« Pourquoi ? »

Son regard devient brillant et elle sourit.

« Parce que si je deviens reine, j'ai besoin d'apprendre à parler au nom de ceux qui n'ont pas de voix. Je dois savoir réconforter les gens, être leur amie et leur défenseur. Je veux changer le monde avec toi, Henry – grâce à mon savoir et à ce qu'on m'a donné. Et je crois… je crois que je pourrais être douée pour ça. »

Je pousse un juron et l'attire dans mes bras pour la serrer fort contre moi.

« Tu seras magnifique. »

Au bout d'un moment, je recule et plonge mon regard dans le sien.

« S'il t'arrive quoi que ce soit, je mourrai. Je n'exagère pas, Sarah, je dis d'une voix rauque alors que mes larmes coulent sur mes joues. Tu t'es immiscée dans mon âme et enroulée autour de mon cœur et je ne survivrai pas sans toi.

– Il en est de même pour moi, dit-elle en me caressant tendrement. Apparemment, on va tous les deux devoir faire attention à ce qu'il ne nous arrive rien. »

Je la serre de nouveau contre moi, toujours terrifié. Toutefois, je l'aime suffisamment pour la laisser faire.

« Tu parles d'un couple.

– C'est un *match* parfait[16] », répond-elle en m'embrassant.

Deux jours plus tard, j'ai envie de me faire un nouveau tatouage. Il n'y a pas de tatoueur à Castlebrook, ce qui n'est pas vraiment surprenant, alors Sarah et moi faisons trois heures de route vers le nord pour nous rapprocher de la capitale. Je mets une casquette et des lunettes de soleil pour essayer de ne pas me faire remarquer, mais la boutique est vide lorsque nous y arrivons.

Je montre au tatoueur la photo de Sarah sur mon téléphone. Je l'ai prise il y a quelques jours, sur son balcon. Le soleil se levait et nous étions trop occupés à baiser pour penser à dormir. Elle regarde au loin et ses cheveux sont superbement décoiffés. C'est ainsi que je la vois à chaque fois que je pense à elle, depuis, et c'est ainsi que je veux pouvoir la regarder pendant qu'on sera séparés.

Et je ne suis pas déçu.

Elle pousse un cri de surprise lorsqu'elle voit son visage gravé sur mon avant-bras droit.

---

16. Parfaitement assortis.

J'ai également fait ajouter des détails aux autres tatouages, sur mon bras gauche.

« Les mots n'ont pas la même signification, maintenant », je dis alors qu'elle étudie mon bras en rougissant – parce que ça l'excite.

À côté des armoiries royales est inscrit le mot *Devoir*. *Honneur* est gravé à côté du blason de l'armée wessconienne, et *Amour* souligne le visage de Sarah.

« Devoir, honneur, amour, je lui dis. Mais le plus grand des trois est l'amour. C'est dans la Bible.

– En fait, la première lettre aux Corinthiens dit "Maintenant, ces trois choses demeurent : la foi, l'espérance, et l'amour ; mais la plus grande des trois est l'amour."

– Eh ben, ma version est meilleure. »

Elle éclate de rire puis elle étudie le mur de photos de tatouages.

« J'en veux un, moi aussi.

– Ma grand-mère va faire un infarctus, je dis en secouant la tête. C'est une chose que le futur roi ait un tatouage, elle ne verra pas d'un bon œil que la future reine soit tatouée. »

Elle se tient plus droite, déterminée.

« On est au vingt-et-unième siècle. Ce qui convient au roi conviendra à la reine. Sa Majesté s'y fera.

– Si t'en veux un, ma belle, alors tu en auras un – que la reine approuve ou non. Tu sais quel genre de dessin tu veux ?

– Eh bien oui, dit-elle en souriant. Mais tu devras attendre pour le voir. Ne regarde pas, hein ! »

Elle disparaît derrière le rideau et je l'entends chuchoter au tatoueur.

Lorsqu'elle revient, un petit pansement carré couvre son poignet droit. Elle prend ma main et m'attire vers elle, toute joyeuse.

« Je le voulais là pour pouvoir le voir et le toucher quand je veux », dit Sarah en enlevant le bandage.

Le dessin est simple – c'est un livre ouvert avec des pages blanches, sauf qu'en haut de la première est écrit :

Henry

« Mon histoire n'a pas encore été écrite, chuchote-t-elle en levant le bras pour caresser ma joue, mais je sais qu'elle commence avec toi. »

Je suis abasourdi et je perds ma voix – émerveillé, honoré, reconnaissant. Je ne sais pas quoi dire, alors j'attire Sarah dans mes bras et l'embrasse tendrement.

Les jours suivants passent sans que nous nous en apercevions, et le matin de mon départ est bientôt arrivé. J'essaie de convaincre Sarah de rester chez elle, blottie sous la couette, mais elle me supplie de la laisser venir à l'aéroport. Je veux profiter de chaque instant avec elle, alors je finis par céder.

Le soleil n'est pas encore levé et l'air est glacial. Sur la piste de décollage, au pied de l'avion qui m'emmènera, Winston, le chef de la sécurité du Palais, nous rejoint, et je lui présente Sarah.

« Sarah, voici Winston, le chef des Costumes Noirs. Il est chargé de te protéger pendant que je ne suis pas là.

– C'est un honneur et un plaisir, lady Sarah », dit-il en s'inclinant.

Sarah hoche la tête et sourit amicalement mais timidement, comme à chaque fois qu'elle rencontre de nouvelles personnes.

Je serre sa main et lui dis qu'il me faut un moment en privé avec Winston, que je prends à part.

« Tu sais que lady Sarah a l'intention de se joindre aux forces de l'AMB ?

– Oui, Votre Altesse.

– Tu t'occupes de sa protection ?

– Oui, prince Henry.

– Ton travail est de protéger la famille royale et d'assurer le futur de la monarchie, n'est-ce pas ? »

Il hoche la tête froidement.

« Oui.

– Regarde-la bien, Winston. Sans elle, la monarchie n'a pas de futur. Tu comprends ?

– Absolument, monsieur, répond-il en s'inclinant.

– Je veux qu'elle soit entourée à tout moment. Je veux les meilleurs hommes. Si elle rouspète, fais-les passer pour des bénévoles, mais je veux qu'elle soit protégée vingt-quatre heures sur vingt-quatre et sept jours sur sept. Quel qu'en soit le coût. C'est clair ?

– Ne vous en faites pas, prince Henry. Lady Sarah sera autant en sécurité que la reine elle-même. »

Un chouïa de réconfort m'envahit. Je ne suis pas bête – je sais qu'il y a un prix à payer quand quelqu'un comme moi aime autant quelqu'un. Car en aimant Sarah, j'attire l'attention et le danger sur elle. Mon seul soulagement est que j'ai les ressources pour la protéger. J'ai des hommes comme Winston et James, et des centaines de gardes qui mourraient pour moi, mon frère, ma belle-sœur et ma grand-mère – et maintenant Sarah.

Je tapote Winston sur l'épaule et il s'incline avant d'aller vers l'avion.

Je retourne auprès de Sarah et étudie son visage pour graver ce moment dans ma mémoire. Je remonte ma manche et détache ma gourmette, puis j'ouvre la main de Sarah et y dépose le bracelet.

« Tu peux le garder en sécurité pour moi ? J'aime l'idée que les deux choses les plus précieuses au monde soient ensemble. »

Elle hoche la tête et sourit en me regardant amoureusement… puis son expression se transforme et elle fond en larmes. Elle me serre fort dans ses bras et je la tiens contre moi.

« Je suis désolée, dit-elle contre mon manteau. Je ne voulais pas pleurer. »

Je l'embrasse en nous berçant lentement.

« Pleure autant que tu veux, ma chérie. Tu pleures pour nous deux. »

Nous passons quelques minutes ainsi, à nous tenir, mais il est bientôt l'heure de partir.

Je l'embrasse tendrement et profondément et je plonge mon regard dans ses yeux magnifiques en repensant aux paroles qui m'ont apporté tant de réconfort il n'y a pas si longtemps.

« On va s'en sortir, toi et moi. N'est-ce pas ? »

Elle gonfle ses poumons et me répond par un sourire.

« Oui. »

ÉPILOGUE

SARAH

TROIS ANS PLUS TARD

Henry a tenu sa promesse. Il m'a écrit une lettre par jour, chaque jour que nous avons été séparés, et j'ai découvert qu'il avait une belle plume. La plupart de ses lettres étaient romantiques et cochonnes – le genre que tous les soldats envoient à leur fiancée. Certaines m'ont brisé le cœur lorsqu'il y déversait toute sa peine après une bataille difficile qui lui a fait perdre de nombreux frères d'armes. D'autres étaient écrites sur un ton philosophique, comme s'il cherchait à trier ses pensées et ses croyances en m'en faisant part. D'autres encore étaient pleines d'espoir pour notre futur – le nôtre ainsi que celui de notre pays et de notre peuple, et du genre de roi qu'il espérait être.

J'ai répondu à chacune de ses lettres. Je me suis découvert un côté plus osé et coquin à l'écrit – plus que je ne le suis d'habitude, même si grâce à Henry, je dois dire que je me suis sacrément dévergondée. Lorsqu'il avait besoin de réconfort, lorsqu'il ne trouvait pas les mots et qu'il avait besoin de mes bras et que je n'étais pas là pour lui, je lui envoyais des pages entières de *Je t'aime*, parce que parfois, il n'y a rien d'autre à dire. Mes lettres parlaient du travail que je faisais, des enfants que j'avais rencontrés et du fait que tous les enfants sont les mêmes, où qu'ils habitent et quelle que soit la langue qu'ils parlent. Ils ont tous une résistance, un espoir sans fin et une capacité à donner et à recevoir de l'amour. Puis il y avait les lettres dans lesquelles je lui racontais mes rêves pour lui et moi, et pour nos enfants.

Toutes nos lettres, les miennes comme les siennes, sont rangées dans un coffre-fort à Guthrie House. Il m'est étrange de penser qu'un jour, dans plusieurs dizaines d'années, quelqu'un pourra étudier ses lettres comme le sont celles de George et Martha Washington – comme une œuvre historique. Pour nous, elles sont simplement les paroles de Henry à Sarah et inversement. Toutefois, nous comprenons, maintenant, et nous acceptons la place que nous occuperons un jour dans ce monde.

Quand Henry a fini son engagement, il m'a surprise en venant me trouver où j'étais postée avec l'AMB. Aux yeux des autres, il ressemblait à n'importe quel soldat barbu et hirsute, mais je l'ai immédiatement reconnu. Ces yeux, ce sourire – j'ai couru dans ses bras et nous avons tout de suite su que nos deux années de séparation n'avaient fait que rendre plus profondes notre passion et notre adoration l'un pour l'autre.

Ces jours-ci, Henry habite à Guthrie House et il travaille avec le Parlement et la reine pour changer Wessco pour le mieux. J'ai mon propre appartement ici, dans la capitale. Ma mère se plaint du bruit et de la foule à chaque fois qu'elle me rend visite, mais elle vient quand même. Penny a décroché quelques petits rôles dans des émissions de télé plus ou moins réussies, et un autre dans une pub pour du dentifrice dont le succès a été planétaire. Son visage est sur des affiches géantes, dans les rues de Los Angeles, et elle les prend en photo au moins une fois par semaine, parce qu'elle n'en revient toujours pas.

Je passe mes journées à travailler dans la bibliothèque du palais ainsi qu'auprès de plusieurs associations d'alphabétisation. J'ai encore du mal lorsque je me trouve dans de nouveaux endroits avec des gens que je ne connais pas, mais ça ne me retient pas – et comme je l'ai dit un jour à Henry, nous avons tous nos particularités.

Quant à Henry, je lui réserve mes nuits – presque toutes, tout le temps. C'est différent ici, comparé à Castlebrook – les paparazzis nous pourchassent sans relâche, et ils rêveraient d'avoir une photo de Henry et moi au petit matin, après avoir passé la nuit ensemble. Heureusement, Henry a passé sa jeunesse à se faufiler dans des endroits qui lui étaient interdits et pour l'instant, nous n'avons pas été surpris.

D'ailleurs, j'étais justement avec lui hier soir, pour discuter du discours qu'il est en train de donner devant le Parlement en ce moment même. Je lui ai dit que s'il était nerveux, il n'avait qu'à m'imaginer nue, et il a dit qu'il avait besoin de se rafraîchir la mémoire. Après cela… nous n'avons plus beaucoup parlé.

Je suis assise avec le prince Nicholas et la reine, et j'écoute Henry présenter la position de la maison de Pembrook quant à l'engagement militaire de Wessco. Il écrit ses discours lui-même, en collaboration avec sa grand-mère, et comme je l'ai dit… il a une sacrée plume.

Il conclut son discours en regardant chaque parlementaire dans les yeux.

« Ce n'est pas quelque chose que je prends à la légère. J'ai vu le coût de la guerre, et j'ai pleuré la mort de chaque soldat comme s'ils faisaient partie de ma famille – parce que c'était le cas. »

Sa voix change alors pour être plus puissante et porter plus loin.

« Mais le monde n'est pas toujours gris. Il y a des moments où la frontière entre le bien et le mal est bien nette, et chacun d'entre nous doit faire un choix. On dit que le mal s'épanouit quand les gens bien, hommes ou femmes, ne font rien. Aujourd'hui je vous demande de vous tenir à mes côtés, et aux côtés des fils et des filles de Wessco, et de déclarer tous ensemble : "Je ne ferai pas rien." »

La salle se remplit d'applaudissements et chaque membre du Parlement se lève, aux côtés de Son Altesse Royale, le prince Henry.

Henry descend de l'estrade et se faufile parmi les parlementaires, à qui il serre la main et dit bonjour sur son passage. Lorsqu'il atteint nos sièges, son frère le prend tout de suite dans ses bras en souriant fièrement.

« Bravo, Henry. Tu as parlé comme un véritable politicien.

– Non, rétorque la reine. Il a parlé comme un roi. »

C'est le plus grand compliment qu'elle aurait pu lui faire, et Henry… rougit.

Apparemment, j'ai déteint sur lui, moi aussi. Mon amour pour Henry m'a rendue téméraire et courageuse, et son amour pour moi l'a rendu humble et calme. Quel couple étrange nous formons – plus beau que tous ceux que j'ai rencontrés dans mes livres, et venant de moi, c'est le plus remarquable des compliments.

Henry se tourne vers Olivia et la serre dans ses bras.

« Mon Dieu Olive, dit-il en regardant son ventre arrondi. On dirait un joli petit poivron farci. »

Elle éclate de rire et nous sortons pour monter dans les voitures qui nous ramèneront au palais.

HENRY

Après mon discours, Sarah, Nicholas, Olivia, mamie et moi nous installons dans le salon jaune pour boire le thé, et j'aborde le sujet qui me taraude depuis quelque temps.

« Je veux que Sarah emménage avec moi à Guthrie House après le Nouvel An. »

Ma grand-mère s'étouffe avec son thé.

« C'est hors de question.

– Pourquoi pas ? Elle vit pratiquement ici, de toute façon, autant que ce soit officiel. »

Ma grand-mère hausse un sourcil d'un air sévère.

« Apparemment nous n'avons pas la même définition de ce qui est officiel, mon garçon.

– La loi est sur le point d'être changée, de toute façon, je réponds en haussant les épaules. Il n'y aura plus aucune raison de prétendre que Sarah et moi n'y allons pas comme des lapins dans chaque pièce de Guthrie House. »

Après de longs mois de lobbying avec la reine, nous avons presque assez de voix pour réformer la loi. Nous espérons que ce sera fait l'année qui vient, ou celle d'après, de sorte que dorénavant, tous les héritiers du trône pourront se marier librement avec la personne de leur choix. Puis, notre premier enfant, qu'il soit garçon ou fille – héritera de la couronne.

« C'est trop d'infos, Henry, dit Olivia.

– Merci, Olivia, c'est ce que j'allais dire, répond ma grand-mère en posant sa tasse. Il faut y aller à petits pas, mon garçon. Les traditions méritent qu'on les respecte. Le fait que Sarah t'accompagne à des réunions d'État et de famille aurait été scandaleux il y a tout juste dix ans. Vous n'êtes même pas fiancés.

– Ça, ce n'est qu'un détail.

– T'es sacrément confiant pour un homme qui n'a pas encore fait sa demande, ricane Nicholas.

– Je suis juste réaliste, je dis en lançant un clin d'œil à Sarah. Je suis irrésistible. »

Mon petit canard lève les yeux au ciel.

« Quoi qu'il en soit, répond sèchement la reine, nous devons montrer l'exemple aux jeunes femmes de Wessco. Expliquez-lui, ma chère », dit-elle à Sarah.

Ma grand-mère et Sarah se sont beaucoup rapprochées durant cette dernière année. Mamie a pris Sarah sous son aile et elle est devenue un superbe mentor pour ma jolie femme. Un peu comme l'empereur Palpatine et Dark Vador.

« Oh, je ne sais pas, reine Lenora, répond Sarah. Je suis une femme moderne et indépendante. Vivre avec Henry avant le mariage pourrait servir de très bon exemple pour les femmes de Wessco. Comment on dit déjà ? Mieux vaut l'essayer avant de l'acheter ?

– *L'essayer...* ? » tousse la Reine.

Elle regarde alors le visage de Sarah.

« Vous plaisantez, lady Sarah von Titebottum ? » demande-t-elle sèchement.

Sarah redevient sérieuse mais son regard reste brillant.

« Oui, Votre Majesté. Je suis désolée. Votre petit-fils a une très mauvaise influence sur moi. »

C'est le moins qu'on puisse dire. Je regarde Sarah en jouant des sourcils et elle se dépêche de rassurer la reine.

« Je suis d'accord avec vous : je n'emménagerai à Guthrie House qu'après le mariage. On a beaucoup gagné grâce au soutien du peuple, et on ne doit pas risquer de vexer les citoyens les plus conservateurs… même si c'est tentant.

– Bien dit, mon enfant.

– Mais c'est tellement *looooong*, je n'ai pas envie d'attendre !

– Dans ce cas, tu devrais accélérer, Henry. Si elle te plaît, tu devrais lui passer la bague au doigt[17]. C'est ce que j'ai dit à Beyoncé, un jour. »

Nous éclatons tous de rire, redécouvrant le sens de l'humour de la reine.

Cela dit… cela reste un bon conseil.

Sarah m'a dit que les plus belles histoires d'amour se terminaient avec un mariage. Toutefois, si vous avez vu un mariage royal, alors vous les avez tous vus. Vous avez vu en couverture de magazine des photos de la robe en dentelle blanche, du fiancé dans son uniforme militaire, des carrosses dorés, de la foule et des adorables demoiselles d'honneur.

La véritable histoire vient avant ce jour – celle dont seule une poignée de personnes sont témoins.

17. Paroles de *Single Ladies*, de Beyoncé : *If you liked it then you should have put a ring on it.*

Pour nous, cela se passe au *Horny Goat*. Sarah est superbe dans une robe prune. Elle n'aime toujours pas se démarquer et n'aime pas les couleurs vives, mais ses choix vestimentaires sont néanmoins de plus en plus osés, comme elle.

J'aime penser que j'y suis pour quelque chose.

Nicholas et Olive sont avec moi, tout comme Penelope et la joyeuse belle-sœur de mon frère, Ellie Hammond, ainsi que nos amis, Simon et Franny, Willard et Laura, Annie, Sam et Elizabeth. Macalister et Meg sont derrière le bar, et James et le grand Mick sont à la porte avec deux des gardes de mon frère, Tommy Sullivan et Logan St. James.

Toute la bande est là.

Sur scène, assis avec ma guitare à la main, je tapote le micro et la foule se tait.

« Pendant son temps libre, mon père aimait faire des puzzles énormes avec plusieurs milliers de pièces. Je me souviens d'avoir joué avec mes voitures sur le tapis de son bureau pendant qu'il mettait patiemment une pièce à côté d'une autre. »

Je vois Nicholas sourire jusqu'aux oreilles, parce qu'il s'en souvient aussi.

« Parfois, il y avait une ou deux pièces qui étaient étranges et qui ne semblaient avoir leur place nulle part. Il les mettait de côté et je me disais qu'elles avaient peut-être un défaut ou qu'elles étaient cassées. Mais… il finissait toujours par trouver la pièce qui leur correspondait – et quand elles étaient réunies, on comprenait ce qu'elles représentaient. »

J'étudie la foule et regarde dans les grands yeux de Sarah, qui sont déjà remplis de larmes. Parce qu'elle sait ce qui l'attend.

« Le récit officiel de ce qu'il s'est passé ce soir sera très convenable et mignon… et chiant à mourir. Mais ce n'est pas grave. Parce que vous autres, qui êtes présents, vous qui comptez le plus pour Sarah et moi, vous connaîtrez la véritable histoire. Vous saurez qu'il était une fois… un prince maussade qui a rencontré une adorable femme toute timide et que, main dans la main, ils ont formé un tout plus grand… quelque chose de fort et de beau qui durera pour toujours. Vous saurez qu'un soir, il lui a chanté une chanson, dans un vieux pub – une chanson qui contenait une question. Et que quand il a joué la dernière note, elle lui a dit mille fois oui. »

Je souris jusqu'aux oreilles.

« Du moins, c'est ce que j'espère. »

Je joue alors les premières notes de *Marry Me* de Train, et je chante sans quitter Sarah des yeux. Elle hoche déjà la tête quand je joue les dernières notes et quand je descends de scène pour me mettre à genoux à ses pieds et lui offrir la bague de ma mère – un diamant ovale et parfait sur un lit de diamants plus petits.

« Je t'aime, Sarah. Tu le sais déjà, mais je promets néanmoins de te le dire et de te le prouver chaque jour. Je promets de te protéger, pour que tu n'aies jamais peur d'être téméraire… même quand c'est à moi que ça fait peur. Je chérirai ta tendresse et je m'inspirerai de ta force et de ta gentillesse. Et je promets de t'offrir une vie faite d'aventures et de suffisamment de rires pour remplir les pages d'un millier de livres. »

Je souris et ma gorge se resserre tandis que mon cœur bat la chamade.

« Veux-tu m'épouser, Sarah ? »

Des larmes de joie coulent sur ses joues tandis qu'elle s'agenouille devant moi et prend mon visage dans ses mains.

« Oui, Henry. Oui, je veux t'épouser. Oui, oui, oui, oui, oui... »

Je l'attire dans mes bras et nous scellons nos paroles avec un long baiser, sous les applaudissements de ceux qui nous connaissent et nous aiment.

C'est cette histoire que vous ne verrez pas à la télé ou ne lirez pas dans les livres d'histoire – le récit d'un prince indiscipliné qui a trouvé la reine de son cœur et qui a appris à devenir roi.

FIN

DE LA SAISON 2

DÉCOUVREZ LES AUTRES TITRES DE LA COLLECTION HUGO NEW ROMANCE®

KATY EVANS

Malcolm

Hugo Roman

EMMA CAVALIER

LES TROIS Talents

◆ BLANCHE

Hugo Roman

hugonewromance

www.festivalnewromance.fr

www.hugoetcie.fr